# O Sacerdote

## AARÃO

# FRANCINE RIVERS

## O Sacerdote

AARÃO

Tradução
Michele Gerhardt MacCulloch

Principis

Esta é uma publicação Principis, selo exclusivo da Ciranda Cultural
© 2022 Ciranda Cultural Editora e Distribuidora Ltda.

Traduzido do original em inglês
*The priest – Sons of Encouragement 1*

Texto
Francine Rivers

Editora
Michele de Souza Barbosa

Tradução
Michele Gerhardt MacCulloch

Preparação
Fátima Couto

Produção editorial
Ciranda Cultural

Diagramação
Linea Editora

Revisão
Fernanda R. Braga Simon

Design de capa
Ana Dobón

Imagens
Inara Prusakova/shutterstock.com

Dados Internacionais de Catalogação na Publicação (CIP) de acordo com ISBD

R622s    Rivers, Francine
           O sacerdote Aarão / Francine Rivers ; traduzido por Michele Gerhardt MacCulloch. - Jandira, SP : Principis, 2022.
           256 p. ; 15,50cm x 22,60cm. (Filhos da Coragem ; v. 1).

           Título original: The priest
           ISBN: 978-65-5552-764-3

           1. Literatura americana. 2. Religião. 3. Religiosidade. 4. Bíblia. 5. Conhecimento. 6. Reflexão. I. MacCulloch, Michele Gerhardt. II. Título. III. Série.

2022-637                                                        CDD 810
                                                                    CDU 821.111(73)

Elaborado por Lucio Feitosa - CRB-8/8803

Índice para catálogo sistemático:
1. Literatura americana : 810
2. Literatura americana : 821.111(73)

1ª edição em 2022
www.cirandacultural.com.br
Todos os direitos reservados.
Nenhuma parte desta publicação pode ser reproduzida, arquivada em sistema de busca ou transmitida por qualquer meio, seja ele eletrônico, fotocópia, gravação ou outros, sem prévia autorização do detentor dos direitos, e não pode circular encadernada ou encapada de maneira distinta daquela em que foi publicada, ou sem que as mesmas condições sejam impostas aos compradores subsequentes.

*Para homens de fé que servem
à sombra de outros.*

Eu gostaria de agradecer a Peggy Lynch por ouvir minhas ideias e me desafiar a ir cada vez mais fundo. Também gostaria de agradecer a Scott Mendel por me enviar material sobre a perspectiva judaica. E a Danielle Egan-Miller, que acalmou as águas turbulentas da tristeza quando minha amiga e agente de muitos anos, Jane Jordan Browne, faleceu. Jane foi uma boa professora para ela, e tenho certeza de que estou em boas mãos. Também quero agradecer à minha editora, Kathy Olson, pelo trabalho duro que realizou nesses projetos, e a toda a equipe da Tyndale por todo o trabalho que tiveram para apresentar essas histórias para os leitores. Foi um trabalho de equipe o tempo todo.

Também quero agradecer a todos os que rezaram por mim no decorrer dos anos deste projeto. Que o Senhor use esta história para atrair as pessoas para perto de Jesus, nosso amado Senhor e Salvador.

# SUMÁRIO

Introdução ................................................................. 11
Um ............................................................................. 13
Dois ........................................................................... 47
Três ............................................................................ 74
Quatro ..................................................................... 111
Cinco ....................................................................... 145
Seis ........................................................................... 179
Busque e encontre ................................................ 221
Chamado para incentivar .................................... 223
Chamado ao Egito ................................................ 229
Chamado ao plano superior ............................... 234
Chamado à santidade .......................................... 241
Chamado a liderar ................................................ 245
Chamado para cima ............................................. 252

# INTRODUÇÃO

Caro leitor,

    Este é o primeiro de cinco romances sobre homens bíblicos de fé que serviram à sombra de outros. Eles eram homens orientais que viveram em uma época antiga; ainda assim, suas histórias podem ser aplicadas à nossa vida e às difíceis questões que enfrentamos no mundo atual. Eles viviam no limite. Tinham coragem. Assumiram riscos. Fizeram o inesperado. Viveram uma vida arrojada e também cometeram erros… erros grandes. Esses homens não eram perfeitos, e mesmo assim Deus, em sua infinita misericórdia, os usou no Seu plano perfeito de Se revelar ao mundo.

    Vivemos em um tempo perturbado e de desespero, em que milhões buscam respostas. Esses homens apontaram o caminho. As lições que aprendemos com eles são tão apropriadas hoje quanto foram na época em que eles viveram, milhares de anos atrás.

    São homens históricos que realmente viveram. Suas histórias, da forma como eu as conto, são baseadas nas histórias da Bíblia. Para uma leitura mais completa sobre a vida de Aarão, veja os livros do Êxodo, Levítico e Números. Também compare Cristo, nosso Sumo Sacerdote, com o descrito na epístola aos hebreus.

Este livro também é uma obra histórica de ficção. O panorama da história é dado pela Bíblia, e comecei com os fatos que ali aparecem. Com esse fundamento, criei ação, diálogos, motivações internas e, em alguns casos, acrescentei personagens que acredito serem consistentes com o registro bíblico. Tentei manter-me fiel às mensagens das escrituras em todos os aspectos, acrescentando apenas o necessário para ajudar nosso entendimento da mensagem.

Ao final de cada romance, incluímos uma breve seção de estudos. A maior autoridade sobre o povo da Bíblia é a própria Bíblia. Eu o encorajo a lê-la para melhor compreensão. E rezo para que, enquanto você estiver lendo a Bíblia, se torne consciente da continuidade, da consistência e da confirmação dos planos de Deus para todos os tempos: um plano que inclui você.

*Francine Rivers*

# UM

AARÃO sentiu alguém se aproximar quando soltou o molde e reservou o tijolo seco. Com a pele formigando de medo, ele levantou o olhar. Não havia ninguém por perto. O contramestre hebreu mais próximo estava supervisionando o carregamento de tijolos em uma carroça para levar para uma das cidades-armazéns do faraó. Enxugando o suor de cima do lábio, ele se debruçou de novo sobre o trabalho.

Por toda a área, crianças queimadas de sol e exaustas pelo trabalho carregavam palha para as mulheres, que a sacudiam como cobertores sobre poças de lama e depois pisavam nela. Homens encharcados de suor enchiam baldes de areia envergados sob o peso conforme jogavam a lama nos moldes de tijolo. Da aurora ao crepúsculo, o trabalho continuava incessantemente, deixando apenas algumas horas na penumbra para cuidarem de suas pequenas hortas e animais para o sustento da vida.

"Onde estais, Senhor? Por que não nos ajudais?"

– Você aí! Volte ao trabalho!

Abaixando a cabeça, Aarão escondeu seu ódio e seguiu para o próximo molde. Seus joelhos doíam de se agachar, suas costas, de levantar tijolos, seu pescoço, de olhar para baixo. Ele colocava os tijolos em pilhas para os outros carregarem. Por toda a planície e pelos poços, só se via uma colmeia de trabalhadores; o ar era tão pesado que ele mal conseguia respirar por causa do fedor da miséria humana. Às vezes, a miséria parecia preferível a essa existência insuportável. Que esperança ele ou qualquer uma dessas pessoas tinha? Deus os abandonara. Aarão enxugou o suor dos olhos e tirou mais um tijolo seco do molde.

Alguém falou com ele de novo. Foi mais baixo do que um sussurro, mas fez seu sangue se acelerar e o cabelo de sua nuca se arrepiar. Ele parou e esticou o pescoço para a frente, para ouvir melhor. Olhou em volta. Ninguém o notou.

Talvez estivesse sofrendo com o calor. Devia ser isso. A cada ano as coisas estavam ficando mais difíceis, mais insuportáveis. Ele tinha oitenta e três anos, uma vida longa, abençoada unicamente pela miséria.

Tremendo, Aarão levantou a mão. Um garoto veio correndo, trazendo água em um recipiente de pele de animal. Aarão bebeu com vontade, mas o líquido quente não ajudou a eliminar o tremor interno, a sensação de que alguém o observava tão de perto que ele conseguia sentir o olhar em seus ossos. Era uma sensação estranha, assustadora, por causa de sua intensidade. Ele se ajoelhou, querendo se esconder da luz, querendo descansar. O supervisor gritou de novo, e ele sabia que, se não voltasse ao trabalho, sentiria o chicote na pele. Até mesmo homens velhos como ele deviam cumprir sua pesada cota de tijolos por dia. E, se não a cumprissem, pagavam por isso. Seu pai, Anrão, morrera com a cara na lama e um pé egípcio na nuca.

"Onde estivestes, Senhor? Onde estais?"

Ele odiava os feitores hebreus tanto quanto odiava os egípcios. Mas agradecia mesmo assim: o ódio dava força a um homem. Quanto mais rápido sua cota fosse cumprida, mais rápido poderia ir cuidar do seu rebanho de ovelhas e cabras, mais rápido seus filhos poderiam semear a terra em Gósen que levava alimento para a mesa deles. "Os egípcios tentam nos matar, mas nós seguimos em frente. Nós nos multiplicamos. Mas que benefício isso nos traz? Nós só sofremos."

Aarão soltou outro molde. Gotas de suor escorriam de sua testa na argila endurecida, manchando o tijolo. O sangue e o suor dos hebreus estavam presentes em tudo o que era construído no Egito! As estátuas de Pi-Ramsés, os palácios de Pi-Ramsés, os armazéns de Pi-Ramsés, a cidade de Pi-Ramsés: tudo estava manchado. Os faraós do Egito gostavam de nomear tudo com seu próprio nome. O orgulho reinava no trono do Egito! O velho faraó havia tentado afogar os filhos dos hebreus no Nilo, e agora Ramsés estava tentando transformá-los em pó! Aarão umedeceu o tijolo e o empilhou junto com uma dúzia de outros.

"Quando nos libertareis, Senhor? Quando tirareis o jugo da escravidão das nossas costas? Não foi nosso ancestral Josué que salvou este país imundo da fome? E olhai como somos tratados agora! O faraó nos usa como se fôssemos animais de carga para construir suas cidades e palácios! Deus, por que nos abandonastes? Quanto tempo, ah, quanto tempo até que nos liberteis daqueles que nos matarão de tanto trabalhar?"

"*Aarão!*"

A Voz veio de fora e de dentro, bem clara desta vez, silenciando os turbulentos pensamentos de Aarão. Ele sentiu a Presença com tanta força que tudo o mais recuou e foi envolvido por mãos invisíveis de silêncio e imobilidade. A Voz era inconfundível. Seu sangue e seus ossos a reconheciam.

"*Vá para o deserto encontrar Moisés!*"

A Presença foi embora. Tudo voltou a ser como era. O som voltou a cercá-lo: a sucção de lama quando pisada, os gemidos dos homens levantando baldes, os gritos das mulheres pedindo mais palha, o barulho da areia quando alguém de aproximava, um xingamento, uma ordem dada aos gritos, o assobio do chicote. Aarão gritou conforme a dor lhe dilacerava as costas. Ele se encolheu e cobriu a cabeça, temendo menos o supervisor do que Aquele que o chamava por seu nome. O chicote rasgou sua pele, mas a Palavra do Senhor rasgou seu coração.

– Levante, velho!

Se tivesse sorte, morreria.

Sentiu mais dor. Escutou vozes e caiu na escuridão. E se lembrou.

Havia quantos anos não pensava em seu irmão? Presumira que ele estivesse morto, que seus ossos secos estivessem esquecidos em algum lugar do deserto. A lembrança mais antiga que Aarão tinha era do choro furioso e desesperado de sua mãe enquanto ele cobria uma cesta que fizera com papiro e betume.

– O faraó disse que temos que dar nossos filhos para o Nilo, Anrão, e assim o farei. Que o Senhor o proteja! Que o senhor seja misericordioso!

E Deus foi misericordioso, permitindo que a cesta flutuasse à deriva até chegar às mãos da filha do faraó. Míriam, aos oito anos, foi ver o que aconteceria com seu irmãozinho e teve ousadia suficiente para sugerir à princesa egípcia que ele precisaria de uma ama de leite. Quando a princesa mandou que ela conseguisse uma, Míriam buscou a mãe.

Aarão só tinha três anos, mas ainda se lembrava daquele dia. Sua mãe soltou seus dedos.

– Pare de me segurar. Eu tenho que ir! – Agarrando os pulsos dele com força, ela o soltou. – Pegue-o, Míriam.

Aarão gritou quando a mãe saiu pela porta. Ela o estava deixando.

– Chiu!, Aarão – pediu Míriam, segurando-o com força. – Não adianta chorar. Você sabe que Moisés precisa mais da mamãe do que você. Já é um menino grande. Pode me ajudar a cuidar da horta e das ovelhas.

Embora sua mãe voltasse com Moisés toda noite, sua atenção era toda para o bebê. Todo dia de manhã, ela obedecia às ordens da princesa de que deveria levar o bebê para o palácio e ficar por perto caso ele precisasse de alguma coisa.

Dia após dia, Aarão só tinha a irmã para confortá-lo.

– Eu também sinto saudades dela, sabe? – dizia ela, enxugando as lágrimas do rosto. – Moisés precisa mais dela do que nós. Ele ainda não desmamou.

– Eu quero a mamãe.

– Bem, querer e ter são duas coisas diferentes. Pare de chorar.

– Para onde mamãe vai todos os dias?

– Ela vai rio acima.

– Rio acima?

Ela apontou.

– Para o palácio, onde mora a filha do faraó.

Um dia, Aarão saiu escondido quando Míriam foi cuidar das poucas ovelhas. Embora lhe tivessem dito que ele não podia fazer isso, ele foi até o Nilo e seguiu o rio para longe da aldeia. Coisas perigosas viviam nas águas. Coisas do mal. Os juncos eram altos e afiados, fazendo pequenos cortes em seus braços e pernas conforme ele passava. Ele ouvia sons farfalhando e rugindo, batidas fortes e frenéticas. O Nilo tinha crocodilos. Sua mãe lhe dissera isso.

Ele ouviu o riso de uma mulher. Abrindo caminho pelo junco, ele se aproximou até conseguir ver através dos troncos verdes o pátio de pedra onde a egípcia estava sentada com um bebê no colo. Ela o balançava nos joelhos e falava baixinho com ele. Beijava seu pescoço e estendia os braços com ele na direção do sol, como uma oferenda. Quando o bebê começou a chorar, a mulher chamou:

– Joquebede!

Aarão viu sua mãe sair de um lugar nas sombras e descer alguns degraus. Sorrindo, ela pegou o bebê que Aarão agora sabia ser seu irmão. As duas mulheres conversaram rapidamente, e a egípcia entrou.

Aarão se levantou para que a mãe pudesse vê-lo se olhasse na sua direção. Ela não olhou. Só tinha olhos para o bebê que segurava. Enquanto amamentava Moisés, ela cantava para ele. Aarão ficou sozinho, observando-a acariciar a cabeça de Moisés. Ele queria chamá-la, mas sua garganta parecia estar fechada. Quando a mãe acabou de amamentar seu irmão, ela se levantou e ficou de costas para o rio. Segurou Moisés contra o ombro e subiu os degraus do palácio.

Aarão se sentou na lama, escondido no meio do junco. Os mosquitos zuniam à sua volta. Os sapos coaxavam. Outros sons, mais ameaçadores, vinham das águas mais profundas. Se uma cobra ou um crocodilo o pegassem, a mãe nem iria ligar. Ela tinha Moisés. Ela amava só a ele agora; esquecera o filho mais velho.

Aarão sofria com a solidão, e seu jovem coração ardia de ódio pelo irmão que levara sua mãe embora. Desejava que a cesta tivesse afundado. Desejava que um crocodilo tivesse comido o irmão da mesma forma como comera outros bebês meninos. Escutou alguma coisa vindo através do junco e tentou se esconder.

– Aarão? – Miriam apareceu. – Eu estava procurando por você por todo lado! Como você conseguiu chegar até aqui?

Quando ele levantou a cabeça, os olhos dela se encheram de lágrimas.

– Ah, Aarão... – Ela olhou para o palácio, ansiosa. – Você viu a mamãe?

Ele abaixou a cabeça e soluçou. Os braços magros da irmã o abraçaram, puxando-o para ela.

– Eu também sinto falta da mamãe, Aarão – sussurrou ela com a voz falhando. – Mas nós precisamos ir. Não queremos causar problemas para ela.

Ele tinha seis anos quando, uma noite, a mãe voltou para casa sozinha, chorando. Ela só conseguia chorar e falar de Moisés e da filha do Faraó.

– Ela ama seu irmão. Será uma boa mãe para ele. Devo me confortar com isso e esquecer que ela é pagã. Ele vai crescer e se tornar um bom homem. – Ela puxou o xale e o pressionou contra a boca para abafar os soluços, conforme se balançava para a frente e para trás. – Um dia ele vai voltar para nós. – Ela ficava repetindo isso.

Aarão esperava que Moisés não voltasse nunca mais. Esperava nunca mais ver o irmão. "Eu o odeio", queria gritar. "Eu o odeio por tirar minha mãe de mim!"

– Meu filho será a nossa salvação. – Ela só falava de seu precioso Moisés, o libertador de Israel.

A semente da amargura cresceu em Aarão até que ele não suportava mais escutar o nome do irmão.

– Por que a senhora voltou então? – perguntou ele soluçando, uma tarde. – Por que não ficou com ele, se o ama tanto?

Míriam o repreendeu.

– Segure a língua, ou a mamãe vai achar que eu não tomei conta de você direito enquanto ela estava fora.

– Ela não liga para você, da mesma forma que não liga para mim! – berrou ele para a irmã, e encarou a mãe de novo. – Aposto que a senhora nem chorou quando o papai morreu com a cara na lama. Chorou? – Então, ao ver a expressão no rosto da mãe, ele saiu correndo. Correu até os poços de lama, onde seu trabalho era espalhar a palha para que os trabalhadores a pisassem e a misturassem à lama para a fabricação de tijolos.

Pelo menos ela passou a falar menos de Moisés depois daquilo. Na verdade, ela mal falava.

Nesse momento, Aarão despertou das lembranças dolorosas. Conseguia ver o calor através das pálpebras, enquanto uma sombra caía sobre ele. Alguém colocou algumas preciosas gotas de água em seus lábios enquanto o passado ecoava em sua mente. Ainda estava confuso, e o passado e o presente se misturavam em sua mente.

– Mesmo se o poupar, Joquebede, qualquer um que vir que ele é circuncidado saberá que ele está condenado a morrer.

– Eu não vou afogar meu próprio filho! Não vou levantar minha mão contra meu próprio filho, nem você! – Sua mãe chorava enquanto colocava seu irmão adormecido na cesta.

Certamente, Deus zombou dos deuses egípcios naquele dia, pois o próprio Nilo, o sangue do Egito, carregou seu irmão para as mãos e o coração da filha do faraó, exatamente o homem que mandara que todos os bebês meninos fossem afogados. Além disso, os outros deuses egípcios que rondavam as margens do Nilo na forma de crocodilos e hipopótamos também fracassaram ao cumprir o decreto do faraó. Mas ninguém riu. Muitos já haviam morrido e continuavam morrendo todos os dias. Às vezes, Aarão achava que a única razão para o decreto ter sido suspenso fora para garantir que o faraó teria escravos suficientes para fabricar seus tijolos, talhar suas pedras e construir suas cidades!

Por que seu irmão fora o único a sobreviver? Moisés realmente era o libertador de Israel?

Míriam cuidara da vida de Aarão mesmo depois que a mãe voltara para casa. Sua irmã tinha sido tão protetora com ele quanto uma leoa com seu filhote. Mesmo naquela época, e apesar dos extraordinários eventos que aconteceram na vida de Moisés, as circunstâncias da vida de Aarão não mudaram. Ele aprendeu a cuidar das ovelhas. Carregava palha para os poços de lama. Aos seis anos, já enchia os baldes com lama.

E, enquanto Aarão vivia a vida como escravo, Moisés crescia em um palácio. Enquanto Aarão aprendia por meio de trabalho duro e abuso nas mãos dos feitores, Moisés aprendia a ler, escrever, falar e viver como um egípcio. Aarão vestia trapos. Moisés passou a usar roupas finas de linho. Aarão comia pão ázimo e qualquer coisa que a mãe e a irmã conseguissem cultivar no pequeno pedaço de terra dura e seca que tinham. Moisés enchia a barriga com comida servida por escravos. Aarão trabalhava sob o sol quente, com os joelhos mergulhados na lama. Moisés se sentava em corredores frescos de pedras e era tratado como um príncipe egípcio, apesar do sangue hebreu. Moisés levava uma vida fácil em vez da labuta, de liberdade em vez de escravidão, de abundância em vez de necessidade. Nascido escravo, Aarão sabia que morreria escravo.

A não ser que Deus os libertasse.

"Moisés é o escolhido, Senhor?"

A inveja e o ressentimento atormentaram Aarão por quase toda a vida.

Mas era culpa de Moisés ter sido tirado da sua família e criado por estrangeiros adoradores de ídolos?

Aarão só voltou a ver Moisés anos depois, parado na porta da casa deles. A mãe se levantara com um grito e correra para abraçá-lo. Aarão não sabia o que pensar ou sentir, nem o que esperar de um irmão que parecia um egípcio e não conhecia nenhum hebreu. Aarão se ressentira dele, depois ficou confuso com a vontade de Moisés de se alinhar com os escravos. Moisés podia ir e vir ao seu bel-prazer.

Por que escolhera vir morar em Gósen? Ele poderia andar em carruagens e caçar leões com outros jovens do palácio do faraó. O que esperava ganhar ao trabalhar ao lado de escravos?

– Você me odeia, não é, Aarão?

Aarão entendia a língua egípcia, embora Moisés não compreendesse hebraico. A pergunta fez com que ele parasse para pensar.

– Não, ódio, não. – Ele só sentia desconfiança. – O que você está fazendo aqui?

– Eu pertenço a este lugar.

Aarão ficou furioso com a resposta de Moisés.

– Todos nós arriscamos a nossa vida para que você acabasse em um poço de lama?

– Se eu vou tentar libertar o meu povo, não preciso conhecê-lo?

– Nossa, muito magnânimo...

– Vocês precisam de um líder.

A mãe defendia Moisés com todas as suas forças:

– Eu não disse que o meu filho escolheria seu povo em vez de nossos inimigos?

Moisés não seria mais útil no palácio defendendo os hebreus? Ele achava que conseguiria o respeito do faraó trabalhando ao lado dos escravos? Aarão não compreendia Moisés, e, depois de viverem anos de forma tão diversa, já não tinha nem certeza se gostava dele.

Mas por que deveria gostar? O que Moisés realmente queria? Seria ele um espião enviado pelo faraó para descobrir se aqueles israelitas miseráveis tinham planos de se aliar aos inimigos do Egito? A ideia devia ter-lhes ocorrido, mas eles sabiam que não se sairiam melhor nas mãos dos filisteus.

"Onde está Deus quando precisamos dele? Bem longe, cego e surdo aos nossos pedidos de liberdade!"

Moisés podia ter frequentado grandes salões como o filho adotado da filha do faraó, mas ele herdara o sangue levita e o temperamento levita. Quando viu um egípcio batendo em um escravo levita, perdeu a cabeça. Aarão e vários outros olharam horrorizados enquanto Moisés matava um egípcio. Os outros fugiram enquanto Moisés enterrava o corpo na areia.

– Alguém precisa defender vocês! – Moisés disse enquanto Aarão o ajudava a esconder a prova de seu crime. – Pense nisso. Milhares de escravos se revoltam contra seus mestres. É isso que os egípcios temem, Aarão. É por isso que eles sobrecarregam vocês e tentam matá-los de tanto trabalhar.

– Esse é o tipo de líder que você quer ser? Matá-los como eles nos matam? – Esse era o caminho para a libertação? O libertador deles seria um guerreiro que os levaria para a batalha? Colocaria uma espada na mão deles? A raiva acumulada nos anos de escravidão tomou conta de Aarão. Ah, como seria fácil render-se a isso!

## O sacerdote

A notícia se espalhou como areia fina no vento do deserto e acabou chegando aos ouvidos do próprio faraó. Quando os hebreus brigaram entre si no dia seguinte, Moisés tentou interceder e foi atacado.

– Quem disse que você é nosso príncipe e juiz? Pretende me matar da mesma forma como matou o egípcio ontem?

O povo não queria Moisés como seu libertador. Aos olhos deles, ele era um enigma indigno de confiança.

A filha do faraó não conseguiu proteger Moisés dessa vez. Quanto tempo um homem consegue sobreviver sendo odiado e caçado pelo faraó e invejado e odiado por seus irmãos?

Moisés desapareceu no deserto, e ninguém mais soube dele.

Ele nem teve tempo de se despedir da mãe, que acreditara que ele havia nascido para libertar Israel da escravidão. E Moisés levou consigo para o deserto as esperanças e os sonhos da mãe. Ela morreu um ano depois. O destino da mãe egípcia de Moisés é desconhecido, mas o faraó viveu por muito tempo, continuando a construir suas cidades-armazéns, monumentos e o maior de todos, sua tumba, que mal tinha acabado de ficar pronta quando o sarcófago com o seu corpo embalsamado foi carregado para o Vale dos Reis, seguido por uma comitiva formada por milhares de pessoas carregando ídolos de ouro, bens e provisões para que a vida dele depois da morte fosse ainda mais grandiosa do que a que ele vivera na terra.

Agora Ramsés usava a coroa de serpente e tinha a espada apontada para a cabeça deles. Cruel e arrogante, ele preferia pisar nas costas deles. Quando Anrão não conseguiu sair do poço, ele foi sufocado pela lama.

Aarão tinha oitenta e três anos, era um homem magro. Sabia que morreria logo, e seus filhos depois dele, e os filhos deles por muitas gerações.

A não ser que Deus os libertasse.

"Senhor, Senhor, abandonastes Vosso povo?"

Aarão rezou, desesperado. Era a única liberdade que tinha, a de implorar a ajuda de Deus. Deus não fizera um acordo com Abraão, Isaac e Jacó? "Senhor, Senhor, escutai minha oração! Ajudai-nos!" Se Deus existia, onde Ele estava? Ele via as marcas de sangue nas costas deles, o olhar exausto nos rostos deles? Escutava o choro dos filhos de Abraão? Os pais de Aarão se apegavam à fé num Deus que nunca tinham visto.

"Onde mais podemos encontrar esperança, Senhor? Quanto tempo, oh, Deus, quanto tempo até que nos liberteis? Ajudai-nos. Deus, por que não nos ajudais?"

O pai e a mãe de Aarão estavam havia muito tempo enterrados embaixo da areia. Aarão obedecera aos últimos desejos de seus pais e se casara com Eliseba, uma filha da tribo de Judá. Ela lhe dera quatro bons filhos antes de morrer. Às vezes Aarão invejava os mortos. Pelo menos eles descansavam. Pelo menos suas incessantes orações finalmente paravam, e o silêncio de Deus não doía mais.

Alguém levantou sua cabeça e lhe deu água.

— Pai? — Aarão abriu os olhos e viu seu filho Eleazar sobre ele.

— Deus falou comigo. — Sua voz mal passava de um sussurro.

Eleazar se debruçou sobre ele.

— Não consegui ouvir o que disse, pai. O que o senhor disse?

Aarão chorou, incapaz de dizer qualquer outra coisa.

Deus finalmente havia falado, e Aarão sabia que sua vida nunca mais seria a mesma.

* * *

Aarão reuniu os quatro filhos, Nadabe, Abiú, Eleazar e Itamar, e sua irmã, Míriam, e lhes contou que Deus mandara que ele fosse encontrar Moisés no deserto.

## O sacerdote

— Nosso tio está morto — disse Nadabe. — Foi o sol que falou com o senhor.

— Já se passaram quarenta anos sem notícia alguma, pai.

Aarão levantou a mão.

— Moisés está vivo.

— Como sabe que foi Deus que falou com o senhor, pai? — perguntou Abiú, inclinando-se para a frente. — O senhor estava sob o sol o dia todo. Não seria a primeira vez que o sol faria isso.

— Tem certeza, Aarão? — perguntou Míriam, pegando o rosto dele nas mãos. — Esperamos por tanto tempo!

— Sim, tenho certeza. Não se pode imaginar uma voz como aquela. Não sei explicar, nem tenho tempo para tentar. Vocês precisam acreditar em mim!

Todos falaram ao mesmo tempo.

— Há filisteus nas fronteiras com o Egito.

— O senhor não vai conseguir sobreviver no deserto, pai.

— O que vamos dizer para os outros anciãos quando perguntarem pelo senhor? Eles vão querer saber por que não impedimos que nosso pai fizesse tal loucura.

— O senhor não conseguirá nem chegar à rota comercial antes que o parem.

— E se for, como vai sobreviver?

— Quem irá com o senhor?

— Pai, o senhor tem oitenta e três anos!

Eleazar colocou a mão no braço de Aarão.

— Eu vou com o senhor, pai.

Míriam bateu o pé no chão.

— Basta! Deixem que o pai de vocês fale!

— Ninguém vai comigo. Eu irei sozinho, e Deus me ajudará.

— Como vai encontrar Moisés? O deserto é muito vasto. Como vai encontrar água?

– E comida... Não conseguirá carregar o suficiente para esse tipo de jornada.

Míriam se levantou.

– Estão tentando convencer o pai de vocês a não seguir as instruções de Deus?

– Sente-se, Míriam.

A irmã só aumentava a confusão, e Aarão podia falar por si.

– Deus me chamou a fazer essa jornada, e Ele certamente me mostrará o caminho. – Ele não rezara durante anos? Talvez Moisés soubesse de alguma coisa. Talvez Deus finalmente fosse ajudar Seu povo. – Eu preciso acreditar que o Deus de Abraão, Isaac e Jacó vai me guiar.

Ele falava com mais confiança do que sentia, pois sua cabeça estava cheia de perguntas. Por que eles deveriam duvidar de sua palavra? Ele precisava fazer o que Deus dissera e ir. Logo, antes que perdesse a coragem.

Pegando um cantil de água, sete pequenos pães ázimos e seu cajado, Aarão saiu depois que o sol nasceu. Caminhou o dia todo. Viu egípcios, mas eles não lhe deram atenção. E ele também não deixou que seus pés vacilassem ao vê-los. Deus lhe dera propósito e esperança. O cansaço e a desolação não o oprimiam mais. Sentia-se renovado enquanto caminhava. "Deus existe. Deus falou." Deus lhe falara para onde ir e quem encontrar: Moisés!

Como seu irmão estaria? Será que ele passara quarenta anos no deserto? Tinha família? Sabia que Aarão estava indo? Deus também falara com ele? Se não, o que diria a Moisés quando o encontrasse? Deus certamente não o mandaria para tão longe sem um propósito. Mas que propósito?

Essas perguntas fizeram com que pensasse em outras coisas. Diminuiu o ritmo dos passos, perturbado. Tinha sido fácil ir embora. Ninguém o havia impedido. Pegara seu cajado, um cantil de água e uma bolsa com pão e se dirigira para o deserto.

Talvez devesse ter trazido Míriam e seus filhos.

## O SACERDOTE

Não. Não. Precisava fazer exatamente o que Deus dissera.

Aarão andava o dia todo, dia após dia, e dormia a céu aberto à noite, olhando as estrelas no céu, sozinho no silêncio. Nunca ficara tão sozinho ou se sentira tão solitário. Com sede, ele chupou uma pedra para evitar que a boca secasse. Como gostaria de poder levantar a mão e que um garoto viesse correndo até ele com um pouco de água! Seu pão já estava no fim. Seu estômago roncava, mas ele temia comer até o final da tarde. Não sabia quanto ainda teria que andar nem se o pão que trouxera seria suficiente. Não sabia o que comer no deserto. Não tinha habilidade para caçar e matar animais. Estava cansado e com fome e começava a se questionar se realmente ouvira a voz de Deus ou se apenas a imaginara. Quantos dias ainda? Estava longe? O sol ardia, impiedoso, até que ele procurou se proteger em uma fenda entre as rochas, miserável e exausto. Não conseguia mais se lembrar da voz de Deus.

Seria sua imaginação, alimentada por anos de miséria e uma esperança cada vez menor de que um Salvador viria salvá-lo da escravidão? Talvez seus filhos estivessem certos, e ele estivesse tendo alucinações por causa do calor. Agora certamente estava.

Não. Ele ouvira a voz de Deus. Estivera no limite da exaustão e da insolação muitas vezes na vida, mas nunca havia escutado uma voz como aquela:

*"Vá encontrar Moisés no deserto. Vá. Vá."*

Ele se pôs a caminhar de novo; andou até escurecer e encontrar um lugar para descansar. O calor inexorável deu lugar a um frio que lhe congelava os ossos e o fazia tremer. Quando dormiu, sonhou com seus filhos sentados com ele a uma mesa, rindo e implicando um com o outro enquanto Míriam servia pão e carne, tâmaras secas e vinho. Acordou desesperado. Pelo menos no Egito, ele sabia o que esperar; todo dia era sempre igual com os supervisores regulando sua vida. Passara sede e fome muitas vezes, mas não como ali, sem trégua, sem ninguém para confortá-lo.

"Deus, Vós me trouxestes aqui para o deserto para me matar? Aqui não existe água, apenas esse mar infinito de pedras."

Aarão perdeu a conta dos dias, mas mantinha a esperança de que teria água e comida suficiente para mantê-lo vivo. Seguiu para o norte e depois para o leste, na direção de Midiã, sustentado por raros oásis e cada dia apoiando-se mais no cajado. Não sabia quanto já percorrera ou quanto ainda tinha que caminhar. Apenas sabia que preferia morrer no deserto a voltar. A esperança que lhe restava estava fixa em encontrar seu irmão. Desejava ver Moisés tanto quanto ansiava por um longo gole de água e um pedaço de pão.

Quando sua água não passava de algumas gotas e seu pão já havia acabado, ele chegou a uma grande planície que ficava antes de uma montanha irregular. Estaria vendo um burro e um pequeno abrigo? Aarão enxugou o suor da testa e apertou os olhos. Um homem estava sentado à porta, com a cabeça virada na direção de Aarão. A esperança fez com que Aarão se esquecesse da fome e da sede.

– Moisés! – "Ah, Senhor, Senhor, que seja o meu irmão!" – Moisés!

O homem veio na sua direção, correndo, com os braços esticados.

– Aarão!

Era como escutar a voz de Deus. Rindo, Aarão desceu a rampa pedregosa, com a força renovada como a de uma águia. Estava quase correndo quando alcançou o irmão. Caíram um nos braços do outro.

– Deus me mandou, Moisés! – Rindo e soluçando, ele beijou o irmão. – Deus me mandou para você!

– Aarão, meu irmão! – Moisés o abraçou forte, chorando. – Deus disse que você viria.

– Quarenta anos, Moisés. Quarenta anos! Todos achamos que você estivesse morto.

– Você gostou de me ver partir.

– Perdoe-me. Estou feliz em vê-lo agora. – Aarão se deliciava com a visão do irmão mais novo.

Moisés mudara. Não estava mais vestido como um egípcio, mas com uma túnica longa e escura, e tinha a cabeça coberta, como um nômade. Com a pele escura, o rosto marcado pela idade, a barba escura salteada de branco, ele parecia um estrangeiro humilhado pela vida no deserto.

Aarão nunca ficara tão feliz em ver alguém.

– Ah, Moisés, você é meu irmão, estou contente em vê-lo vivo e bem.

Aarão chorou pelos anos perdidos.

Os olhos de Moisés estavam marejados e afetuosos.

– O Senhor Deus disse que você ficaria. Venha. Você precisa descansar, comer e beber alguma coisa. Precisa conhecer os meus filhos.

A esposa morena e estrangeira de Moisés, Zípora, os serviu. O filho dele, Gérson, sentou-se com eles, enquanto Eliézer estava deitado, pálido e suado, nos fundos da tenda.

– Seu filho está doente.

– Zípora o circuncidou dois dias atrás.

Aarão estremeceu. Eliézer significava "meu Deus é ajuda". Mas em que Deus Moisés depositava suas esperanças? Zípora estava sentada ao lado do filho, com ao olhos escuros abatidos, e dava tapinhas com um pano úmido na testa dele. Aarão perguntou por que o próprio Moisés não fizera isso quando o filho tinha oito dias de idade, como os judeus fazem desde os tempos de Abraão.

Moisés abaixou a cabeça.

– É mais fácil lembrar-se dos costumes do seu povo quando se vive no meio dele, Aarão. Quando circuncidei Gérson, descobri que o povo de Midiã considera esse rito repugnante, e Jetro, pai de Zípora, é sacerdote lá. – Ele olhou para Aarão. – Em respeito a ele, não circuncidei Eliézer. Quando Deus falou comigo, Jetro me deu a bênção, e nós deixamos Midiã. Eu sabia que meu filho precisava ser circuncidado. Zípora era contra, e eu adiei, não querendo pressioná-la. Eu não via isso como um ato rebelde até que o próprio Deus tentou tirar a minha vida. Eu disse a Zípora que, se meus dois filhos não tivessem a marca do povo judeu na pele, eu morreria, e Eliézer seria cortado de Deus e de Seu povo. Só então ela mesma cortou a pele do nosso filho.

Perturbado, Moisés olhou para o filho febril.

– Meu filho nem se lembraria de como a marca surgiu em sua pele se eu tivesse obedecido ao Senhor em vez de me curvar aos outros. Agora, ele está sofrendo por causa da minha desobediência.

– Logo ele ficará bem, Moisés.

– Sim, mas eu me lembrarei do custo da minha desobediência. – Moisés olhou pela porta para a montanha e depois para Aarão. – Tenho muita coisa para contar quando você não estiver muito cansado para escutar.

– A minha força voltou no momento em que o vi.

Moisés pegou o cajado e se levantou, e Aarão o seguiu. Quando estavam do lado de fora, Moisés parou.

– O Deus de Abraão, Isaac e Jacó apareceu para mim em uma sarça em chamas naquela montanha – contou Moisés. – Ele viu a aflição do povo de Israel e veio para libertá-lo do poder dos egípcios, para levá-los para uma terra em que haja leite e mel. Ele está me mandando para o faraó para que eu possa tirar o povo Dele do Egito para adorá-Lo nesta montanha. – Moisés segurou o cajado e apoiou a testa nas mãos enquanto contava todas as palavras que o Senhor lhe dissera na montanha. Aarão sentiu a verdade delas em sua alma, bebendo-as como se fossem água. "O Senhor está enviando Moisés para nos libertar!"

– Eu implorei que o Senhor mandasse outra pessoa, Aarão. Questionei quem sou eu para ir falar com o faraó. Disse que meu próprio povo não acreditaria em mim. Disse que nunca fui eloquente, que falo devagar e tenho língua presa. – Ele expirou devagar e encarou Aarão. – E o Senhor cujo nome é EU SOU AQUELE QUE É disse que você seria meu porta-voz.

## O SACERDOTE

Aarão sentiu uma repentina onda de medo, que diminuiu em resposta a uma vida inteira de oração. O Senhor havia escutado o clamor de Seu povo. A liberdade estava próxima. O Senhor vira a miséria deles e estava prestes a colocar um fim nela. Aarão estava emocionado demais para falar.

– Entende o que estou dizendo, Aarão? Eu tenho medo do faraó. Tenho medo do meu próprio povo. Então, o Senhor o enviou para ficar ao meu lado e ser meu porta-voz.

A pergunta pairava entre eles, sem ser dita: ele estava disposto a ficar ao lado de Moisés?

– Sou seu irmão mais velho. Quem melhor do que eu para falar por você?

– Não está com medo, irmão?

– Qual o valor da vida de um escravo no Egito, Moisés? Qual a importância que a minha vida teve até hoje? Sim, eu estou com medo. Tive medo a minha vida toda. Abaixei a cabeça para feitores a minha vida toda e senti o chicote quando ousei levantar o olhar. Sempre fui audacioso ao falar dentro da minha casa e entre meus irmãos, mas isso nunca adiantou. Nada mudou. As minhas palavras não passam de vento, e eu achei que as minhas preces também fossem. Agora eu sei que não. Desta vez vai ser diferente. Não serão as palavras de um escravo que sairão dos meus lábios, mas a Palavra do Senhor, Deus de Abraão, Isaac e Jacó!

– Se eles não acreditarem em nós, o Senhor me deu sinais para lhes mostrar. – Moisés lhe contou como seu cajado virara uma cobra e sua mão ficara leprosa. – E se isso não for suficiente, quando eu pegar água do Nilo, ela se tornará sangue.

Aarão não pediu uma demonstração.

– Eles acreditarão, assim como eu acredito.

– Você acredita em mim porque é meu irmão e porque Deus o enviou para mim. Acredita porque Deus mudou seu coração em relação a mim. Você nem sempre olhou para mim como olha agora, Aarão.

– Sim, porque eu achava que você era livre, e eu, não.

– Eu nunca me senti à vontade na casa do faraó. Queria estar junto do meu povo.

– E nós o ridicularizamos e o rejeitamos.

Talvez viver entre dois povos diferentes e não ser aceito por nenhum deles tivesse feito com que Moisés fosse tão humilde. Mas ele precisava obedecer às ordens de Deus, ou os hebreus continuariam como antes, labutando nos poços de lama e morrendo com a cara na poeira.

– Deus o escolheu para nos libertar, Moisés. E é isso que você deve fazer. O que quer que Deus lhe diga eu repetirei. Mesmo que eu precise gritar, vou fazer com que o povo escute.

Moisés levantou o olhar para a montanha de Deus.

– Partiremos para o Egito de manhã. Reuniremos os anciãos de Israel e lhes contaremos o que o Senhor disse. Então, iremos todos procurar o faraó e lhe pedir que deixe o povo de Deus ir para o deserto sacrificar-se ao Senhor nosso Deus.

Ele fechou os olhos como se estivesse sofrendo.

– O que houve, Moisés? Qual é o problema?

– O Senhor vai endurecer o coração do faraó e jogará sinais e milagres sobre o Egito, de forma que, quando sairmos, não estaremos de mãos vazias, mas com muitos presentes de prata, ouro e roupas.

Aarão soltou uma gargalhada amarga.

– E Deus vai pilhar o Egito da mesma forma como o Egito nos pilhou! Nunca pensei que veria a justiça prevalecer na minha vida. Será uma visão feliz!

– Não anseie demais pela destruição deles, Aarão. São pessoas como nós.

– Não como nós.

– O faraó não descansará até que seu primogênito esteja morto. Só então ele nos deixará partir.

## O SACERDOTE

Aarão fora escravo por tempo demais e sentira o chicote vezes demais para sentir pena de qualquer egípcio, mas viu que Moisés sentia.

Eles partiram ao amanhecer. Zípora providenciou para que o burro carregasse as provisões e puxasse uma maca. Eliézer estava melhor, mas não o suficiente para andar com a mãe e o irmão. Aarão e Moisés andavam na frente, cada um com um cajado de pastor na mão.

\* \* \*

Indo para o norte, eles pegaram a rota comercial entre o Egito e o sul de Canaã, passando por Sur. Era um caminho mais direto do que ir para o sul, para o oeste e depois para o norte, atravessando o deserto. Aarão queria escutar tudo que o Senhor dissera a Moisés.

– Conte-me tudo de novo. Desde o começo. – Como gostaria de ter estado com Moisés e ter visto a sarça ardente com os próprios olhos! Sabia o que era escutar a voz de Deus, mas estar na Sua presença era algo além de sua imaginação.

Quando chegaram ao Egito, Aarão levou Moisés, Zípora, Gérson e Eliézer para sua casa. Moisés ficou muito emocionado quando Míriam o abraçou e os filhos de Aarão o cercaram. Aarão quase ficou com pena de Moisés, pois viu que as palavras em hebraico ainda não saíam com facilidade, então falou por ele.

– Deus chamou Moisés para libertar nosso povo da escravidão. O próprio Senhor dará grandes sinais e fará milagres para que o faraó nos deixe ir.

– Nossa mãe jurava que você era o prometido de Deus. – Míriam abraçou Moisés de novo. – Quando a filha do faraó o salvou, ela teve certeza de que Deus o estava protegendo para algum grande propósito.

Zípora sentou-se com seus filhos, assistindo a tudo do canto do cômodo, com olhos sombrios e perturbada.

Os filhos de Aarão iam e vinham por Gósen, a região do Egito que fora dada aos hebreus séculos antes e onde agora viviam como escravos. Os homens levaram a mensagem para os anciãos de Israel de que Deus mandara um libertador e que eles deveriam se reunir para ouvir a mensagem de Deus.

Enquanto isso, Aarão conversava e rezava com o irmão. Podia ver que ele estava lutando contra o medo do faraó, do povo e do chamado de Deus. Moisés tinha pouco apetite. E parecia mais cansado quando se levantava de manhã do que quando ia dormir à noite. Aarão fazia o possível para encorajá-lo. Certamente fora por isso que Deus mandara que encontrasse Moisés. Amava seu irmão. Estava mais forte na sua presença e ansioso para servir.

– Você me conta as palavras que Deus lhe disse, Moisés, e eu repito para eles. Você não vai sozinho encontrar o faraó. Iremos juntos. E o próprio Senhor certamente estará conosco.

– Como você não tem medo?

Não tinha medo? Menos, talvez. Moisés não crescera sofrendo opressão física. Não vivera ansiando pela promessa da intervenção divina. Também não vivera cercado de amigos e familiares escravos que contavam um com a força do outro para sobreviver todos os dias. Será que Moisés sentira amor além daqueles primeiros anos no seio da mãe? Será que a filha do faraó se arrependera de adotá-lo? Em que posição o ato rebelde dela contra o faraó a colocara, e quais haviam sido as repercussões disso em Moisés?

Aarão percebeu que nunca tinha se perguntado isso antes, apegado demais aos próprios sentimentos, ressentimentos mesquinhos e ciúme infantil. Diferentemente de Moisés, ele não crescera como o filho adotado da filha do faraó entre pessoas que o odiavam. Será que Moisés aprendera a ficar afastado e a não falar quase nada para sobreviver? Aarão não se vira entre dois mundos, sem ser aceito em nenhum dos dois. Não se esforçara para se alinhar com seu povo e descobrir depois que eles também o odiavam.

Nem precisara fugir tanto dos egípcios quanto dos hebreus e buscar refúgio entre os estrangeiros para continuar vivo. Nem passara anos sozinho no deserto, cuidando de ovelhas.

Por que nunca pensara nessas coisas? Apenas agora sua mente e seu coração estavam abertos para considerar como deve ter sido a vida de Moisés? Aarão se encheu de compaixão pelo irmão. Desejava ajudá-lo, estimulá-lo a realizar a tarefa que Deus lhe dera. Pois o próprio Senhor dissera que Moisés era o libertador de Israel, e Aarão sabia que Deus lhe mandara ficar ao lado do irmão e fazer tudo o que Moisés não conseguisse.

"Senhor, vós escutastes o nosso clamor!"

– Ah, Moisés, passei a minha vida toda sentindo medo, abaixando a cabeça para supervisores e feitores, e ainda assim sendo chicoteado quando não conseguia trabalhar rápido o suficiente para eles. E agora, pela primeira vez na minha vida, tenho esperança. – As lágrimas começaram a lhe escorrer pelo rosto sem parar. – A esperança acaba com o medo, irmão. Nós temos a promessa de Deus de que o dia da nossa salvação está perto! O povo vai se alegrar quando souber, e o faraó se acovardará diante do Senhor.

Os olhos de Moisés estavam cheios de tristeza.

– Ele não vai escutar.

– Como ele poderá não escutar quando vir os sinais e milagres?

– Eu fui criado com Ramsés. Ele é arrogante e cruel. E, agora que ele está sentado no trono, acredita que é deus. Ele não vai escutar, Aarão, e muitos sofrerão por causa dele. Nosso povo sofrerá, e o dele, também.

– O faraó verá a verdade, Moisés. Ele entenderá que o Senhor é Deus. E essa verdade vai nos libertar.

Moisés chorou.

\* \* \*

Os anciãos de Israel se reuniram, e Aarão repetiu todas as palavras que o Senhor dissera a Moisés. A multidão ficou em dúvida; alguns eram francos, e outros zombavam.

– Este é o seu irmão que matou um egípcio e fugiu. E agora ele vai nos libertar do Egito? Você perdeu a cabeça? Deus não usaria um homem como ele!

– O que ele está fazendo aqui? Ele é mais egípcio do que hebreu!

– Ele é de Midiã agora!

Alguns riram.

Aarão sentiu que seu sangue ficava quente.

– Mostre a eles, Moisés. Mostre um sinal!

Moisés jogou seu cajado no chão, e ele virou uma cobra enorme. As pessoas gritaram e se espalharam. Moisés se abaixou e pegou a cobra pelo rabo, e ela virou seu cajado de novo.

As pessoas o cercaram.

– Há outros sinais! Mostre a eles, Moisés.

Moisés colocou a mão dentro de sua túnica e tirou-a leprosa. As pessoas ficaram surpresas e se afastaram. Quando ele colocou de novo a mão na túnica e a tirou limpa como a de um bebê, todos gritaram em júbilo.

Moisés não precisou tocar com seu cajado no Nilo para transformá-lo em sangue, pois o povo já gritava de alegria.

– Moisés! Moisés!

Aarão levantou os braços com o cajado em uma das mãos e gritou:

– Que Deus seja louvado por ter escutado as nossas preces por libertação! Louvemos ao Deus de Abraão, Isaac e Jacó!

O povo gritou com ele e se ajoelhou, abaixando a cabeça e adorando ao Senhor.

Mas, quando pediram aos anciãos que fossem falar com o faraó, eles se recusaram. Ficou a cargo de Aarão e Moisés irem sozinhos.

## O SACERDOTE

\* \* \*

Aarão sentia-se menor e mais fraco a cada passo em Tebas, a cidade do faraó. Nunca tivera razão para ir para lá no meio da confusão de mercados e ruas cheias à sombra dos imensos edifícios de pedra que abrigavam o faraó, seus conselheiros e os deuses do Egito. Passara a vida toda em Gósen, labutando sob a vigilância dos supervisores para tirar sua própria subsistência da horta e dos rebanhos de ovelhas e cabras.

Quem era ele para achar que podia colocar-se diante do poderoso faraó e falar por Moisés? Todos diziam que, mesmo quando era menino, Ramsés já mostrava a arrogância e a crueldade de seus antecessores. Quem ousaria contrariar o deus governante de todo o Egito? Ainda mais um homem velho de oitenta e três anos, como ele, e seu irmão mais novo, de oitenta anos!

*"Eu estou mandando que vás até o faraó. Tu guiarás o meu povo, os israelitas, para fora do Egito."*

"Senhor, dai-me coragem", Aarão rezou silenciosamente. "Vós dissestes que eu deveria ser o porta-voz de Moisés, mas a única coisa que consigo ver são os inimigos ao meu redor. Ah, Deus, Moisés e eu somos como dois gafanhotos velhos diante da corte de um rei. O faraó tem o poder de nos esmagar. Como posso dar coragem a Moisés quando a minha está fraquejando?"

Podia sentir o cheiro do suor de Moisés. Era o cheiro do terror. Seu irmão mal dormira de medo de se colocar diante do próprio povo. Agora ele estava dentro de uma cidade com milhares de habitantes, com seus enormes edifícios e estátuas magníficas do faraó e dos deuses do Egito. Ele viera falar com o faraó!

– Você sabe aonde ir?

– Estamos quase lá. – Moisés não disse mais nada.

Aarão queria encorajá-lo, mas como, quando ele mesmo estava lutando com o medo que ameaçava dominá-lo?

"Oh, Deus, serei capaz de falar quando meu irmão, que sabe muito mais do que eu, está tremendo como vara verde aqui ao meu lado? Não deixes que nenhum homem acabe com ele, Senhor. Venha o que vier, dai-me forças para falar e para me manter de pé."

Ele sentiu o cheiro de fumaça carregada com incenso e se lembrou de Moisés falando sobre o fogo que queimara sem consumir a sarça e a Voz que falara com ele saindo do fogo. Aarão se lembrou da Voz. Pensou nela nesse momento, e o medo diminuiu. O cajado de Moisés não tinha virado uma cobra diante de seus olhos, e sua mão não ficara leprosa apenas para ser curada logo depois? Esse era o poder de Deus! Pensou nas súplicas do povo, nos agradecimentos e nos gritos de alegria, pois o Senhor vira a aflição deles e enviara Moisés para salvá-los da escravidão.

Ainda assim...

Aarão olhou para os enormes edifícios com seus grandes pilares e imaginou o poder daqueles que os haviam planejado e construído.

Moisés parou diante de um enorme portão de pedra. De cada lado havia bestas entalhadas, vinte vezes maiores do que Aarão, de guarda.

"Oh, Senhor, sou apenas um homem. Eu acredito, eu acredito. Livrai-me das minhas dúvidas!"

Aarão tentou não olhar à sua volta enquanto caminhava ao lado de Moisés até a entrada do grande edifício onde o faraó se reunia com a corte. Aarão falou com um dos guardas, que permitiu que eles entrassem. O burburinho de vozes soava como abelhas entre as enormes colunas. As paredes e tetos resplandeciam com cenas coloridas dos deuses do Egito. Os homens olhavam para ele e para Moisés, franzindo a testa em desagrado e afastando-se aos sussurros.

A palma da mão de Aarão suava, e ele segurava o cajado com força. Sentia que todos olhavam para ele, com sua túnica comprida, uma faixa na cintura e o xale que lhe cobria a cabeça, empoeirado da viagem. Ele e o irmão pareciam diferentes entre esses homens de túnica curta e peruca elaborada. Alguns usavam túnicas compridas, robes bordados e amuletos de ouro. Quanta riqueza! Quanta beleza! Aarão nunca imaginara nada assim.

Quando Aarão olhou para o faraó sentado em um trono cercado por duas enormes estátuas de Osíris e Ísis, só conseguiu ver a sua magnificência. Tudo nele revelava poder e riqueza. Ele olhou com desdém para Aarão e Moisés e disse alguma coisa para um guarda, que se endireitou e falou:

– Por que vieram procurar o poderoso faraó?

Moisés abaixou os olhos, tremendo, e não disse nada. Aarão ouviu alguém sussurrar:

– O que esses escravos hebreus velhos e fedorentos estão fazendo aqui?

Ele sentiu um calor tomar conta de si ao notar o desprezo deles. Descobrindo a cabeça, ele deu um passo à frente.

– Assim diz o Senhor, Deus de Israel: *"Liberta meu povo para que celebre a minha honra no deserto"*.

O faraó riu.

– É isso? – Os outros se juntaram a ele. – Olhem esses dois escravos parados diante de mim, exigindo que o povo deles seja libertado. – Os oficiais riram. O faraó acenou com a mão, como que afastando um problema sem importância. – E quem é esse Deus que eu devo ouvir para libertar o povo de Israel? Libertá-los? Por que eu faria isso? Quem faria o trabalho que vocês nasceram para fazer? – Ele abriu um sorriso frio. – Eu não conheço o Senhor e não libertarei o povo de Israel.

Aarão sentiu a raiva crescer dentro de si.

– O Deus dos hebreus se encontrou conosco – declarou ele. – Deixe que nós façamos uma viagem de três dias para o deserto para que possamos oferecer sacrifícios para o Senhor nosso Deus. Se não fizermos isso, morreremos de doença ou pela espada.

– Por que eu deveria me importar se alguns escravos morrerem? Os hebreus se reproduzem como coelhos. Haverá outros para substituir aqueles que morrerem com a peste. – Os conselheiros e os visitantes riram enquanto o faraó continuava a zombar deles.

O rosto de Aarão queimava, seu coração palpitava.

O faraó estreitou os olhos enquanto Aarão o encarava.

– Eu ouvi falar de vocês, Aarão e Moisés – disse o governante do Egito em voz baixa, num tom ameaçador.

Aarão sentiu um arrepio, pois o faraó sabia seu nome.

– Quem vocês pensam que são – gritou o faraó –, distraindo seu povo de suas tarefas? Voltem para o trabalho! Há muita gente aqui no Egito, e vocês os estão impedindo de fazer seu trabalho.

Conforme os guardas se aproximavam, Aarão apertou seu cajado de pastor com força. Se alguém tentasse pegar Moisés, levaria uma cajadada.

– Temos que ir, Aarão – disse Moisés, baixinho.

Aarão obedeceu.

Mais uma vez debaixo do sol quente do Egito, Aarão balançou a cabeça.

– Achei que ele escutaria.

– Eu lhe disse que ele não escutaria. – Moisés soltou o ar devagar e abaixou a cabeça. – Esse é apenas o começo da nossa aflição.

\* \* \*

Logo veio uma ordem dos feitores: eles não receberiam mais a palha para fazer tijolos; teriam de consegui-la por si mesmos. E a cota de tijolos não diminuiria! Disseram por que o faraó fez isso. O governante do Egito os achava preguiçosos porque Moisés e Aarão haviam pedido para deixá--los sair a fim de fazer um sacrifício ao Deus deles.

– Achamos que fosse nos libertar, e você só pediu que ele nos desse alguns dias para fazer um sacrifício!

– Vá embora!

– Você tornou a nossa vida ainda mais insuportável!

## O SACERDOTE

Quando os contramestres hebreus apanharam por não conseguir completar a cota de tijolos, eles foram ao faraó implorar por justiça e misericórdia. Moisés e Aarão foram se encontrar com eles. Quando saíram, os contramestres estavam piores do que antes.

– Por causa de vocês, o faraó acha que somos preguiçosos! Vocês não fizeram nada além de causar problemas! Que o Senhor os julgue por nos colocarem nesta situação terrível com o faraó e seus oficiais. Vocês deram a eles uma desculpa para nos matarem!

Aarão ficou chocado com as acusações.

– O Senhor vai nos libertar!

– Ah, sim. Ele vai nos entregar às mãos do faraó!

Alguns cuspiram em Moisés ao se afastarem.

Aarão ficou desesperado. Acreditava que o Senhor tinha falado com Moisés e prometido libertar o povo.

– O que faremos agora? – Ele achara que seria fácil. O Senhor daria uma palavra, e as correntes da escravidão seriam arrebentadas. Por que Deus os estava punindo de novo? Já não tinham sido punidos o suficiente em todos aqueles longos anos no Egito?

– Preciso rezar – disse Moisés, baixinho. Ele parecia tão velho e confuso que Aarão sentiu medo. – Preciso perguntar ao Senhor por que Ele me mandou falar com o faraó em Seu nome se isso só causou mal ao povo e não o libertou.

* * *

Pessoas que Aarão conhecera a vida toda agora olhavam com raiva para ele e sussurravam quando o viam.

– Você deveria ter ficado calado, Aarão. Seu irmão já estava no deserto havia muito tempo.

– Falando com Deus! Quem ele pensa que é?

– Ele é louco! Você deveria ser mais esperto, Aarão!

Deus também falara com ele. Aarão sabia que havia escutado a voz de Deus. Ele sabia. Ninguém faria com que ele duvidasse disso!

Mas por que Moisés não tinha jogado seu cajado no chão e mostrado ao faraó os sinais e milagres no momento em que eles estavam na presença do governante? Ele perguntou isso para Moisés.

– O Senhor nos dirá o que falar e o que fazer e quando não devemos fazer nada mais nem menos do que aquilo.

Satisfeito, Aarão esperou, ignorando as provocações e vigiando Moisés enquanto ele rezava. Aarão estava cansado demais para rezar, mas via-se distraído pelas preocupações do povo. Como poderia convencê-los de que Deus enviara Moisés? O que poderia dizer para fazer com que escutassem?

Moisés veio até ele.

– O Senhor falou de novo: *"Agora tu verás o que eu farei com o faraó. Quando ele sentir as minhas mãos poderosas sobre ele, vai libertar o povo. Na verdade, ele ficará ansioso para se livrar deles, forçando-os a deixar esta terra!"*.

Aarão reuniu as pessoas, mas elas não o ouviam. Moisés tentou falar com elas, mas gaguejou e ficou em silêncio quando gritaram com ele. Aarão respondeu, também gritando:

– O Senhor vai nos libertar! Ele fará uma aliança conosco para nos dar a terra de Canaã, a terra de onde viemos. Não foi isso que esperamos a nossa vida toda? Não rezamos pela libertação? O Senhor escutou nossas súplicas. Ele se lembrou de nós! Ele é o Senhor e vai nos aliviar da carga que os egípcios colocaram sobre nós. Ele nos libertará da escravidão e nos redimirá com grandes julgamentos, com braços estendidos!

– Onde estão os braços estendidos dele? Não estou vendo!

Alguém empurrou Aarão.

## O SACERDOTE

– Se vocês falarem mais alguma coisa para o faraó, eles nos matarão. Mas não antes de nós matarmos vocês.

Aarão viu a raiva nos olhos deles e sentiu medo.

– Mande Moisés de volta para o lugar de onde ele veio! – alguém gritou.

– Seu irmão só nos trouxe problemas desde que chegou aqui!

Desanimado, Aarão desistiu de discutir com eles e seguiu Moisés para a terra de Gósen. Ficou perto, mas não perto demais, ouvindo com atenção para tentar escutar a voz de Deus, mas só ouvia Moisés falando baixinho, implorando que Deus lhe desse respostas. Aarão cobriu a cabeça e se agachou, com o cajado entre os joelhos. Esperaria pelo irmão o tempo que fosse necessário.

Moisés se levantou e voltou o rosto para o céu.

– Aarão!

Aarão levantou a cabeça e piscou. Já estava quase escuro. Ele se sentou, segurou o cajado e se levantou.

– O Senhor falou com você novamente.

– Devemos ir falar com o faraó mais uma vez.

Aarão abriu um sorriso soturno.

– Desta vez... – disse ele com a voz confiante –, desta vez o faraó escutará a Palavra de Deus.

– Ele não escutará, Aarão. Não até que o Senhor multiplique seus sinais e milagres. Deus colocará as mãos sobre o Egito, e Seu povo passará por grandes provações.

Aarão estava perturbado, mas tentou não demonstrar.

– Eu direi tudo o que você pedir, Moisés, e farei o que você mandar. Eu sei que o Senhor fala por você.

Aarão sabia, mas o faraó entenderia?

\* \* \*

Quando voltaram para casa, Aarão contou aos seus familiares que eles iam falar com o faraó de novo.

– As pessoas vão nos apedrejar! – argumentaram Nadabe e Abiú. – O senhor não tem ido à fábrica de tijolos ultimamente, pai. Não sabe como estão nos tratando. Só vai piorar as coisas para nós.

– O faraó não escutou da última vez. O que faz com que o senhor ache que ele vai escutar agora? Ele só se importa com os tijolos para as cidades dele. Acha que ele vai libertar quem trabalha para ele?

– Onde está a sua fé? – questionou Míriam, furiosa com todos eles. – Esperamos por esse dia desde que Jacó colocou os pés neste país. O Egito não é o nosso lugar!

Conforme os argumentos eram apresentados, Aarão viu Moisés se afastar com sua esposa. Zípora estava tão desgostosa quanto os outros e falava baixo. Ela balançava a cabeça, puxando o filho para perto de si.

Míriam lembrou mais uma vez os filhos de Aarão de como o Senhor protegera Moisés quando ele fora colocado no Nilo, do milagre que havia sido a filha do falecido faraó tê-lo encontrado e adotado.

– Eu vi como as mãos do Senhor estavam sobre ele desde que nasceu.

Abiú não estava convencido.

– E se o faraó não escutar desta vez, como acha que seremos tratados? Nadabe se levantou, impaciente.

– Metade dos meus amigos não vai mais falar comigo.

Aarão corou ao ver a falta de fé de seus filhos.

– Deus falou com Moisés.

– Deus falou com o *senhor*, pai?

– Deus disse a Moisés que devemos ir ver o faraó! – Ele acenou com a mão. – Todos vocês, fora! Vão cuidar das ovelhas e das cabras.

Zípora saiu logo atrás deles.

Moisés sentou-se à mesa com Aarão e cruzou as mãos.

– Zípora vai voltar para a casa do pai dela levando nossos filhos.

– Por quê?

– Ela disse que aqui não é o lugar dela.

Aarão sentiu o sangue fluir para seu rosto. Percebera como Míriam tratava Zípora. Já conversara com ela a esse respeito.

– Deixe que ela a ajude em seu trabalho, Míriam.

– Eu não preciso da ajuda dela.

– Ela precisa de alguma coisa para fazer.

– Ela pode fazer o que quiser e ir aonde quiser.

– Ela é esposa de Moisés e mãe dos filhos dele. Ela é nossa irmã agora.

– Ela não é nossa irmã. Ela é uma estrangeira! – afirmou Míriam, baixinho. – Ela é de Midiã.

– E o que nós somos além de escravos? Moisés teve que fugir do Egito e de Gósen. Esperava que não se casasse ou não tivesse filhos? Ela é filha de um sacerdote.

– E isso faz com que ela seja adequada? Sacerdote de que deus? Não o Deus de Abraão, Isaac e Jacó, que chamou Moisés para cá. É uma pena Moisés não ter deixado a esposa e os filhos no lugar deles. – Ela se levantou e virou as costas.

Furioso, Aarão se levantou.

– E onde é o seu lugar, Míriam, sem marido e filhos para tomarem conta de você?

Ela o encarou com os olhos vermelhos e marejados.

– Fui *eu* que fiquei observando Moisés enquanto ele era levado pelo Nilo. Fui *eu* que falei com a filha do faraó para que nosso irmão fosse devolvido à mãe até ser desmamado. E, se isso não for suficiente, quem foi a mãe para seus filhos depois que Eliseba morreu? Caso tenha se esquecido, Aarão, sou sua irmã *mais velha*, a primeira filha de Anrão e Joquebede. Eu também cuidei de você.

Às vezes, não havia como argumentar com sua irmã. Era melhor deixar que ela pensasse do jeito dela e manter a paz na família. Na hora certa, Míriam aceitaria pelo menos os filhos de Moisés, quem sabe a esposa.

– Falarei com Míriam de novo, Moisés. Zípora é sua esposa. O lugar dela é aqui com você.

– Não é só Míriam, irmão. Zípora tem medo do nosso povo. Ela diz que todos têm cabeça quente e mudam de direção como o vento. Ela já viu que o povo não vai me escutar. E que também não está disposto a escutar você. Ela entende que eu devo obedecer a Deus, mas teme pelos nossos filhos e diz que estará mais segura vivendo nas tendas do pai dela do que nas casas de Israel.

As mulheres deles estavam destinadas a criar confusão?

– Ela está pedindo que você volte com ela?

– Não. Ela só pediu a minha bênção. E eu dei. Ela vai levar os meus filhos, Gérson e Eliézer, de volta para Midiã. Ela passou a vida no deserto. Eles ficarão seguros com Jetro. – Os olhos dele estavam cheios de lágrimas. – Se Deus quiser, eles voltarão para mim quando o povo de Israel for libertado do Egito.

Pelas palavras do irmão, Aarão soube que tempos complicados os esperavam. Moisés estava mandando Zípora para casa, para o povo dela, para ficar em segurança. Aarão não podia se dar àquele luxo. Míriam e os próprios filhos dele teriam que ficar e enfrentar quaisquer dificuldades que viessem. Os hebreus não tinham alternativa além de ter esperança e rezar para que o dia da libertação chegasse logo.

# DOIS

– Mostre-me um milagre! – O faraó levantou a mão e sorriu. A gargalhada que ecoou pelo grande salão deixou um vazio no peito de Aarão. O orgulho presunçoso do governante era prova de que ele não se sentia ameaçado por um Deus invisível. Afinal, Ramsés era o filho divino de Osíris e Ísis, não era? E ele realmente parecia um deus com toda a sua elegância, com as mãos repousadas nos braços do trono. – Impressione-nos com o poder do seu deus invisível de escravos. Mostre-me o que o seu deus pode fazer.

– Aarão... – A voz de Moisés tremia. – Jo-jogue...

– Fale alto, Moisés! – zombou Ramsés. – Não escutamos a sua voz.

– Jogue seu cajado de pastor no chão.

Todos riram ainda mais alto. Aqueles que estavam mais próximos imitaram a forma como Moisés gaguejava.

O rosto de Aarão ficou quente. Furioso, ele deu um passo à frente. "Senhor, mostrai a esses zombadores que apenas Vós sois Deus e não há nenhum outro. Deixai que os opressores do povo de Israel vejam o Vosso poder!"

Aarão se colocou na frente de Moisés, de forma a proteger o irmão do grupo que desdenhava dele, e olhou diretamente para o faraó. Não se acovardaria diante desse tirano desprezível que ria do profeta ungido por Deus e pisava nas costas dos hebreus!

O faraó estreitou os olhos frios. Quem ousava olhar no rosto do faraó? Aarão não desviou o olhar enquanto levantava o cajado de forma desafiadora e o jogava no chão de pedra, diante do governante de todo o Egito. No momento em que atingiu o chão, o cajado se transformou em uma cobra, o mesmo símbolo de poder que o faraó usava em sua coroa.

Arfando, servos e oficiais se afastaram. A cobra se movia com uma graça ameaçadora, levantando a cabeça, enquanto a capa da pele se abria e revelava uma marca atrás da cabeça, uma marca diferente de qualquer outra. A cobra sibilou, e o som encheu o ambiente. Aarão sentiu um arrepio da cabeça aos pés.

– Vocês têm medo desse truque de feitiçaria? – O faraó olhou à sua volta com desdém. – Onde estão os meus magos? – A cobra se moveu na direção do faraó. Com um aceno de mão dele, quatro guardas se colocaram na frente do governante, com lanças nas mãos e prontos para atacar se a cobra se aproximasse mais. – Basta! Chamem os meus magos! – Passos rápidos ecoaram pela pedra quando vários homens entraram pelos dois lados do salão, fazendo uma reverência para o faraó. Ele agitou a mão de forma imperiosa. – Revelem essa farsa. Mostrem para esses covardes que isso é um truque!

Proferindo encantamentos, os feiticeiros foram na direção da cobra. Jogaram seus cajados no chão, que também se transformaram em cobras. O chão estava cheio de serpentes! Mas, conforme cada uma delas levantava a cabeça, a serpente do Senhor atacava com rapidez e força, engolindo uma atrás da outra.

– Isso é um truque! – O faraó empalideceu quando a grande cobra fixou nele seus olhos negros, que não piscavam. – Estou dizendo, é um truque! – A cobra se moveu na direção dele.

Moisés apertou o braço de Aarão.

– Pegue a cobra.

Aarão ansiava por ver a cobra atacar o faraó, mas obedeceu ao irmão. Com o coração acelerado e o suor escorrendo pela nuca, ele deu um passo à frente, abaixou-se e agarrou a cobra. A pele e os músculos frios e escamosos dela se endureceram, transformando-se em madeira e voltando à forma do seu cajado. Aarão se ergueu diante do faraó com o cajado levantado, sem medo ao perceber o assombro de todos.

– O Senhor Deus diz: *"Liberte o meu povo!"*.

– Tire-os daqui! – O faraó os espantou como se fossem moscas. – Já tivemos diversão suficiente por hoje.

Os guardas os cercaram. Moisés abaixou a cabeça e se virou. Aarão o seguiu com os dentes cerrados. Ouvia os insultos sussurrados dos egípcios que blasfemavam contra Deus.

– Quem mais ouviu falar sobre um deus invisível?

– Só escravos pensariam em algo tão ridículo.

– Um deus? Deveríamos temer um deus? Temos *centenas* de deuses!

O ressentimento e a amargura acumulados durante os anos de escravidão tomaram conta de Aarão. Ele queria gritar: "Isso não acabou!". Moisés lhe dissera que haveria "muitos sinais e milagres". Esse era apenas o começo da guerra que Deus estava travando no Egito. Seu pai, Anrão, esperara por esse dia, e o pai dele antes dele, e o avô antes dele. O dia da libertação!

O guarda os deixou na entrada. Aarão colocou a mão no ombro de Moisés. Seu irmão estava tremendo!

– Eu também conheço o medo, Moisés. Vivi com ele a minha vida toda.

– Quantas vezes ele se acovardara diante do chicote dos feitores ou olhara para o chão para não permitir que percebessem seus verdadeiros sentimentos? Aarão apertou o ombro do irmão, querendo confortá-lo. – Eles vão se arrepender do dia em que trataram o ungido de Deus com tanto desprezo.

– Eles rejeitam Deus, Aarão. Eu não sou nada.

– Você é o profeta de Deus!

– Eles não compreendem, do mesmo modo como nosso próprio povo não compreende.

Aarão sabia que os hebreus tratavam Moisés com tanto desprezo quanto o faraó. Ele abaixou a cabeça e soltou a mão.

– Deus fala por seu intermédio. Eu *sei* que Ele fala. E Deus *vai* libertar nosso povo.

Ele tinha tanta certeza disso quanto de que o sol iria se pôr à noite e nascer de manhã. O Senhor libertaria o povo de Israel por meio de sinais e milagres. Ele não sabia como ou quando, mas sabia que isso aconteceria, exatamente como o Senhor dissera que seria.

Aarão estremeceu ao pensar no poder que transformara seu cajado em cobra. Passou o polegar pela madeira entalhada. Será que ele apenas imaginara o que acabara de acontecer? Todo mundo naquele salão vira a cobra do Senhor engolir aquelas trazidas pelos feiticeiros do faraó, e *ainda assim* não acreditavam no poder de Deus.

Moisés parou na estrada para Gósen. Aarão sentiu um arrepio na nuca.

– O Senhor falou contigo.

Moisés o fitou.

– Vamos para o Nilo. Ficaremos à espera perto da casa do faraó. Falaremos com ele amanhã de manhã. E você deverá dizer o seguinte...

Aarão ouviu as instruções de Moisés conforme caminhavam pela margem do rio. Não questionou o irmão nem o pressionou pedindo mais informações depois que a ordem foi dada. Quando chegaram perto da casa do faraó, Moisés descansou. Cansado, Aarão se agachou e cobriu a cabeça.

O calor era intenso a essa hora do dia, deixando-o letárgico. Ele observou a luz tremeluzente que dançava sobre a superfície do rio. Do outro lado, alguns homens cortavam o junco que seria trançado para a confecção de colchões e batido e umedecido com papiro. Desse lado do rio, perto da casa do faraó, os juncos permaneciam intocados.

Os sapos coaxavam. Uma íbis estava imóvel, com as patas afastadas e de cabeça baixa, esperando por uma presa. Aarão se lembrou do choro da mãe ao colocar Moisés em uma cesta. Oitenta anos tinham se passado desde aquela manhã, e ainda assim Aarão se lembrava dela tão claramente como se tivesse acontecido naquele dia. Quase conseguia ouvir o eco de outras mães chorando ao obedecerem à lei do antigo faraó, entregando seus filhos ao rio. O Nilo, o rio da vida do Egito, controlado pelo deus Hapi, correra com sangue hebreu enquanto os crocodilos engordavam durante todos aqueles anos. Seus olhos de encheram de lágrimas ao fitar o Nilo. Duvidava de que o faraó sentisse algum remorso pelo que acontecera com os bebês hebreus oitenta anos atrás nas margens desse rio. Mas talvez seus historiadores se lembrassem e explicassem isso mais tarde. Se ousassem fazê-lo.

"Deus, onde Vós estáveis quando o antigo faraó nos obrigava a lançar nossos filhos nas águas escuras e cheias de lodo do Nilo? Eu nasci dois anos antes do decreto, ou também estaria morto. Certamente, Vós conduzistes Moisés e permitistes que ele fosse entregue às mãos de uma das poucas pessoas que tinha algum domínio sobre o faraó. Senhor, não compreendo por que Vós deixastes que nós sofrêssemos tanto. Nunca vou entender. Mas farei qualquer coisa que Vós disserdes. O que quer que faleis para Moisés e ele me disser, eu farei."

Moisés caminhou pela margem. Aarão se levantou para segui-lo. Não queria pensar naqueles dias de morte, mas eles costumavam vir à sua mente e enchê-lo de uma fúria impotente e de um desespero infinito. Mas agora o

Senhor Deus de Abraão, Isaac e Jacó falara com um homem de novo. Deus mandara Aarão para o deserto para encontrar Moisés e dissera a Moisés para guiar Seu povo para fora do Egito. Finalmente, após séculos de silêncio, o Senhor prometera colocar um fim na miséria do povo de Israel.

E a vingança viria com a liberdade!

"Ajudai-me a permanecer firme ao lado do meu irmão amanhã, Senhor. Ajudai-me a não ceder ao medo diante do faraó. Vós dissestes que Moisés é o escolhido para libertar o nosso povo. Que assim seja. Mas, por favor, Senhor, não deixeis que ele gagueje como um tolo na frente do faraó. Moisés pronuncia as Vossas palavras. Dai coragem a ele, Senhor. Não deixeis que ele fraqueje diante de todos. Por favor, dai força e coragem a ele para mostrar a todos que ele é o Vosso profeta, que ele é o escolhido por Vós para tirar o Vosso povo da escravidão."

Aarão cobriu o rosto. Será que Deus ouviria as suas preces? Moisés se virou para ele.

– Dormiremos aqui nesta noite. – Eles estavam a uma curta distância da casa do faraó no rio, apenas a distância da plataforma onde o barco atracaria para que o governante do Egito embarcasse para a viagem pelo Nilo para visitar os templos de deuses menores. – Assim que amanhecer, quando o faraó sair para fazer suas oferendas ao Nilo, você falará como ele de novo. – Moisés repetiu as palavras que o Senhor lhe dissera para Aarão falar.

Dividido entre o medo e a ansiedade pelo dia seguinte, Aarão dormiu pouco naquela noite. Ficava ouvindo os grilos e os sapos e o farfalhar dos juncos. Quando finalmente dormiu, ouviu as vozes sombrias dos deuses do rio sussurrando ameaças.

Moisés o sacudiu para acordá-lo.

– Logo vai amanhecer.

Com os ossos doendo, Aarão se espreguiçou e levantou.

– Passou a noite toda acordado?

## O SACERDOTE

— Não consegui dormir.

Eles se olharam, desceram pela margem do rio e beberam água. Aarão caminhou ombro a ombro com o irmão até a plataforma de pedra na beira do rio. A lua e as estrelas brilhavam no céu, mas o horizonte estava ficando mais claro.

Antes que os primeiros raios dourados surgissem, o faraó saiu de sua casa, cercado por seus sacerdotes e servos, todos prontos para saudar Rá, pai dos reis do Egito, cuja carruagem cruzava o céu trazendo a luz do sol.

O faraó parou quando os viu.

— Por que fazem isso com seu povo, Aarão e Moisés? — O faraó estava parado com as mãos nos quadris. — Por que dão falsas esperanças a eles? Precisam mandar que voltem ao trabalho.

Sem sua capa de ouro, joias e a coroa dupla do Egito, o faraó parecia menor, mais semelhante a um homem comum. Talvez porque estivesse ao ar livre, e não dentro daquele enorme salão de colunas maciças e pinturas vibrantes, cercado por seus servos e pela corte de bajuladores elegantemente vestidos.

O medo de Aarão evaporou.

— O Senhor Deus dos hebreus mandou que eu viesse aqui dizer: *"Liberta meu povo para que eles possam Me adorar no deserto"*. Até agora, o faraó tem se recusado a escutá-Lo. Agora o Senhor diz: *"Tu vais descobrir que eu sou o Senhor"*. Veja! Eu vou tocar a água do Nilo com este cajado, e o rio virará sangue. Os peixes vão morrer, e o rio vai exalar um cheiro horível. Os egípcios não poderão beber a água do Nilo.

Aarão bateu com o cajado na água, e o Nilo passou a correr vermelho e cheirar a sangue.

— É outro truque, faraó! — Um mago abriu caminho para passar. — Vou mostrar. — Pediu que seus assistentes trouxessem uma tigela de água. Proferindo encantamentos, o mago jogou grãos e transformou a água em sangue. Aarão balançou a cabeça. Uma tigela de água não era o rio Nilo! Mas o faraó já estava convencido. Dando as costas para eles, ele subiu os degraus e entrou na casa, deixando os magos e os bajuladores para resolverem o problema.

– Nós voltaremos para Gósen – disse Moisés.

Aarão viu os sacerdotes fazerem súplicas a Hapi, pedindo que o deus do Nilo transformasse o rio em água de novo. Mas o rio continuou a correr em forma de sangue, com peixes mortos flutuando na superfície.

Todo recipiente de pedra ou madeira que antes continha água ficou cheio de sangue. Todo o Egito sofreu, e até os hebreus precisaram cavar poços em volta do Nilo para encontrar água para beber. Dia após dia, os sacerdotes do faraó pediam para Hapi, depois para Quenum, o regulador do Nilo, que os ajudasse. Suplicaram a Sótis, deusa das inundações do Nilo, que lavasse o sangue e lutasse contra o deus invisível dos hebreus que desafiava sua autoridade. Os sacerdotes faziam oferendas e sacrifícios, mas a terra ainda fedia a sangue e a peixe podre.

Aarão não havia esperado sofrer com os egípcios. Ele já sentira sede antes, mas nunca assim. "Por quê, Deus? Por que precisamos sofrer com os nossos opressores?"

– Os egípcios devem saber que o Senhor é Deus – disse Moisés.

– Mas nós já sabemos! – Míriam andava de um lado para o outro, angustiada. – Por que precisamos sofrer mais do que já sofremos?

Apenas Moisés estava calmo.

– Precisamos nos examinar. Alguém entre nós acolheu outros deuses? Devemos expulsar seus ídolos e nos prepararmos para o Senhor nosso Deus.

Aarão sentiu o calor tomar conta de seu rosto. Ídolos! Havia ídolos em todos os lugares. Após quatro séculos vivendo no Egito, eles tinham entrado nas casas dos hebreus!

## O SACERDOTE

O fedor de sangue revirava o estômago de Aarão. Sua língua se colava ao céu da boca enquanto estava na beira do poço que seus filhos tinham ajudado a cavar. A água lentamente começou a encher os copos. O sabor era de lodo e areia, deixando grãos entre os dentes. Seu único consolo era saber que os feitores e supervisores egípcios agora estavam sofrendo a mesma sede que ele sofrera todos os dias em que trabalhara nos poços de lama na fabricação de tijolos. Os israelitas choravam, desesperados.

– Quanto tempo, Moisés? Quanto tempo até acabar essa praga?

– Até que o Senhor erga Sua mão.

No sétimo dia, o Nilo passou a correr limpo.

Mas até mesmo os vizinhos de Aarão se perguntavam que deus ou deuses haviam tornado a água bebível de novo. Se não Hapi, talvez Sótis, deusa das inundações do Nilo. Ou talvez os deuses de todas as aldeias reunidos!

– Devemos procurar o faraó novamente.

"Sinais e milagres", dissera Moisés. Quantos sinais? Os hebreus sofreriam tudo que os egípcios teriam que sofrer? Onde estava a justiça disso?

Depois foi a vez da praga de sapos. Dezenas, centenas, depois milhares.

O faraó não ficou impressionado. Nem os seus feiticeiros, que foram rápidos em dizer:

– É fácil fazer os sapos saírem do rio.

Aarão tinha vontade de gritar:

– Sim, mas vocês conseguem impedi-los?

Quando o barco foi empurrado para longe da margem, os magos e os feiticeiros permaneceram ao lado do Nilo, lançando feitiços e suplicando a Heket, a deusa dos sapos, para parar com a praga. Mas eles continuavam vindo até se tornarem uma massa saltitante ao longo das margens do Nilo. Eles invadiam os palácios, as casas e os campos. Saíam dos riachos. Saíam de lagos onde nunca houvera sapos. Entravam em tigelas e fornos.

Até em Gósen.

Aarão não conseguia estender a mão de sua esteira sem precisar espantar sapos! Os coaxos eram enlouquecedores. Ele rezava com tanto fervor quanto qualquer egípcio por uma trégua daquela praga, mas os sapos continuavam vindo.

Míriam espantou outro sapo para fora de casa.

– Por que Deus achou adequado mandar esses sapos para a nossa casa?

– Eu também gostaria de saber.

Aarão olhou para sua vizinha, tremendo enquanto matava sapos com sua estátua de Heket.

* * *

Cercados por soldados, Aarão e Moisés foram respeitosamente escoltados para o palácio. Aarão ouviu a voz do faraó antes de vê-lo. Praguejando alto, ele chutava um sapo para fora do trono.

Os coaxos ecoavam no salão. Aarão abriu um discreto sorriso. Claramente, Heket fracassara ao chamar os sapos de volta para as águas do Nilo.

O faraó os fitou, furioso.

– Implorem para que o Senhor leve esses sapos para longe de mim e do meu povo. Eu deixarei que o seu povo vá oferecer sacrifícios ao Senhor.

Triunfante, Aarão olhou para Moisés para saber o que deveria dizer, mas foi Moisés quem falou, baixo e com grande dignidade:

– Diga quando quer que eu reze pelo senhor, por seus oficiais e por seu povo. Eu rezarei para que vocês e suas casas fiquem livres dos sapos.

– Faça isso amanhã! – O faraó se recostou no trono e então deu um pulo para a frente, agarrando um sapo que estava atrás dele e jogando-o na parede.

Talvez o governante ainda tivesse esperança de que os seus sacerdotes triunfassem, embora estivesse claro para todos os presentes que o número de sapos estava crescendo exponencialmente.

## O SACERDOTE

– Tudo bem – respondeu Moisés –, será feito como pediu. Então, você saberá que ninguém é tão poderoso quanto o Senhor nosso Deus.

O Senhor respondeu às preces de Moisés. Os sapos pararam de vir. Mas não voltaram para as águas de onde tinham vindo. Morreram nos campos, nas ruas, nas casas e nas tigelas de egípcios e hebreus. As pessoas juntavam carcaças e as empilhavam em montes. O fedor de sapos podres pairava como uma nuvem sobre a terra.

O cheiro não incomodava Aarão. Dali a poucos dias eles estariam no deserto, respirando ar puro e adorando o Senhor.

Moisés ficava sentado em silêncio, com o xale de oração sobre a cabeça. Míriam costurava sacos nos quais carregar grãos.

– Por que está tão desanimado, Moisés? O faraó concordou em nos deixar ir.

Na manhã seguinte, os soldados do faraó chegaram. Quando foram embora, os feitores hebreus mandaram que o povo voltasse ao trabalho.

A alegria logo se tornou raiva e desespero. O povo culpava Moisés e Aarão por dar ao faraó uma desculpa para tornar a vida deles ainda mais insuportável.

*"Voltem..."*

Aarão e Moisés obedeceram ao Senhor.

O faraó ficou sentado, com um sorriso presunçoso.

– Por que eu deveria deixá-los ir? Foi Heket quem acabou com a praga de sapos, não o seu deus. Quem é o seu deus para dizer que eu devo libertar os escravos? Há trabalho a fazer, e os escravos hebreus o farão!

Aarão viu a calma do irmão vacilar.

– Bata com seu cajado e levante o pó da terra!

Aarão obedeceu, e enxames de mosquitos, tão numerosos quanto as partículas de poeira que ele tinha levantado, invadiram a carne e as roupas daqueles que estavam observando, incluindo as do próprio faraó.

Aarão e Moisés foram embora.

O povo encheu os santuários de Gebe e Aker, deuses da terra, fazendo oferendas para pagar por um alívio.

Não veio nenhum alívio.

Aarão ficou sentado com Moisés perto do palácio do faraó. Quanto tempo até que o maldito homem cedesse?

Um oficial egípcio se aproximou em uma tarde.

– Os magos do grande faraó tentaram acabar com os mosquitos e não conseguiram. Os feiticeiros do faraó dizem que foi o dedo do seu deus que nos infringiu isso. – Estremecendo, ele coçou o cabelo por baixo da peruca. O pescoço dele exibia vergões e cascas. – O faraó não dá ouvidos a eles. Exige que eles continuem fazendo oferendas para os deuses. – Ele resmungou, frustrado, e coçou o peito.

Aarão inclinou a cabeça.

– Se isso é apenas o dedo de Deus, pense no que a mão Dele pode fazer.

O homem foi embora.

– Vamos acordar cedo – disse Moisés – para nos apresentarmos ao faraó quando ele estiver descendo o rio.

Aarão ficou dividido entre o horror e a animação.

– O faraó nos deixará ir desta vez, Moisés. Ele e seus conselheiros verão que nem eles junto com todos os deuses do Egito conseguem vencer o Deus do nosso povo.

– Ramsés não vai nos deixar ir, Aarão. Ainda não! Mas só o Egito sofrerá desta vez. O Senhor fará uma distinção entre Egito e Israel.

– Graças a Deus, Moisés! O nosso povo o ouvirá agora. Verão que o Senhor o mandou para nos salvar. Eles nos escutarão e farão o que você disser, pois será como Deus para eles.

– Eu não quero ser como Deus para eles! Nunca quis liderar ninguém. Implorei ao Senhor que escolhesse outra pessoa, que deixasse outro falar.

## O SACERDOTE

Você viu como eu tremo diante de Ramsés. Tenho mais medo de falar diante de homens do que de encarar um leão ou um urso no deserto. Foi por isso que Deus o colocou ao meu lado. Quando eu o vi no monte, soube que não tinha como voltar atrás. Mas o povo precisa crer em Deus, não em mim. O Senhor é nosso libertador!

Aarão sabia por que Deus o colocara ao lado do irmão. Para encorajá-lo, não apenas para ser seu orador.

– Sim, Moisés, mas é com você que o Senhor fala. O Senhor me disse para ir encontrá-lo no deserto, e eu fui. Quando ele fala comigo agora, é para afirmar o que ele já disse a você. Você é aquele que nos tirará desta terra de miséria e nos guiará para o lugar que Deus prometeu para Jacó. Jacó está enterrado em Canaã, a terra que Deus lhe deu. E, quando sairmos deste lugar, levaremos os ossos do filho dele, José, conosco, porque ele sabia que o Senhor não nos deixaria aqui para sempre. Ele sabia que chegaria o dia em que nosso povo voltaria para Canaã.

Aarão riu, exultante.

– Eu achei que não veria isso acontecer na minha vida, irmão, mas agora acredito. Que venham tantas pragas quantas forem necessárias; Deus nos libertará da escravidão e nos levará para casa.

As lágrimas escorriam pelo seu rosto.

– Nós vamos para casa, Moisés. Nossa verdadeira casa, a casa que Deus fará para nós!

* * *

Aarão se colocou mais uma vez diante do faraó, ao lado de Moisés. O silêncio imperava, e eram visíveis o desconforto de alguns e o medo de outros. Ainda mais enervante era o ódio que brilhava nos olhos escuros do faraó enquanto escutava, com as mãos tensas pousadas no cetro.

— O senhor diz assim: *"Deixa Meu povo ir para que possa Me adorar. Se recusares, mandarei enxames de moscas por todo o Egito. As casas ficarão tomadas por elas, o chão ficará coberto delas".*

Sussurros alarmados ecoaram pelo enorme salão. Aarão não parou. Olhou diretamente para o faraó.

*"Mas será diferente em Gósen, onde vivem os israelitas. Assim, tu saberás que eu sou o Senhor e tenho poder até mesmo na tua terra."*

O faraó não escutou, e a terra foi infestada por exércitos de moscas. Elas encheram o ar e avançaram pela terra. Vinham do Nilo em busca de sangue humano; cobriram o esterco e infestaram o mercado e as casas. Os insetos se infiltraram nas esteiras de dormir. Os egípcios não conseguiam fugir do tormento.

Aarão sentiu um pouco de pena dos egípcios. Mas, afinal, quando eles haviam demonstrado ter pena dos hebreus? Enquanto milhares suplicavam a Gebe, deus da terra, ou aos deuses de suas aldeias, alguns vieram implorar a Aarão e a Moisés. As moscas continuavam surgindo, picando, mordendo e tirando sangue.

Então, os guardas egípcios novamente escoltaram Aarão e Moisés até a casa do faraó.

Conselheiros, magos e feiticeiros lotavam o salão, enquanto o faraó, com a expressão sombria e carrancuda, andava pela plataforma. Ele parou e fitou Moisés e depois Aarão.

— Certo! Podem fazer seus sacrifícios ao seu Deus – disse ele. – Mas devem fazê-los aqui nesta terra, e não no deserto.

— Não – negou Moisés. Aarão sentiu seu coração se encher de orgulho ao ver o irmão se colocar com firmeza diante do homem que antes o fazia tremer. – Isso não vai acontecer! Os egípcios vão detestar os sacrifícios que oferecemos ao Senhor nosso Deus. Se fizermos nossas oferendas aqui, onde podem nos ver, eles nos apedrejarão. Precisamos passar três dias no deserto para oferecer nossos sacrifícios ao Senhor nosso Deus, exatamente como Ele ordenou.

O rosto do faraó ficou ainda mais sombrio. Sua mandíbula ficou tensa.

– Certo, podem ir. Permitirei que vocês vão oferecer seus sacrifícios ao Senhor seu Deus no deserto. Mas não vão muito longe. – Ele levantou a mão. – Agora, apressem-se, e rezem por mim.

Aarão viu que os guardas armados estavam se aproximando deles e percebeu que a morte estava próxima. Se Moisés rezasse agora, eles morreriam no instante em que ele acabasse. Era claro que o faraó acreditava que matar dois homens velhos impediria o Deus do universo de realizar a Sua vontade com o Seu povo. Mas Aarão não queria morrer.

– Moisés...

Moisés não se virou para ele, mas dirigiu-se novamente ao faraó.

– Assim que eu sair daqui, pedirei ao Senhor que faça os enxames de moscas desaparecerem da sua terra. *Amanhã*.

Aarão respirou de novo. Seu irmão não se deixara enganar. Apertando os lábios, o faraó fingiu confusão.

Moisés olhou dos guardas para o faraó.

– Mas vou lhe avisar, não mude de ideia de novo; não se recuse a deixar meu povo ir fazer seus sacrifícios ao Senhor.

Quando eles estavam a salvo do lado de fora, Aarão deu um tapinha das costas de Moisés.

– Eles estavam nos cercando. – Ele sentiu esperança de novo. A perspectiva da liberdade aparecia no horizonte. – Quando estivermos no deserto por três dias, poderemos continuar seguindo.

– Você não ouviu, Aarão. Lembra-se do que eu lhe disse quando me encontrou na montanha de Deus?

Confuso com a frustração do irmão com ele, Aarão ficou arrepiado.

– Eu ouvi. Haveria sinais e milagres. E aconteceu. Eu me lembro.

– Ramsés tem o coração duro, Aarão.

– Então, não reze por ele. Deixe que a praga continue.

– E ser como o faraó, que faz promessas e depois não as cumpre? – Moisés balançou a cabeça. – O Senhor não é como os homens, Aarão. Ele cumpre Sua palavra. E eu devo cumprir a minha.

Magoado e envergonhado, Aarão observou Moisés se afastar para rezar. Seguiu o irmão a distância. Por que eles deveriam manter a palavra com alguém que nunca cumpria a sua? Ficava irritado ao ver o irmão rezando pelo alívio dos egípcios.

Gerações deles haviam perseguido os hebreus e abusado deles! Não deveriam sofrer? Não deveriam entender o que o povo de Israel tinha passado nas mãos deles?

Um grupo de anciãos hebreus se aproximou. Aarão se levantou para cumprimentá-los.

– Queremos falar com Moisés.

– Agora não. Ele está rezando.

– Rezando por nós ou pelo faraó?

Aarão ouviu os próprios pensamentos como se alguém os estivesse dizendo para ele. Corou. Quem era ele para questionar o ungido de Deus? Moisés não aceitara a missão do Senhor avidamente, e ainda não se sentia confortável com a liderança que carregava nos ombros. Como a pessoa que deveria encorajar Moisés, ele precisava aprender a ouvir em vez de se aborrecer com as ordens de Deus.

– Aarão! – Os anciãos exigiam sua atenção.

Ele levantou a mão e os encarou.

– Nenhum de nós deve questionar o enviado de Deus para nos libertar.

– Ainda somos escravos, Aarão! E você diz que Moisés vai nos libertar! Quando?

– Eu sou Deus? Nem mesmo Moisés sabe a hora ou o dia! Deixem que ele reze! Talvez Deus fale e saberemos mais amanhã de manhã! Voltem para casa! Quando o Senhor falar com Moisés, ele nos revelará o que Ele disse.

– E o que devemos fazer enquanto esperamos?

– Devemos arrumar nossas trouxas para uma longa jornada.

– E o que os escravos têm para colocar nas trouxas? – Resmungando, eles foram embora.

Suspirando, Aarão se sentou e observou o irmão com os braços estendidos no chão.

\* \* \*

Assim que Deus tirou as moscas, o faraó enviou os soldados para Gósen para mandar que os hebreus voltassem ao trabalho. Os egípcios sabiam que o decreto do faraó traria mais problemas para eles. Agora, eles temiam o Deus dos hebreus. Abaixavam a cabeça em respeito quando Aarão e Moisés passavam. E ninguém ousava maltratar os escravos. O povo das aldeias comprava presentes para Gósen e pedia que os hebreus rezassem pedindo misericórdia para eles.

Ainda assim, o faraó não deixou que o hebreus partissem.

Aarão não desejava mais ver os egípcios sofrerem por causa da teimosia do faraó. Ele só queria ser livre! Parou ao lado do irmão.

– E agora?

– Deus está enviando uma praga para o gado deles.

Aarão sabia que o medo corria solto pelo seu povo. Alguns diziam que ele deveria ter deixado o irmão em Midiã. Frustrados e assustados, eles queriam respostas que não existiam. Moisés estava em constante oração, então restava a Aarão convencer os anciãos para que acalmassem o povo.

— Quais serão os sacrifícios quando formos adorar a Deus no deserto?

A praga cairia sobre eles? A falta de fé deles era um pecado menor do que se ajoelhar diante de ídolos?

Mas Moisés continuou a tranquilizá-lo.

— Nada do que pertence aos filhos de Israel morrerá, Aarão. O Senhor marcou um dia para a praga atacar. O faraó e seus conselheiros saberão que ela foi mandada pelo Senhor nosso Deus.

\* \* \*

Urubus rondavam as aldeias e desciam para comer a carne inchada das ovelhas, vacas, camelos e cabras mortos que apodreciam ao sol quente. Em Gósen, as vacas, ovelhas e cabras e os muitos camelos, burros e mulas permaneciam saudáveis.

Aarão escutou a Voz de novo e abaixou a cabeça até o chão. Quando o Senhor parou de falar, ele se levantou e correu até Moisés, que confirmou as palavras, e eles foram para a cidade com as mãos cheias de fuligem das fornalhas e a jogaram no ar, de forma que o faraó visse de seu trono. A nuvem de poeira cresceu e se espalhou como dedos cinzentos sobre a terra. Onde ela tocava, criava úlceras nos egípcios. Atingiu até mesmo os animais. Em poucos dias, não havia mais comerciantes e compradores nas ruas. Todos foram atingidos, do mais simples dos servos ao mais alto dos oficiais.

Nenhum recado do faraó. Nenhum soldado veio mandar que os hebreus voltassem ao trabalho.

O Senhor falou de novo com Moisés.

— Amanhã de manhã falaremos novamente com o faraó.

\* \* \*

## O sacerdote

Vestido com esplendor, o faraó os recebeu, apoiado em dois servos. Apenas alguns poucos conselheiros e magos estavam presentes, todos pálidos, com o rosto contorcido de dor. Quando Ramsés tentou sentar, ele gemeu e praguejou. Dois servos vieram trazendo almofadas. Ramsés agarrou os braços do trono e se sentou.

– O que você quer agora, Moisés?

– O Senhor Deus dos hebreus diz: *"Deixe que o Meu povo vá Me adorar. Senão, mandarei uma praga que realmente vai falar com você, com seus oficiais e com todo o povo do Egito. Eu provarei que não existe nenhum outro Deus como Eu em toda a Terra. Eu já poderia ter matado todos vocês. Poderia tê-los atacado com uma praga que os varreria da face da Terra. Mas permiti que vivessem por uma razão: para que vejam o Meu poder e para que a Minha fama se espalhe por toda a Terra. Mas vocês continuam mandando no Meu povo, e você se recusa a libertá-los. Então, amanhã, a esta hora, eu mandarei a pior tempestade de granizo da história do Egito. Vamos! Mande que tirem seus animais e servos dos campos. Qualquer pessoa ou animal que ficar do lado de fora morrerá nessa tempestade".*

Todos os presentes ficaram alarmados.

O faraó deu uma gargalhada amargurada.

– Granizo? O que é granizo? Você perdeu a cabeça, Moisés. Está dizendo disparates.

Quando Moisés se virou, Aarão o seguiu. Ele viu a ansiedade no rosto dos homens. O faraó podia não ter medo do Deus dos hebreus, mas claramente os outros tinham. Vários se dirigiram para as portas, ansiosos para proteger seus animais e sua riqueza.

Moisés apontou o cajado para o céu. Nuvens escuras e furiosas rodopiaram pela terra, longe de Gósen. Um vento gelado soprou. Aarão sentiu um estranho peso no peito. Os céus escuros retumbaram. Raios de fogo desciam do céu, atingindo a terra a oeste de Gósen. Shu, o deus egípcio do ar, que separava a terra do céu, era impotente contra o Senhor Deus de Israel.

Aarão ficou sentado do lado fora o dia e a noite inteiros, ouvindo e vendo o granizo e o fogo a distância, admirado diante do poder de Deus. Nunca vira nada parecido. Certamente agora o faraó se renderia!

Os guardas vieram novamente. Aarão viu os campos de linho e cevada achatados e queimados. A terra estava destruída.

O faraó, que pensava ser descendente da união de Osíris e Ísis, o próprio Hórus em forma de homem, parecia acovardado e encurralado. O silêncio reinava no salão, e uma questão se destacava: se o faraó era o deus supremo do Egito, por que ele não conseguia proteger seu reino do deus invisível dos escravos hebreus? Como os grandes e gloriosos deuses do Egito não eram páreo contra a mão invisível de um deus invisível?

– Admito meu erro. – O faraó lançou um olhar apagado para seus conselheiros, reunidos na plataforma. – Deus está certo, e eu e meu povo estamos errados. Por favor, implorem ao Senhor que acabe com essa terrível tempestade. Deixarei que vocês partam na mesma hora.

Aarão não se sentiu triunfante. O faraó não estava sendo sincero. Não havia dúvida de que sucumbira à pressão de seus conselheiros. Eles ainda não entendiam que era Deus que estava em guerra com eles.

Moisés disse com coragem:

– Assim que eu sair da cidade, levantarei meu cajado e rezarei ao Senhor. Então, a tempestade cessará. Isso provará a vocês que a terra pertence ao Senhor. Mas, quanto a você e a seus oficiais, eu sei que ainda não temem ao Senhor Deus como deveriam.

Os olhos do faraó brilhavam de ódio.

– Moisés, meu amigo, como pode falar assim com alguém que chamou de primo? Como pode partir o coração da mulher que o tirou do rio e o criou como filho?

## O SACERDOTE

– Deus o conhece melhor do que eu, Ramsés. – A voz de Moisés era baixa, mas firme. – E foi o Senhor que me contou como você endureceu seu coração contra ele. É *você* que está trazendo o juízo para o Egito. É *você* que está fazendo seu povo sofrer!

Aquelas palavras fortes poderiam levá-lo a uma sentença de morte. Aarão se aproximou mais de Moisés, pronto para protegê-lo se algum homem chegasse perto. Todos se afastaram. Alguns abaixaram a cabeça apenas o suficiente para mostrar respeito a Moisés, para a ira do faraó.

Moisés rezou, e o Senhor levantou Sua mão. Os trovões, o granizo e o fogo pararam, mas a calmaria depois da tempestade era ainda mais assustadora do que os ventos. Nada mudou. O faraó queria seus tijolos, e os escravos hebreus tinham de fabricá-los.

O povo chorou.

– A espada do faraó está sobre nossa cabeça!

– Vocês não veem? – gritou Aarão. – Não escutam? Olhem em volta. Não conseguem ver como os egípcios temem o que o Senhor fará em seguida? Cada dia mais pessoas vêm a nós trazendo presentes. Respeitam muito Moisés.

– E que benefício isso nos traz se ainda somos escravos?

– O Senhor nos libertará! – afirmou Moisés. – Vocês precisam ter fé!

– Fé? Foi tudo o que tivemos por anos. *Fé!* Queremos a nossa *liberdade!*

Aarão tentava manter as pessoas longe de Moisés.

– Deixem-no em paz. Ele precisa rezar.

– Estamos pior agora do que quando ele chegou!

– Purifiquem o coração! Rezem conosco!

– Que bem vocês nos fizeram se somos chamados a voltar para os poços de lama?

Enfurecido, Aarão queria usar seu cajado neles. Eram como ovelhas balindo em pânico.

– As suas hortas viraram cinzas? Seus animais estão doentes? O Senhor fez distinção entre nós e o Egito!

– Quando Deus vai nos tirar daqui?

– Quando soubermos que *o Senhor é Deus e ninguém mais!* – Eles não tinham se curvado aos deuses egípcios?

Aarão tentava rezar. Tentava escutar novamente a voz de Deus, mas seus próprios pensamentos se amontoavam, confusos, como conselhos discordantes de diferentes vozes. Quando ele viu um amuleto de escaravelho pendurado no pescoço do filho Abiú, seu sangue ficou gelado.

– Onde você conseguiu isso?

– Um egípcio me deu. É valioso, pai. É feito de lápis-lazúli e ouro.

– É uma abominação. Tire! Não quero nenhum outro ídolo dentro da minha casa. Entendeu, Abiú? Nada de escaravelho, nem de Heket de madeira ou olho de Rá! Se um egípcio lhe der alguma coisa de ouro, derreta!

Deus estava mandando outra praga, e apenas por Sua graça e misericórdia não a mandou também para o povo de Israel, que tão apropriadamente significa "aquele que luta com Deus"!

Dessa vez Deus mandou gafanhotos. Ainda assim, o faraó não escutava. Enquanto Aarão e Moisés se retiravam do salão, escutaram os conselheiros implorando, suplicando para o faraó.

– Por quanto tempo o senhor permitirá que esses desastres continuem?

– Por favor, deixe que os israelitas vão servir ao Deus deles!

– Não percebe que o Egito está em ruínas?

Aarão se virou na mesma hora quando escutou passos correndo atrás deles. Ninguém pegaria Moisés! Firmando os pés no chão, ele segurou o cajado com as duas mãos. O servo fez uma reverência.

– Por favor, o grande faraó deseja que retornem.

– O *grande* faraó pode ir voar sobre o Nilo!

– Aarão...

Moisés voltou.

Tenso com a frustração, Aarão o seguiu. Algum dia Ramsés os ouviria? Deveriam voltar e ouvir outra promessa, sabendo que seria quebrada assim que colocassem os pés em Gósen?

Deus já não dissera que Ele estava endurecendo o coração do faraó e de seus servos?

– Podem ir servir ao Senhor Deus de vocês!

Moisés se virou; Aarão foi atrás. Eles ainda não tinham chegado à porta quando o faraó gritou:

– Mas digam, quem vocês querem levar?

Moisés olhou para Aarão, que se virou.

– Jovens e velhos. Levaremos nossos filhos e filhas, nossos rebanhos e manadas. Precisamos nos reunir em um festival para o Senhor.

O rosto do faraó ficou sombrio. Ele apontou para Moisés.

– E *eu* digo, Moisés: o Senhor precisará estar com você se tentar levar as crianças! Posso ver suas intenções perversas. Nunca! Apenas os *homens* podem ir servir ao Senhor, pois foi isso que você pediu. – Ele acenou para os guardas. – Tirem-nos do palácio!

Os servos do faraó se aproximaram deles, empurrando-os e gritando maldições de seus falsos deuses. Aarão tentou usar seu cajado, mas Moisés o impediu. Ambos foram jogados na rua.

\* \* \*

Durante todo o dia e a noite toda o vento soprou, e na manhã seguinte os gafanhotos chegaram. Enquanto os egípcios suplicavam para Udjat, a deusa-serpente, para proteger o reino, os gafanhotos se espalhavam por todo o Egito, milhares e milhares, como exércitos, devorando tudo no caminho. O solo estava escuro, coberto por gafanhotos que saltavam e comiam cada planta, árvore e moita que haviam sobrevivido à tempestade de granizo. As plantações de trigo e espelta foram consumidas. As tamareiras foram despidas. Os juncos nas margens do Nilo foram assolados.

Quando os soldados do faraó foram convocar Moisés e Aarão, era tarde demais. Todas as plantações e fontes de alimento fora de Gósen estavam destruídas.

Abatido, o faraó os recebeu.

– Confesso meu pecado contra o Senhor seu Deus e contra vocês. Perdoem o meu pecado e supliquem ao seu Deus para acabar com essa praga.

Moisés rezou pela misericórdia de Deus, e o vento mudou de direção, soprando para oeste e levando os gafanhotos para o mar Vermelho.

A terra e tudo sobre ela estava imóvel e em silêncio. Os egípcios se escondiam em suas casas, com medo da nova catástrofe que viria se o faraó não deixasse os escravos irem. Presentes apareciam nas portas dos hebreus. Amuletos de ouro, joias, pedras preciosas, incenso, roupas bonitas, vasos de prata e bronze eram dados para honrar o Deus do povo.

– Rezem por nós na nossa hora de necessidade. Intercedam por nós.

– Eles ainda não compreendem! – Moisés segurou a cabeça coberta pelo xale de oração. – Eles se curvam diante de nós, Aarão, enquanto *é Deus quem tem o poder.*

Até Míriam estava enfurecida com a frustração.

– Por que Deus não mata o faraó e acaba logo com isso? O Senhor tem o poder de entrar no palácio e massacrar Ramsés!

Moisés levantou a cabeça.

– O Senhor quer que o mundo inteiro saiba que Ele é Deus e nenhum outro. Todos os deuses do Egito são falsos. Eles não têm poder para enfrentar o Senhor nosso Deus.

– Nós sabemos disso!

– Míriam! – Aarão falou de forma brusca. – Moisés já não estava atormentado o suficiente? – Tenha paciência. Espere o Senhor. Ele nos libertará.

## O sacerdote

Quando Moisés levantou a mão de novo, a escuridão tomou conta do Egito. O sol foi apagado por uma escuridão mais pesada do que a noite. Sentado do lado de fora do palácio do faraó, Aarão puxou a túnica em volta de si. Moisés estava em silêncio ao seu lado. Ambos podiam ouvir os sacerdotes suplicando a Rá, deus do sol, pai dos reis do Egito, para lançar sua carruagem dourada pelo céu e trazer a luz de volta. Aarão riu com desdém. "Deixe esses tolos teimosos suplicarem aos seus falsos deuses. O sol só vai aparecer quando Deus desejar, e não antes."

Moisés se levantou abruptamente.

– Precisamos reunir os anciãos, Aarão. *Rápido!*

Eles se apressaram para chegar a Gósen, aonde Aarão mandou mensageiros. Os anciãos vieram, fazendo perguntas, resmungando.

– Façam silêncio! – exclamou Aarão. – Ouçam Moisés. Ele tem a Palavra do Senhor!

– Preparem-se para deixar o Egito. Todos nós, homens e mulheres, devemos pedir aos nossos vizinhos artigos de ouro e prata. Os egípcios vão nos dar o que pedirmos, pois o Senhor nos colocou em graça diante dos olhos deles. O Senhor diz que este será o primeiro mês do ano para vocês. No décimo dia deste mês, cada família deverá escolher um cordeiro ou um cabrito para sacrificar. Cuidem muito bem desses cordeiros até o décimo quarto dia deste primeiro mês. Então, cada família deverá sacrificar seu cordeiro.

Moisés contou a eles sobre a praga que viria e o que eles deveriam fazer para sobreviver. Todos saíram em silêncio, temendo a Deus.

\* \* \*

Durante três dias, Aarão esperou com Moisés perto da entrada do palácio, até que eles ouviram o grito de medo e cólera do faraó ecoar entre as colunas dos salões:

– *Moisés!*

Moisés deu a mão a Aarão e, juntos, eles levantaram e entraram. Aarão não hesitou na escuridão. Podia ver o caminho como se o Senhor lhe tivesse dado olhos de coruja. Conseguia ver o rosto de Moisés, solene e cheio de compaixão, e os olhos cegos do faraó, virando de um lado para outro, procurando.

– Estou aqui, Ramsés – disse Moisés.

O faraó olhou para a frente, esticando o pescoço, como se quisesse ouvir o que não conseguia ver na escuridão que o envolvia.

– Podem ir adorar o Senhor – disse ele. – Mas seus rebanhos e manadas devem ficar aqui. Podem até levar as crianças.

– Não – negou Moisés. – Nós precisamos levar nossos rebanhos e manadas para os sacrifícios e oferendas para o Senhor nosso Deus. Todos os nossos bens devem ir conosco; nem um telhado pode ficar para trás. Teremos que escolher nossos sacrifícios para o Senhor nosso Deus entre esses animais. E não sabemos que sacrifícios ele exigirá até que cheguemos lá.

O faraó o amaldiçoou.

– Saiam daqui! – gritou ele. – Nunca mais quero vê-los de novo. Se aparecerem aqui de novo, morrerão!

– Muito bem! – respondeu Moisés. – Nunca mais o veremos! – A voz dele mudou e ficou mais intensa, ressoando e enchendo o salão. – O Senhor diz o seguinte: *"À meia-noite, eu passarei pelo Egito. Todos os primogênitos de todas as famílias do Egito morrerão, desde o filho mais velho do faraó até o filho mais velho do seu escravo mais baixo. Até mesmo os primogênitos dos animais morrerão"*.

Aarão sentiu a pele arrepiada e o suor escorrer.

– Moisés! – O faraó rugiu enquanto esticava os braços e balançava as mãos, tentando se localizar no escuro. – Você acha que Osíris não vai me defender? Os deuses não deixarão que toquem no meu filho!

## O SACERDOTE

Moisés continuou falando:

– Então, um lamento será ouvido em todo o Egito; nunca houve lamento parecido e nunca haverá. Mas entre os israelitas tudo estará em paz, de forma que nem um cão irá latir. Então, você saberá que o Senhor faz distinção entre os egípcios e os israelitas. Todos os oficiais do Egito virão ajoelhar-se diante de mim. Vão implorar para que eu vá embora logo e leve todos os meus seguidores comigo. Só então eu irei!

Com o rosto vermelho de raiva, Moisés se virou e saiu do salão.

Aarão o alcançou e caminhou ao seu lado. Nunca vira o irmão tão furioso. Deus falara através dele. Fora a voz de *Deus* que Aarão ouvira no enorme salão.

Moisés rezava baixinho fervorosamente, e seus olhos cintilavam ao caminhar pelas ruas da cidade na direção de Gósen. As pessoas se afastavam e entravam em casa e nas lojas.

Quando eles chegaram ao limite da cidade, Moisés gritou:

– Oh, Senhor! Senhor!!

Aarão arregalou os olhos ao escutar o grito angustiado.

– Moisés! – Sua garganta se fechou.

– Ah, Aarão, agora nós veremos a destruição que um único homem pode trazer para uma nação. – As lágrimas escorriam pelo seu rosto. – Todos nós veremos!

Moisés ficou de joelhos e chorou.

# TRÊS

O cordeiro lutava enquanto Aarão o segurava entre os joelhos, cortava a garganta dele e sentia o pequeno animal ficar mole enquanto seu sangue enchia a tigela. O cheiro deu um nó no estômago de Aarão. O cordeiro era perfeito, sem defeitos, e tinha apenas um ano. Ele tirou a pele do animal.
– Coloque-o em um espeto e asse a cabeça, as pernas e os órgãos internos.
Nadabe pegou a carcaça.
– Sim, pai.
Pegando a tigela, Aarão mergulhou ramos de hissopo no sangue e pintou a porta de sua casa. Mergulhou-os diversas vezes até que a parte de cima da porta estivesse totalmente vermelha, e então começou a fazer o mesmo nos batentes. Em Gósen e na cidade, toda família hebraica estava fazendo o mesmo. Os vizinhos egípcios assistiam, confusos e enojados, sussurrando:
– Ontem eles jogaram fora todo o fermento que tinham em casa.
– E hoje estão pintando as portas com sangue!
– O que tudo isso significa?

Alguns procuraram Aarão e perguntaram o que poderiam fazer para serem aceitos entre os hebreus.

– Circuncide cada macho de sua família, e então será como alguém que nasceu entre nós.

Apenas alguns levaram suas palavras a sério e fizeram o que ele havia dito. Temendo pela vida, eles foram morar entre os hebreus e ouviam tudo o que Aarão e Moisés tinham a dizer para o povo.

Aarão pensou no que aquela noite reservava para o resto do Egito. No começo, queria vingança. Ele se deliciara com a ideia de que os egípcios sofreriam. Agora, sentia pena daqueles que tolamente ainda se apegavam aos seus ídolos e se curvavam diante dos falsos deuses. Ansiava ir embora dessa terra de desolação.

Terminando sua tarefa, ele entrou em casa e fechou bem a porta. Empilhados em um canto estavam os objetos e as joias de ouro e prata que Míriam e seus filhos haviam coletado dos vizinhos egípcios. Durante toda a vida Aarão tirara seu sustento do solo e do pequeno rebanho de ovelhas e cabras, e agora sua família tinha prata e ouro suficientes para encher sacos! Deus fizera com que os egípcios olhassem de forma favorável para Aarão e Moisés e para todos os hebreus, e eles davam qualquer coisa que pedissem, mesmo suas maiores riquezas. Sem questionar, os egípcios abriram mão de coisas a que davam valor poucos dias antes, esperando poder comprar a misericórdia do Deus hebreu.

A misericórdia de Deus não estava à venda. E também não poderia ser conquistada.

Em uma noite como aquela, o ouro e a prata não eram importantes, nem para Aarão, que em uma época chegara a achar que a riqueza poderia trazer consolação e salvá-lo dos feitores e tiranos. O que quer que ele tivesse feito em nome do Senhor no passado não contava nessa noite. Mesmo se os egípcios oferecessem tudo o que tinham para seus deuses nessa noite, não conseguiriam salvar a vida de seus primogênitos. Mesmo se quebrassem seus ídolos, isso não seria suficiente. O faraó impusera essa noite ao Egito; seu orgulho era a ruína do povo.

Deus, que estabeleceu os céus, colocara um preço na vida, e esse preço era o sangue do cordeiro. O Anjo do Senhor estava chegando e pouparia todas as casas cujas portas e cujos batentes estivessem pintados com sangue de cordeiro. O sangue era um sinal de que as pessoas que viviam naquela casa acreditavam no Deus de Abraão, Isaac e Jacó e acreditavam o bastante para obedecerem ao Seu comando e acatarem Sua palavra. Apenas a fé no único Deus iria salvá-los.

Aarão olhou para seu primogênito, Nadabe, sentado à mesa com os irmãos. Abiú estava perdido em pensamentos, enquanto Itamar e Eleazar estavam com as esposas e os filhos pequenos.

O pequeno Fineias virava o espeto do cordeiro no fogo. Quando se cansou, outro tomou seu lugar.

– Vovô – perguntou Fineias, sentando-se ao lado de Aarão no banco –, o que esta noite significa?

Aarão colocou o braço em volta do menino e olhou para seus filhos, noras e netos.

– É o sacrifício de Páscoa oferecido ao Senhor. Deus virá esta noite, à meia-noite, verá o sangue do cordeiro na nossa porta e nos poupará. Nós seremos poupados, mas o Senhor matará os primogênitos dos egípcios. Desde o primogênito do faraó que está sentado no trono até o do prisioneiro que está na masmorra, e o de todos os animais.

O único som que se ouvia na casa era o do crepitar do fogo e do chiado da gordura que pingava no carvão quente. Míriam moía trigo e cevada para fazer pão sem fermento. As horas passavam. Ninguém falava. Moisés se levantou e lacrou as aberturas das janelas, como se estivesse se preparando para uma tempestade de areia. Então, sentou-se junto com a família e cobriu a cabeça com o xale.

## O SACERDOTE

O cheiro de cordeiro assado enchia a casa, junto com as ervas amargas que Míriam cortara e deixara sobre a mesa.

– Está pronto. – Míriam acrescentou óleo à farinha de trigo e amassou as finas rodelas da massa que colocara em uma panela redonda sobre pedaços de carvão que havia separado.

A noite pesava sobre eles. A morte estava próxima.

Os homens se levantaram, vestindo seus mantos e enfiando-os no cinto; calçaram as sandálias e ficaram de pé em volta da mesa, com os cajados na mão; e a família comeu o cordeiro, as ervas amargas e o pão ázimo.

Um grito rasgou o ar. Aarão sentiu a pele se arrepiar. Míriam encarou Moisés com os olhos escuros arregalados. Ninguém falava enquanto comiam. Ouviram outro grito, mais perto dessa vez, e depois um choro a distância. Do lado de fora, alguém fez uma súplica a Osíris. Aarão fechou os olhos com força, pois sabia que Osíris não passava de um ídolo fabricado por mãos humanas, inventado pela imaginação humana. Osíris não tinha substância nem força, apenas o poder fictício que os homens e as mulheres lhe haviam conferido no decorrer dos séculos. Nessa noite eles aprenderiam que o que os homens inventam não pode trazer a salvação. A salvação está no Senhor, Deus de toda a criação.

Os gritos e o choro aumentaram. Pelos sons, Aarão soube quando o Anjo da Morte passara por aquela casa. Sentiu uma alegria crescente, um agradecimento que inchava seu peito. O Senhor era digno de confiança! O Senhor poupara Seu povo de Israel! O Senhor estava destruindo Seus inimigos.

Alguém bateu à porta.

– Em nome do faraó, abram a porta!

Aarão olhou para Moisés e, ao vê-lo assentir, levantou-se e foi abrir a porta. Os soldados parados do lado de fora fizeram uma reverência profunda quando Aarão e Moisés saíram pela porta.

– O faraó mandou que os levássemos até ele.

Quando eles saíram, os soldados os cercaram.

– O filho do faraó está morto – disse baixinho o soldado que estava à direita de Moisés.

Outro se dirigiu a Aarão:

– Ele foi o primeiro a morrer no palácio, e então outros sucumbiram, muitos outros.

– Meu filho – disse um soldado, chorando atrás deles. – Meu filho... – Todos em Tebas estavam chorando, pois todas as casas tinham perdido alguém. – Rápido! Precisamos correr antes que todo o Egito morra.

Eles mal tinham cruzado a porta quando Aarão ouviu o grito angustiado do faraó.

– Deixem-nos em paz! Podem ir, todos vocês! – Ele se curvou em seu trono. – Podem ir servir ao Senhor como pediram. Levem seus rebanhos e manadas e saiam daqui. Vão, mas abençoem-me antes de sair.

Aarão ficou parado sob a luz da tocha, mal conseguindo acreditar que o faraó estava cedendo. Acabou? Acabou mesmo? Ou não conseguiriam nem chegar às ruas de Tebas antes de descobrir que o faraó tinha mudado de ideia de novo?

Moisés se virou sem dizer palavra.

– Vá! – Um dos guardas apressou Aarão. – Vá rápido, ou todos morreremos!

Conforme andavam pelas ruas, Aarão gritava:

– Israel! Israel! O dia da sua libertação chegou!

* * *

Os egípcios saíam de suas casas, gritando para os hebreus:

– Rápido! Rápido! Vão antes que o grande faraó mude de ideia e todo mundo morra!

## O sacerdote

Alguns davam burros e outros presentes enquanto ajudavam a amarrar todos os pertences às costas dos animais. Outros davam um pouco do que restara depois das pragas.

– Peguem o que quiserem e saiam do Egito! Rápido! Antes que outra praga recaía sobre nós e acabe conosco!

Aarão ria em exultação, tão emocionado que não conseguia pensar em nada além de ir embora. Míriam, seus filhos e suas famílias se encontraram com ele e Moisés diante da congregação. O barulho era ensurdecedor. As pessoas faziam preces em voz alta para o Senhor, Moisés e Aarão. Um grande rebanho de ovelhas e cabras cercava o povo. O gado vinha atrás, para que o povo não sufocasse com a poeira que os animais levantavam. Seiscentos mil homens saíram a pé conforme o sol nascia e se dirigiam para Sucot, junto com as esposas e os filhos.

As mulheres carregavam nos ombros as tigelas de preparar pão, enquanto sacudiam uma criança no colo e gritavam para que os outros filhos ficassem perto da família. Elas não tinham tido tempo de preparar alimentos para a viagem.

Aarão ouvia a cacofonia de vozes e sentia o gosto da poeira levantada por quase um milhão de escravos que saíam da cidade do faraó. Outros mais se juntaram a eles no caminho. As tribos de Rúbem, Simeão, Judá, Zebulom, Issacar, Dã, Gade, Asser, Naftáli e Benjamim seguiram a tribo de Levi de Moisés e Aarão. Representantes das meias tribos de Efraim e Manassés viajaram perto de Moisés, levando com eles os ossos do ancestral deles, José, que salvara o Egito da fome. Os anciãos de cada tribo fizeram estandartes para que seus parentes se reunissem e marchassem juntos para fora do Egito; todos os homens estavam armados como se fossem para uma batalha. E atrás deles vinham os egípcios que fugiam da desolação de sua terra natal e iam em busca de provisão e da proteção do Senhor Deus de Israel, o verdadeiro Deus de toda a criação.

Conforme o sol ficava mais alto, Aarão viu uma coluna de nuvem se erguer. O próprio Deus os estava protegendo do calor escaldante e os guiava para longe da escravidão, do sofrimento e do desespero.

Ah, a vida seria boa! Em uma semana, eles chegariam à Terra Prometida de leite e mel. Em uma semana, poderiam armar suas barracas, esticar-se em suas esteiras e regozijar-se na liberdade.

Os homens e as mulheres choravam com um alegre abandono.

– Agradeçam ao Senhor! Estamos livres... finalmente!

– Nenhum filho meu fará um tijolo sequer para o faraó!

– Que ele faça os próprios tijolos!

As pessoas riam. As mulheres cantavam e os homens gritavam de felicidade.

– Eu deveria ter feito mais pães ázimos! Temos poucos grãos!

– Quanto vamos andar hoje? As crianças já estão cansadas.

Aarão se virou com o rosto quente ao ouvir os resmungos de seus próprios parentes. Preferiam ter ficado para trás?

– Nosso cativeiro chegou ao fim! Alegrem-se! Fomos redimidos pelo sangue do cordeiro! Agradeçam ao Senhor!

– Nós agrademos, pai, mas as crianças estão exaustas.

Moisés levantou o cajado.

– Lembrem-se deste dia! Contem aos seus filhos e filhas o que o Senhor fez por vocês quando os tirou do Egito! Lembrem-se de que consagraram ao Senhor todos os primogênitos machos, frutos dos úteros de Israel, sejam homens, sejam animais, pois o Senhor nos poupou da morte! Comemorem este dia! Nunca se esqueçam de que foi o Senhor que, com Sua mão poderosa, nos tirou do Egito!

Como o faraó, com sua teimosia, se recusara a libertar o povo de Deus, o Senhor matara todos os primogênitos do Egito, tanto homens como animais. Portanto, todo primeiro fruto masculino de todo útero pertencia ao Senhor, e todo primogênito seria redimido pelo sangue de um cordeiro.

– Agradeçam ao Senhor! – disse Aarão, erguendo o cajado.

Não daria ouvidos aos resmungões de seu povo. Não deixaria que eles estragassem aquele momento, aquele dia. Não ouviria aqueles que olhavam para trás como a esposa de Ló. Durante toda a sua vida tinha sonhado em viver como um homem livre. E agora conheceria a liberdade pela primeira vez. Ele chorou em agradecimento.

– *Agradeçam ao Senhor!* – O grito retumbante veio dos homens e mulheres à sua volta, espalhando-se até que o agradecimento soasse como um trovão nos céus. As mulheres cantavam.

Moisés não parou quando o sol começou a se pôr, pois uma coluna de fogo apareceu, guiando-os para Sucot, onde descansaram antes de seguir em frente. Acamparam em Etam, na fronteira do deserto.

Coré e uma delegação de outros anciãos levitas procuraram Moisés.

– Por que você está nos levando para o sul se há duas outras rotas mais curtas para Canaã? Poderíamos ir pela costa.

Moisés balançou a cabeça.

– Isso nos faria atravessar a Filisteia.

– Somos muitos e estamos armados para batalha. E se fôssemos por Sur, até o sul de Canaã?

Moisés se manteve firme.

– Estamos armados, mas não tivemos treinamento e somos inexperientes. Vamos para onde o Anjo do Senhor nos guiar. O Senhor disse que, se o povo encarar uma guerra, pode mudar de ideia e voltar para o Egito.

– Nunca voltaremos para o Egito! – Coré levantou o queixo. – Você deveria confiar mais em nós. Ansiávamos pela liberdade tanto quanto você. Até mais.

Aarão levantou a cabeça. Sabia que Coré estava se referindo ao fato de Moisés ter vivido por quarenta anos nos corredores dos palácios e mais quarenta entre os homens livres de Midiã. Outros vieram, chamando por

Moisés, que se levantou para verificar qual era a questão. Os problemas já estavam se amontoando.

– Aarão – disse Coré, virando-se para ele –, você nos entende melhor do que Moisés. Deve ter algo a dizer sobre qual estrada devemos pegar.

Aarão conseguia ver o que havia por trás da lisonja.

– Isso é uma escolha de Deus, Coré. O Senhor nomeou Moisés como nosso líder. Ele está acima de nós. Ele caminha na nossa frente. – Eles não viam o Homem que caminhava na frente de Moisés, mostrando o caminho? Perto o suficiente para ser seguido, mas não perto o suficiente para ver o rosto Dele. Será que o povo podia vê-Lo?

– Sim. – Coré foi rápido em concordar. – Aceitamos Moisés como o profeta de Deus. Mas Aarão, você também é. Pense nas crianças. Pense nas nossas mulheres. Fale com seu irmão. Por que devemos passar pelo caminho longo em vez de ir pelo curto? Os filisteus já devem ter ouvido falar das pragas. Terão medo de nós, assim como os egípcios.

Aarão balançou a cabeça.

– O Senhor vai nos guiar. Moisés não dá um passo sem que o Senhor lhe mostre a direção. Se você não compreende isso, só precisa levantar os olhos para ver a nuvem que nos acompanha durante o dia e a coluna de fogo à noite.

– Mas eu tenho certeza de que, se você pedisse ao Senhor, Ele escutaria. Ele não o mandou para o deserto para encontrar Moisés no monte Sinai? O Senhor falou com você antes de falar com seu irmão.

As palavras de Coré perturbaram Aarão. O homem queria separar os irmãos? Ele pensou no que a inveja causara a Caim e Abel, Ismael e Isaac, Esaú e Jacó, José e seus onze irmãos. Não! Ele não se deixaria levar por tais pensamentos. O Senhor o chamara para ficar ao lado de Moisés, para caminhar com ele, para apoiá-lo. E assim ele o faria!

– O Senhor fala através de Moisés, não de mim, e nós seguiremos o Senhor para onde quer que Ele nos leve.

– Você é o primogênito de Anrão. O Senhor continua falando com você.

– Apenas para confirmar o que Ele já disse para Moisés!

– É errado perguntar por que devemos seguir pelo caminho mais difícil? – Aarão levantou com o cajado na mão. A maioria desses homens era seu parente. – Você acha que eu ou Moisés devemos dizer ao Senhor que caminho seguir? Cabe ao Senhor dizer-nos para onde ir, por quanto tempo e até onde viajamos. Se você se colocar contra Moisés, estará se colocando contra Deus.

Os olhos de Coré escureceram, mas ele levantou as mãos, rendendo-se.

– Eu não duvido da autoridade de Moisés, nem da sua, Aarão. Nós vimos os sinais e milagres. Eu estava apenas perguntando...

Mas, mesmo quando os homens se afastaram, Aarão teve certeza de que não parariam de perguntar.

\* \* \*

Aarão juntou-se a Moisés em um monte rochoso, olhando para a terra a leste. Os outros estavam por perto, logo abaixo do monte, observando, mas respeitando a necessidade de Moisés de ficar sozinho, esperando que Aarão falasse por ele. Aarão percebeu que Moisés estava se acostumando mais a falar hebraico.

– Logo você não precisará mais de mim, irmão. As suas palavras são claras e facilmente compreendidas.

– O Senhor chamou *nós dois* para esta missão, Aarão. Você acha que eu teria atravessado o deserto e me colocado diante do faraó se o Senhor não tivesse me enviado você?

Aarão colocou a mão no braço de Moisés.

– Você me tem em alta estima.

– Os inimigos de Deus farão de tudo para nos separar, Aarão.

Talvez o Senhor tivesse aberto os olhos de Moisés para as tentações que Aarão enfrentava.

– Eu não quero seguir o caminho daqueles que vieram antes de nós.

– O que o preocupa?

– Que um dia você não precise mais de mim, que eu me torne inútil.

Moisés ficou em silêncio por tanto tempo que Aarão achou que não tivesse a intenção de responder. Deveria ele ser mais um fardo para Moisés? O Senhor o chamara para ajudar Moisés, não para atormentá-lo com mesquinharias. Como ele desejara conversar com Moisés da forma como conversaram quando estavam sozinhos, cruzando o deserto juntos! Os anos de separação haviam desaparecido. As queixas imaginadas se haviam dissolvido. Eles eram mais do que irmãos. Eram amigos unidos em uma missão, servos do Deus Altíssimo.

– Sinto muito, Moisés. Vou deixá-lo em paz. Podemos conversar uma outra hora.

– Fique comigo, irmão. – Ele continuou a olhar para o povo. – Eles são tantos...

Aliviado por ser necessário, Aarão se aproximou e se apoiou em seu cajado. Nunca se sentira à vontade com silêncios longos.

– Todos eles são descendentes dos filhos de Jacó. Sessenta e seis vieram para o Egito com Jacó, e, com a família de José, formavam setenta no total. E desses poucos surgiu essa multidão. Deus nos abençoou.

Milhares e milhares de homens, mulheres e crianças viajavam como um mar lento pelo deserto. Nuvens de poeira se levantavam sob o impacto de seus pés e das patas dos rebanhos e manadas. Acima da cabeça deles via-se a nuvem de proteção, um escudo contra o calor escaldante do sol. Não era de admirar que o faraó temesse os hebreus! Era só olhar para todos eles! Se tivessem se unido aos inimigos do Egito, poderiam ter-se tornado uma grande ameaça militar dentro das fronteiras do Egito. Mas, em vez de se rebelarem, eles tinham abaixado a cabeça para a vontade do faraó e servido como escravos. Não tinham tentado quebrar as correntes da escravidão, mas suplicavam que o Senhor Deus de Abraão, Isaac e Jacó os salvasse.

Muitos egípcios viajavam entre o povo. A maioria ficava às margens da multidão de viajantes. Aarão preferia que eles tivessem ficado para trás, no delta do Nilo ou em Etam. Não confiava neles.

Eles realmente teriam deixado seus ídolos de lado e escolhido seguir o Senhor, ou tinham vindo porque o Egito estava arruinado?

As pessoas acenavam.

– Moisés! Aarão! – Como crianças, chamavam seus nomes. Ainda estavam em júbilo. Talvez os únicos a questionar a rota da viagem fossem Coré e seus amigos.

Moisés começou a andar de novo. Aarão levantou o cajado, apontando a direção que deveriam seguir. Não perguntou por que Moisés seguia para o sul e depois para leste, para o coração do Sinai. A nuvem cinza se transformou em uma coluna de fogo para iluminar o caminho deles e aquecê-los na noite do deserto. Aarão viu o anjo do Senhor andando em frente, guiando Moisés e o povo mais para dentro do deserto.

Por quê?

Era certo ele levantar tal questão? Moisés não acampou de novo, apenas continuou viajando, descansando por breves períodos. Míriam e as esposas dos filhos de Aarão preparavam pão ázimo suficiente para comer no caminho, enquanto as crianças dormiam, usando uma pedra como travesseiro. Aarão percebia a urgência de Moisés, uma urgência que ele também sentia, mas não compreendia. Canaã ficava ao norte, não a leste. Para onde o Senhor os estava levando?

A boca de um grande uádi se abria adiante. Aarão achou que talvez Moisés fosse virar para o norte ou mandar homens na frente para ver aonde o desfiladeiro levaria. Mas Moisés não hesitou, nem virou para a esquerda ou para a direita. Caminhou diretamente para o desfiladeiro. Aarão permaneceu ao lado, olhando para trás apenas para se certificar de que Míriam, seus filhos, noras e netos os seguiam.

Penhascos altos se agigantavam dos dois lados; a nuvem continuava acima deles.

O uádi ficou mais estreito. O povo fluía como água em um leito de rio feito para eles. O desfiladeiro serpenteava como uma cobra em um terreno acidentado; o solo era plano, e não era difícil caminhar por ele.

Após um longo dia de caminhada, o desfiladeiro se abriu. Aarão viu as águas ondulantes e sentiu o cheiro do ar marítimo. Quaisquer que tivessem sido as águas que atravessaram o uádi na época do dilúvio de Noé, elas se derramavam em uma praia de cascalho grande o suficiente para a multidão acampar. Mas não havia para onde ir a partir dali.

– O que fazemos agora, Moisés?

– Esperamos o Senhor.

– Mas não sabemos para onde ir!

Moisés estava parado, de frente para o mar, com o vento batendo.

– Devemos acampar aqui, em frente ao Baal-Zefom, conforme o Senhor disse. E o faraó virá atrás de nós, e o Senhor se glorificará por meio do faraó e do seu exército, e os egípcios saberão que o Senhor é Deus, e nenhum outro.

O medo tomou conta de Aarão.

– Devemos contar aos outros?

– Eles logo saberão.

– Devemos formar linhas de batalha? Devemos preparar nossas armas para nos defender?

– Eu não sei, Aarão. Só sei que o Senhor nos trouxe para cá e que Ele tem um propósito.

Um grito ecoou entre os israelitas. Vários homens montados em camelos estavam se aproximando da praia. Cavalos e carruagens, cavaleiros e tropas do faraó estavam subindo o desfiladeiro. Cornetas soavam a distância. Aarão sentiu o tremor embaixo dos seus pés. Um exército que não conhecia derrota. Milhares de hebreus choravam mais alto do que o som do mar. As pessoas corriam na direção da água, amontoando-se.

Moisés se virou para as águas profundas e levantou o braço, suplicando ao Senhor. As cornetas de batalha soaram de novo. Aarão gritou:

– Venha cá, Moisés! – Seus filhos, suas famílias e Míriam correram para eles. – Fiquem perto de nós, aconteça o que acontecer! – Aarão acenou. – Não se separem de nós! – Ele pegou o neto Fineias no colo e disse: – O Senhor virá ao nosso resgate!

– Senhor, ajude-nos! – gritou Moisés.

Aarão fechou os olhos e rezou para o Senhor.

– Moisés! – o povo gritava. – O que você fez conosco?

Aarão entregou Fineias para Eleazar e se colocou entre o irmão e o povo, com o cajado na mão.

– Por que você nos trouxe para cá para morrer no deserto? Já não sofremos o suficiente no Egito?

– Deveríamos ter ficado no Egito!

– Não falamos para nos deixar em paz enquanto ainda estávamos no Egito?

– Você deveria ter nos deixado continuar servindo aos egípcios.

– Por que nos fez partir?

– Nossa escravidão no Egito era muito melhor do que morrer aqui no deserto!

Moisés se virou para eles.

– Não tenham medo!

– Não ter medo? O exército do faraó está chegando! Eles vão nos massacrar como se fôssemos ovelhas!

Aarão escolheu acreditar em Moisés.

– Já se esqueceram do que o Senhor fez por nós? Ele atingiu o Egito com Sua mão poderosa! O Egito está em ruínas!

– Mais uma razão para o faraó querer nos destruir!

– Para onde podemos ir agora, com o mar à nossa frente?

– *Eles estão vindo! Estão vindo!*

Moisés levantou seu cajado.

– Fiquem onde estão e deixem que o Senhor nos salve. Nunca mais verão os egípcios que estão vendo hoje. O próprio Senhor lutará por vocês. Não precisarão levantar um dedo para se defender!

Pela expressão de Moisés, Aarão viu que o Senhor tinha falado com ele. Moisés se virou e olhou para cima. O Anjo do Senhor brilhante que os estava guiando ascendeu e se colocou atrás da multidão, bloqueando a entrada do grande uádi que se abria para Pi-Hairote. Levantando o cajado, Moisés estendeu o braço sobre o mar. O vento rugiu alto e veio do leste, abrindo a água em duas partes, fazendo com que recuasse, formando muros de água paralelos como se fossem os desfiladeiros do uádi de onde os israelitas tinham vindo. Um caminho de terra seca se formou onde antes era o fundo do mar, levando para o outro lado do Yam Suf, o mar Vermelho.

– Sigam! – gritou Moisés.

Com o coração acelerado, Aarão também gritou:

– Sigam! – Levantando o cajado, ele apontou para a frente enquanto seguia Moisés entre os grandes e profundos muros de água.

O forte vento leste soprou a noite toda enquanto milhares e milhares de israelitas seguiam para o outro lado. Quando Aarão e sua família chegaram à costa oriental, pararam na encosta, de onde observaram a multidão atravessar o mar. Rindo e chorando, Aarão viu o povo sair do Egito. Uma escuridão impenetrável tomava conta do terreno rochoso de onde tinham vindo, mas, do lado onde estavam, o Senhor dera luz para os israelitas, e aqueles que viajavam com eles podiam ver seu caminho através do mar Vermelho.

Quando as últimas centenas de israelitas estavam subindo a encosta, a coluna de fogo que retinha os egípcios se levantou e se espalhou como uma nuvem cintilante sobre a terra e o mar. O caminho se abriu para o faraó vir atrás deles. As cornetas de batalha soaram a distância. As carruagens se espalharam pela praia, formando fileiras. Os condutores das carruagens chicoteavam seus cavalos para entrarem no caminho através do mar.

Aarão continuou parado na encosta, vergado pelo vento. Abaixo dele, os israelitas exaustos se curvavam sob o peso de seus bens.

— Eles precisam correr! Precisam... — Ele sentiu a mão de Moisés em seu ombro e se afastou, tentando acalmar-se.

— *Não tenham medo* — disse Moisés. — *Fiquem onde estão!* — Mas era muito difícil acreditarem ao verem as carruagens se aproximando, com os cavaleiros e as tropas atrás. Havia milhares deles, armados e treinados, avançando para matar aqueles que reverenciavam o Deus que destruíra o Egito, o Deus que matara os primogênitos. O ódio os motivava.

Conforme os egípcios se aproximavam da encosta à beira do mar, um cavalo caiu, derrubando uma carruagem atrás de si e esmagando o condutor. A carruagens que vinham atrás se desviaram. Os cavalos relinchavam e se empinavam, fazendo os cavaleiros caírem, e tentavam voltar. As tropas se misturaram, confusas. Alguns soldados foram pisoteados pelos cavalos desgovernados.

Os últimos israelitas chegaram à costa oriental. As pessoas gritavam de medo dos egípcios.

— Israel! — a voz de Moisés ressoou. Ele levantou as mãos. — Fiquem parados e entendam que o Senhor é Deus! — Ele estendeu o cajado sobre o mar Vermelho. O vento leste soprou. As águas despencaram no desfiladeiro, cobrindo os egípcios em pânico, enquanto a corrente abafava seus gritos. Uma poderosa torrente de água se levantou e em seguida desceu com força.

O mar Vermelho ondulou. Todos ficaram em silêncio.

Aarão caiu no chão, fitando a água azul, segundos antes agitada e agora tranquila. As ondas batiam na areia rochosa, e um vento suave soprava.

Todos se sentiam como ele? Aterrorizados ao verem o poder do Senhor sobre os egípcios, e exultantes, pois o inimigo tinha sido eliminado! Os soldados egípcios foram levados para a costa, centenas deles com o rosto enfiado na areia; os braços e as pernas se levantavam gentilmente conforme vinham as ondas e descansavam de novo sobre a areia.

Aarão olhou para seus filhos, noras e netos, reunidos em volta dele.

– O Egito tinha orgulho de seu exército, de suas armas, de seus vários deuses. Mas nós temos orgulho do Senhor nosso Deus.

Todas as nações saberiam o que o Senhor fizera. Quem ousaria enfrentar o povo que Deus escolhera para ser Seu? Olhem para os céus! O Deus que assentou as fundações da terra e espalhou as estrelas no céu os protegia! O Deus que era capaz de invocar pragas e abrir o mar os ofuscava.

– Quem vai ousar enfrentar um Deus como o nosso? Viveremos em segurança! Seremos prósperos na terra que Deus nos está dando! Ninguém enfrentará o nosso Deus! Estamos livres, e ninguém nos escravizará de novo!

– Cantarei para o Senhor, pois Ele triunfou em toda a Sua glória! – O vento levou a voz de Moisés. – Ele derrubou os cavalos e os cavaleiros no mar.

Míriam pegou o pandeiro e tocou, sacudindo-o e cantando.

– Cantarei para o Senhor, pois Ele triunfou em toda a Sua glória! – Ela tocou o pandeiro de novo, dançando e sacudindo o instrumento.

As noras de Aarão se juntaram a ela, rindo e chorando.

– Vamos cantar em agradecimento ao Senhor! Vamos cantar...

Aarão riu com elas. Era maravilhoso ver sua irmã idosa dançando!

Moisés desceu da encosta. As pessoas abriram caminho para ele como o mar se abrira para eles. Aarão caminhava ao seu lado com as lágrimas escorrendo pelo rosto e o coração acelerado. Tinha que cantar junto com seu irmão.

– O Senhor é a minha força e a minha música; Ele se tornou a minha vitória! – Sentia-se jovem de novo, cheio de esperanças. O Senhor lutara por eles! Aarão olhou para a nuvem que pairava sobre eles. A luz lançava cores tremeluzentes, como se Deus estivesse satisfeito com o agradecimento deles. Aarão levantou as mãos e gritou em agradecimento.

Milhares cantavam em júbilo, com as mãos estendidas para o céu, alguns ajoelhados, chorando, dominados pela emoção. As mulheres de juntaram a Míriam, dançando, até que eram dez, cem, mil mulheres girando.

– Ele é meu Deus! – Moisés cantou.

– Ele é meu Deus! – Aarão cantou. Caminhava ao lado do irmão, com os membros de sua família atrás de si. Muitos se juntaram em volta deles, levantando as mãos e cantando.

Míriam e as mulheres dançavam e cantavam:

– Ele é nosso Deus!

Os filhos de Aarão cantavam, com o rosto ruborizado, os olhos brilhantes, as mãos levantadas. Triunfante, Aarão riu. Quem poderia duvidar do poder do Senhor agora? Com Sua mão poderosa, Ele quebrara as correntes da escravidão. O Senhor zombara dos deuses do Egito e afundara nas profundezas do mar o exército da nação mais poderosa da Terra! Todos aqueles que se gabavam de que iriam destruir Israel com suas espadas agora estavam mortos na costa. Os homens planejavam, mas Deus prevalecia.

"Quem entre os deuses é como o Senhor? Não existe mais nenhum tão glorioso, capaz de fazer maravilhas! As nações ficarão sabendo e tremerão. Filisteia, Edom, Moabe, Canaã tremerão diante de nós porque nós temos o Senhor. O Deus de Abraão, Isaac e Jacó está do nosso lado! Pelo poder do Seu braço, eles ficarão imóveis como pedras até que passemos. Quando chegarmos à terra que Deus prometeu aos nossos ancestrais, teremos descanso de todos os lados!"

— O Senhor reinará para sempre! — Moisés levantou o cajado enquanto guiava as pessoas para longe do mar Vermelho.

— Para sempre. — *Nosso Deus reinará!*

Conforme o júbilo diminuía, as pessoas voltavam para seus grupos. As famílias se reuniram e seguiram pela terra. Aarão chamou seus filhos e noras.

— Fiquem no grupo dos levitas.

Os líderes tribais levantaram seus estandartes, e os membros da família foram atrás deles.

Aarão caminhava ao lado de Moisés.

— Será mais fácil agora que o pior ficou para trás. O faraó não tem ninguém para mandar atrás de nós. Seus deuses se provaram fracos. Estamos salvos agora.

— Estamos longe de estarmos salvos.

— Já cruzamos as fronteiras do Egito. Mesmo se o faraó fosse capaz de reunir outro exército, quem obedeceria às ordens dele e viria atrás de nós, sabendo o que aconteceu aqui hoje? A notícia do que o Senhor fez por nós vai se espalhar por todas as nações, Moisés. Ninguém vai ousar nos enfrentar.

— Sim, estamos fora das fronteiras do Egito, Aarão, mas veremos nos próximos dias se deixamos o Egito para trás.

* * *

Não demorou muito para Aarão compreender o que o irmão queria dizer. Conforme o povo seguia Moisés pelo deserto de Sur e se dirigia para o norte, atravessando a terra árida que levava à montanha de Deus, suas canções de libertação pararam. Não havia água.

A água que haviam trazido do Egito tinha praticamente acabado, e não havia riachos onde aliviar a sede que só aumentava ou encher as bolsas de água. O povo resmungava enquanto descansava. No segundo dia sem encontrar água, começaram a reclamar. No terceiro dia, a raiva fermentou.

– Precisamos de água, Aarão.

A língua de Aarão grudava no céu da boca, mas ele tentava acalmar aqueles que reclamavam.

– O Senhor está guiando Moisés.

– Para o deserto?

– Esqueceram que o Senhor abriu o mar?

– Isso foi três dias atrás, e agora não temos água. Quem dera o mar fosse de água doce onde pudéssemos encher nossas bolsas! Por que Moisés está nos guiando pelo deserto?

– Estamos voltando para a montanha de Deus.

– Morreremos de sede muito antes de chegarmos lá!

Aarão tentou conter a raiva.

– Até mesmo os parentes de Moisés devem reclamar dele? – Talvez fosse a sede que tivesse diminuído a sua paciência. – O Senhor proverá o que precisamos.

– Da sua boca para os ouvidos de Deus!

Eles eram como crianças cansadas, rabugentas, choronas e que só sabiam reclamar.

– Quando vamos chegar lá? – Aarão se compadecia daqueles que estavam doentes. Alguns dos egípcios que viajavam com eles tinham furúnculos; outros ainda sofriam com brotoejas e infecções causadas por picadas de insetos. Estavam fracos, com fome e com sede, exalando dúvida e medo das misérias que ainda estavam por vir.

– Precisamos de água!

Achavam que ele e Moisés eram Deus para tirar água das pedras?

– Não temos água para lhes dar. – As bolsas deles estavam exatamente como a de todos os outros. Estavam tão sedentos quanto os outros. Moisés dera o que restava de sua água para um dos netos de Aarão naquela manhã. Para Aarão restavam algumas poucas gotas, mas ele as estava guardando para o caso de seu irmão ficar fraco por causa da desidratação. O que eles fariam sem Moisés para guiá-los?

Quando chegaram a uma elevação, Moisés apontou.

– Lá! – Como animais sedentos, eles correram na direção do lago, colocando-se de joelhos para beber. Mas recuaram e cuspiram.

– Está amarga!

– Não bebam! Está envenenada!

– Moisés! O que você fez? Trouxe-nos aqui para o deserto para morrermos de sede?

As crianças choravam. As mulheres se lamentavam. Os homens gritavam, com o rosto contorcido pela cólera. Logo pegariam pedras para jogar em Moisés. Aarão os lembrou do que o Senhor fizera por eles. Já tinham esquecido?

– Há apenas três dias vocês estavam cantando em agradecimento a Ele! Há apenas três dias, estavam dizendo que nunca iriam se esquecer das coisas boas que o Senhor fez por vocês! O Senhor proverá o que precisamos.

– Quando? Precisamos de água *agora!*

Moisés se dirigiu para as montanhas, e o povo gritou mais alto. Aarão ficou entre eles e o irmão.

– Deixem-no em paz! Deixem Moisés buscar o Senhor! Fiquem onde estão. Fiquem quietos para que ele possa ouvir a voz do Senhor.

"Senhor, nós precisamos de água. Vós sabeis como estamos fracos. Não somos como Vós! Somos poeira. O vento sopra e nos leva! Tende misericórdia de nós! Senhor, tende misericórdia!"

– O Senhor ouvirá Moisés e lhe dirá o que fazer. O Senhor mandou meu irmão para nos libertar, e ele fez isso.

– Ele nos libertou e nos trouxe para a morte.

Furioso, Aarão apontou para o céu.

– O Senhor está conosco. É só olharem para cima e verem a nuvem que está sobre nós.

– Quem dera essa nuvem nos desse chuva!

O rosto de Aarão ficou quente.

– Acham que o Senhor não escuta quando vocês falam mal Dele? É claro que Deus não nos libertou do Egito apenas para morrermos de sede no deserto! Tenham fé!

Aarão rezava com fervor mesmo enquanto falava.

"Senhor, Senhor, dizei onde encontrar água. Dizei o que devemos fazer! Ajudai-nos!"

– O que vamos beber?

– Vamos morrer se não bebermos água!

Moisés voltou alguns minutos depois com um pedaço de madeira retorcida na mão, que jogou na água.

– Bebam!

O povo zombou.

Aarão se ajoelhou na mesma hora, juntou as mãos e bebeu. Sorrindo, passou a mão molhada pelo rosto.

– A água é doce! – Seus filhos e suas famílias se ajoelharam e beberam à vontade.

Todos correram para a água, amontoando-se, empurrando uns aos outros e reclamando sua porção. Beberam até não conseguirem mais e encheram as bolsas de água.

– Ouçam com atenção – disse Moisés, chamando a atenção de todos. – Se ouvirem com atenção a voz do Senhor nosso Deus e fizerem o que é certo sob o ponto de vista Dele, obedecendo às ordens e às leis Dele, então

Ele não os fará sofrer dos males que mandou para os egípcios; pois Ele é o Senhor que cura.

Alguém o ouviu? Alguém estava ouvindo? Todos pareciam tão decididos a cuidar de suas necessidades imediatas que mal levantavam o olhar. Aarão gritou:

– Ouçam Moisés! Ele tem palavras de vida para nos dar!

Mas o povo não ouvia, muito menos com atenção.

Estavam ocupados demais bebendo a água que Deus provera para parar e agradecer a Deus por isso.

\* \* \*

Quando eles se afastaram das águas doces de Mara, o povo seguiu Moisés e Aarão para Elim. Lá acamparam. Comeram tâmaras das palmeiras e beberam das doze fontes. Quando estavam descansados, Moisés os levou para o deserto de Sin.

Aarão ouvia reclamações todos os dias e estava cansado delas. Tinham saído do Egito apenas um mês e meio antes, e parecia que havia passado anos. Caminhavam pela terra árida, com fome e sede, vacilando entre o sonho da Terra Prometida e a realidade da dificuldade para chegar lá.

Os egípcios que viajavam entre eles estimulavam mais reclamações.

– Ah, quem dera estivéssemos no Egito! – resmungou uma mulher. – Teria sido melhor se o Senhor tivesse nos matado lá! Pelo menos, lá tínhamos muita comida.

– Lembra-se de como sentávamos em volta de pratos de carne e comíamos toda a comida à vontade? – comentou o companheiro dela, rasgando um pedaço de pão ázimo e mastigando-o com nojo. – Isto é horrível!

Os homens eram mais diretos na rebelião. Aarão não conseguia ir a lugar nenhum sem ouvir alguém dizer:

– Você e seu irmão nos trouxeram para o deserto para nos matar de fome!

Quando o Senhor falou com Moisés de novo, Aarão se animou. Junto com Moisés, ele foi levar a mensagem ao povo, falando diante das tribos:

– O Senhor fará chover comida do céu para vocês! Devem sair todos os dias e pegar o suficiente para aquele dia. Dessa forma, o Senhor nos testará para ver se seguiremos as Suas instruções. No sexto dia, vocês devem pegar o dobro do de costume. À noite, perceberão que foi o Senhor que os tirou do Egito. De manhã, verão a presença gloriosa do Senhor. Ele ouviu as suas reclamações, que são contra o Senhor, e não contra nós!

Quando Aarão olhou na direção do deserto, a glória do Senhor cintilava na nuvem. O povo se amontoou, temeroso, ficando em silêncio quando Moisés levantou as mãos.

– O Senhor lhes dará carne para comer à noite e pão de manhã, pois ouviu todas as suas reclamações contra Ele. Sim, as suas reclamações são contra o Senhor, não contra nós!

E assim foi. Quando o sol começou a se pôr, milhares de codornas voaram em direção ao acampamento. Aarão gargalhou ao ver seus netos correrem para pegar as aves e trazê-las para a mãe. Antes que as estrelas começassem a brilhar, o acampamento cheirava a carne assada.

Com o estômago cheio, Aarão dormiu bem naquela noite. Não sonhou com o povo apedrejando-o nem com areia que saía de sua bolsa em vez de água. Acordou ao ouvir vozes.

– O que houve? – Quando saiu de sua barraca, viu que o chão estava coberto por flocos que pareciam geada, brancos como semente de coentro. Colocou algumas na boca.

– Tem gosto de bolo de mel.

– *Maná?* O que é isso?

– É o pão que Deus prometeu a vocês. É o pão do céu. – O que eles esperavam, que o céu enviasse folhas? – Lembrem-se! Peguem apenas o que precisam para o dia. Não mais do que isso. O Senhor está nos testando. – Aarão pegou uma jarra e saiu com seus filhos, noras e netos. Míriam foi atrás.

Moisés parou ao lado de Aarão.

– Encha uma jarra e ofereça-a ao Senhor para que guarde para as gerações futuras.

Quando levantaram acampamento de novo, viajaram de um lugar a outro no deserto, e o povo continuava reclamando de sede. Suas necessidades nunca eram imediatamente atendidas, então ficavam cada vez mais furiosos e falavam mais alto. Quando acamparam em Refidim, a frustração deles transbordou.

– Por que vamos acampar neste lugar esquecido?

– Não existe água aqui!

– Onde está a terra de leite e mel que você nos prometeu?

– Por que damos ouvidos ao que dizem esses homens? Desde que saímos do Egito, só encontramos sofrimento.

– Pelo menos no Egito tínhamos comida e água.

– E morávamos em casas, não em barracas!

Aarão não era capaz de silenciar o medo deles com palavras nem de acalmar a sua ira. Temia pela vida de Moisés e pela sua, pois o povo ficava mais exigente a cada milagre do Senhor.

– Por que estão discutindo comigo? – Moisés apontou para a nuvem. – E por que estão testando o Senhor?

– Por que você nos tirou do Egito? Para nos matar e a nossos rebanhos de sede?

Aarão sentia ódio ao ver a ingratidão deles.

– O Senhor está lhes dando pão todo dia de manhã!

– Pão com larvas dentro!

Moisés estendeu o cajado.

– Porque vocês pegaram mais do que precisavam!

– De que adianta pão sem água?

– O Senhor está conosco ou não está?

Como eles podiam fazer tais questionamentos quando a nuvem estava sempre acima da cabeça deles durante o dia e a coluna de fogo à noite? A cada dia, as reclamações e dúvidas eram renovadas. Moisés passava o dia todo rezando. Aarão fazia o mesmo quando não era forçado a acalmar o medo do povo e encorajá-los, lembrando o que o Senhor já havia feito. Eles estavam com os ouvidos tapados? Não tinham olhos para ver? O que mais essas pessoas esperavam de Moisés? Muitos pegaram pedras. Aarão chamou seus filhos, e eles cercaram Moisés. Essas pessoas não temiam o Senhor ou o que Ele faria se matassem Seu mensageiro?

– Aarão, reúna alguns anciãos e venha comigo.

Aarão obedeceu a Moisés e chamou os representantes de cada tribo em quem confiava. A nuvem desceu ao lado da montanha onde o povo estava acampado. Aarão sentiu a pele ficar arrepiada ao ver um Homem parado na rocha. Como podia ser? Fechou os olhos com força e abriu de novo. O homem, se era mesmo um homem, ainda estava lá. "Senhor, Senhor, estou perdendo a cabeça? Ou isso é uma visão? Quem é aquele homem parado sobre a montanha de Deus quando o Senhor está em forma de nuvem nos protegendo?"

O povo não viu nada.

– Este lugar deve se chamar Provação e Rebelião! Pois aqui os israelitas reclamaram do Senhor e o testaram!

Moisés bateu com o cajado na rocha. Água jorrou como se uma barragem tivesse se rompido.

Os anciãos voltaram correndo.

– Moisés tirou água da pedra para nós!

– Moisés! Moisés!

O povo corria para o riacho.

Exausto, Moisés se sentou.

– Deus, perdoai-os. Eles não sabem o que dizem.

Aarão podia ver como a responsabilidade desse povo pesava nos ombros de seu irmão. Moisés ouvia suas reclamações e implorava a Deus por provisão e orientação.

– Vamos falar com eles de novo, Moisés. Foi o Senhor quem os salvou. É o Senhor que provém. Foi Ele que deu pão, carne e água para eles.

Moisés levantou a cabeça, os olhos marejados de lágrimas.

– Eles são muito teimosos, Aarão.

– E assim devemos ser! Teimosos na nossa fé!

– Eles ainda pensam como escravos. Querem as rações de comida na hora certa. Esqueceram-se dos chicotes e do trabalho pesado, da miséria implacável da vida do Egito, das súplicas para que o Senhor os salvasse.

– Vamos fazer com que se lembrem das pragas e do mar Vermelho se abrindo.

– Das águas doces de Mara e da água jorrando da rocha do monte Sinai.

– O que você me pedir para dizer eu direi, Moisés. Gritarei as palavras que Deus lhe disser no topo da montanha.

– *Moisés!* – Era um grito de alarme desta vez. – *Moisés!*

Aarão ficou de pé. Será que os problemas não acabavam nunca? Reconheceu a voz.

– É Josué. O que houve, meu amigo? O que aconteceu agora?

O jovem caiu de joelhos diante de Moisés, arfando, com o rosto vermelho, o suor escorrendo pelas bochechas e a túnica encharcada.

– Os amalequitas... – ele arfou – eles estão atacando Refidim! Mataram aqueles que não conseguiram fugir. Velhos, mulheres, doentes...

– Escolha alguns dos nossos homens e vá lutar com eles! – Moisés vacilou ao se levantar.

Aarão o segurou.

## O SACERDOTE

– Você precisa descansar. Não comeu nada o dia todo, não tomou mais do que um pouco de água. – O que ele faria se Moisés sucumbisse? Guiaria o povo sozinho? O medo tomou conta dele. – O Senhor o convocou para levar o povo Dele para a Terra Prometida, Moisés. Um homem não sobrevive sem comida, água e descanso. Você não pode fazer mais nada hoje!

– Você é três anos mais velho do que eu, Aarão.

– Mas você é o escolhido de Deus para nos libertar. O peso da responsabilidade pelo povo de Deus está sobre os seus ombros.

– *Deus* vai nos libertar. – Moisés abaixou-se de novo. – Vá lutar com eles, Josué. Chame os israelitas para a batalha, e lutem contra o exército de Amaleque. – Ele suspirou, exausto. – Amanhã subirei ao topo da montanha com o cajado de Deus na mão.

\* \* \*

De manhã, Aarão e Moisés foram para o topo da montanha com vista para o campo de batalha. Hur subiu com eles. Moisés estendeu as mãos, e Josué e os israelitas deram gritos de guerra e partiram para o ataque. Aarão viu como eles avançavam sobre os amalequitas. Mas, depois de algum tempo, a maré da batalha virou. Aarão olhou para o irmão para pedir que falasse com o Senhor, e viu que as mãos de Moisés estavam abaixadas. Ele descansou por alguns momentos e levantou as mãos de novo. Imediatamente, os israelitas pareceram recobrar as forças e ganhar vantagem.

– Não consigo ficar com as mãos levantadas tempo suficiente para que eles vençam a batalha.

Exausto, Moisés abaixou as mãos.

– Aqui! – Aarão chamou Hur. – Ajude-me a mover esta pedra. – Eles rolaram e empurraram a pedra até que estivesse no topo da montanha, com vista para o campo de batalha. – Sente-se, meu irmão, e nós seguraremos as suas mãos! – Aarão pegou o braço direito, e Hur, o esquerdo, e os levantaram. Conforme as horas passavam, os músculos de Aarão tremiam e queimavam por causa do esforço, mas seu coração continuava firme enquanto assistia à batalha abaixo. Os israelitas estavam prevalecendo contra seus inimigos. Ao pôr do sol, Josué vencera os amalequitas na espada.

Moisés juntou pedras para um altar.

– Esse altar se chamará "O Senhor é Minha Bandeira". Hoje, levantaram a mão contra o trono do Senhor. Ousaram erguer o punho contra o Senhor; então, agora, Deus estará em guerra com os amalequitas, geração após geração. Nunca podemos nos esquecer do que o Senhor fez por nós!

Quando voltaram para o acampamento, Moisés foi para sua barraca para escrever os eventos meticulosamente em um pergaminho que deveria ser guardado e lido para Josué e suas futuras gerações.

\* \* \*

Quando eles deixaram Refidim e seguiram para o deserto do Sinai, um mensageiro veio de Midiã. O sogro de Moisés, Jetro, estava vindo encontrá-lo e trazendo sua esposa, Zípora, e seus filhos, Gérson e Eliézer.

Míriam foi à barraca de Aarão.

– Aonde Moisés foi com tanta pressa?

– O sogro dele está aqui com Zípora e os meninos.

Ela pendurou a bolsa de água.

– Ela devia ter ficado em Midiã.

– O lugar de uma esposa é ao lado do marido, e o lugar dos filhos é ao lado do pai.

– Moisés tem tempo para uma esposa quando o povo está sempre clamando por ele? Que tempo você tem para os seus filhos?

Toda noite, Aarão repartia o pão com os membros de sua família. Rezava com eles. Conversavam sobre os eventos do dia e as bênçãos do Senhor.

Ele se levantou; não queria mais escutar as reclamações de Míriam sobre o que poderia acontecer nos próximos dias. Ela gostava de cuidar da família dele. Tudo bem. Ele a deixaria com seus afazeres. Mas havia espaço para todo mundo sob o dossel de Deus.

Míriam emitiu um som de desgosto.

– A mulher nem sabe falar a nossa língua.

Aarão não quis salientar que Míriam não tinha ajudado Zípora enquanto elas moraram sob o mesmo teto no Egito. Zípora aprenderia aramaico exatamente como Moisés aprendera, assim como seus filhos Gérson e Eliézer aprenderiam.

Josué foi até a barraca de Aarão.

– O sogro de Moisés trouxe oferendas e sacrifícios para Deus. Moisés pediu que levasse todos os anciãos de Israel para comerem pão com eles na presença de Deus.

Então, Josué estava servindo de porta-voz de Moisés?

Quando Aarão chegou ao acampamento de Jetro, ficou feliz ao ver o sorriso de Moisés. Fazia tempo que não via o irmão tão feliz. Zípora não tirava os olhos do marido, mas parecia mais magra do que Aarão se lembrava. Gérson e Eliézer falavam rapidamente a língua da mãe deles, competindo pela atenção do pai. Eles pareciam mais midianitas do que hebreus. Isso ia mudar, dadas as novas circunstâncias. Viu o irmão abraçar os filhos, falando carinhosamente com eles.

Apesar de toda a familiaridade e afeto entre os irmãos, havia algo de estrangeiro em Moisés. Quarenta anos com os egípcios e outros quarenta com os midianitas o haviam tornado diferente de seu povo. Aarão se sentia desconfortável sentado entre essas pessoas. Mas seu irmão estava à vontade, falando a língua deles e aramaico, sem vacilar. Todos o compreendiam.

Aarão sentiu a diferença que havia entre eles. Ele ainda pensava como um escravo e via Moisés como seu mestre, esperando suas instruções. E ficou feliz por Moisés falar com Deus antes de falar com os outros. Às vezes, Aarão se perguntava se Moisés percebia como Deus o estava preparando para liderar desde o dia do seu nascimento.

Moisés não nascera para morrer no Nilo; fora salvo por Deus e colocado nas mãos da filha do próprio faraó para que um filho de escravos hebreus fosse criado como um homem livre nos corredores do palácio, conhecendo o inimigo. Moisés se adaptava em mundos diferentes, de palácios a casebres de tijolos a uma barraca de nômade. Vivia sob o dossel do próprio Deus, escutando Sua Voz, falando com o Senhor como Adão devia ter feito no Jardim do Éden.

Aarão estava admirado com Moisés, orgulhoso de serem sangue do mesmo sangue. Aarão também escutava a voz de Deus, mas para Moisés sempre seria diferente. Seu irmão falava com Deus e Ele o ouvia como um pai ouve um filho. Deus era amigo de Moisés.

Quando a noite chegou e a coluna de fogo se acendeu, o cheiro da oferenda de Jetro enchia o ar. Enquanto todos eles partilhavam o banquete de Jetro de cordeiro assado, tâmaras e bolos de passas, Moisés contava tudo que Deus fizera para tirar seu povo do Egito. Havia pão e azeite para molhá-lo. O vinho era servido livremente. Nadabe e Abiú levantavam o copo cada vez que um servo passava.

Certamente, a vida seria assim quando chegassem à Terra Prometida. Ah, mas Canaã seria ainda melhor, pois o próprio Senhor dissera que seria a terra de leite e mel. Para ter leite, era preciso ter gado e rebanhos de cabras. Para ter mel, era preciso ter árvores frutíferas e videiras com flores para que as abelhas pudessem pegar o néctar.

Após anos de escravidão, Israel estava *livre*.

Aarão pegou outro pedaço de cordeiro e algumas tâmaras. Essa era a vida com a qual queria se acostumar.

* * *

## O sacerdote

Na manhã seguinte, a cabeça de Aarão doía por ele ter tomado muito vinho, e ele teve que se forçar a levantar. Logo Moisés precisaria da sua ajuda. O povo estaria cobrando providências para quaisquer necessidades que houvessem surgido nas últimas vinte e quatro horas. Mediar e julgar eram tarefas que iam do amanhecer ao entardecer. O povo mal dava a Moisés tempo para comer. Com milhares de pessoas vivendo tão próximas, as rixas eram inevitáveis. A cada dia havia novos desafios, surgiam mais problemas. Uma pequena infração podia levar a discussões acaloradas e até a brigas. As pessoas pareciam não saber o que fazer com a liberdade além de brigarem uns com os outros e reclamarem com Moisés sobre tudo! Aarão ficava dividido entre querer que eles pensassem por si mesmos e ver as consequências do que fizessem: problemas que Moisés teria que julgar entre os lados opostos.

Havia mais gente esperando por Moisés do que na véspera. Disputas entre tribos, discussões entre irmãos da mesma tribo. Talvez o calor os impedisse de ter uma boa relação. Talvez fossem os longos dias e a esperança abalada. Aarão não estava com muita paciência. Ansiava por ficar deitado em sua barraca com um cobertor enrolado embaixo da cabeça.

– É assim todos os dias?

Aarão não tinha percebido Jetro se aproximar.

– Piora a cada dia.

– Isso não é bom.

"Quem era ele para falar?"

– Moisés é o nosso líder. Ele deve julgar as pessoas.

– Não é de espantar que ele tenha envelhecido desde a última vez que eu o vi. O povo o está esgotando!

Dois homens gritavam um com o outro enquanto esperavam na fila.

Logo estavam se empurrando e envolvendo outros na briga. Aarão deixou Jetro, esperando conter a perturbação, pedindo ajuda de vários de seus parentes para acabar com a briga e restaurar a paz entre os que esperavam.

Os homens foram separados, mas um deles ficou machucado.

— Peça que alguém veja esse corte em cima do seu olho.

— E perder meu lugar na fila? *Não!* Eu estava aqui ontem, esperando, e anteontem também! Não vou embora. Este homem pegou o preço de noiva que paguei por sua irmã e agora não quer deixar que eu a tome como minha esposa!

— Você quer uma esposa? Aqui! Fique com a minha!

Enquanto alguns riram, outros perderam a cabeça.

— Talvez alguns de vocês possam estar aqui para fazer piada, mas eu tenho negócios sérios. Não posso ficar aqui até a próxima lua cheia esperando por Moisés para cortar a mão deste homem por roubar a minha ovelha e fazer um banquete para os seus amigos!

— Eu encontrei aquele animal sarnento amarrado em uma amoreira. Isso torna a ovelha minha.

— Seu filho a desviou do meu rebanho.

— Está me chamando de mentiroso?

— Mentiroso e ladrão!

Os parentes de Aarão ajudaram a separar os homens. Furioso, Aarão pediu que todos escutassem.

— Seria mais fácil para todo mundo se vocês tentassem se resolver sozinhos! — Ele pegou o cajado. Às vezes eles agiam como ovelhas, sendo Moisés o pastor; outras vezes, pareciam mais lobos querendo avançar uns nos outros. — Quem causar problemas na fila será mandado de volta para sua barraca. Amanhã, terão que ir para o fim da fila!

O silêncio foi reconfortante.

Jetro balançou a cabeça com uma expressão sombria.

— Isso não é bom. Essas pessoas estão cansadas de esperar.

Apesar de todas as lembranças agradáveis do banquete da noite anterior, Aarão ficou irritado por esse midianita se sentir à vontade para criticar.

– Pode não ser bom, mas é como as coisas devem ser. Moisés foi escolhido para ser o ouvido de Deus.

– Já está quase anoitecendo, e há mais gente aqui agora do que quando o dia começou.

Aarão não via razão para não responder o óbvio.

– Você é convidado. Não é problema seu.

– Moisés é meu genro. Eu gostaria de vê-lo viver tempo suficiente para conhecer seus netos. – Ele entrou na tenda. – Moisés, por que você está tentando fazer isso sozinho? As pessoas estão aqui esperando o dia todo para conseguir a sua ajuda.

Aarão queria tirar Jetro de dentro da tenda com seu cajado. Quem esse pagão que nem era circuncidado pensava que era para questionar o ungido de Deus?

Mas Moisés respondeu com muito respeito:

– Bem, as pessoas vêm a mim em busca da orientação divina. Quando uma discussão surge, sou eu que tenho que resolver o caso. Eu informo a eles as decisões de Deus e ensino as leis e as instruções Dele.

– Isso não é bom, meu filho! Você vai ficar esgotado, assim como o povo. Esse trabalho é uma carga pesada para carregar sozinho. Deixe-me lhe dar um conselho, e que Deus esteja com você.

Moisés se levantou e pediu que todos os presentes se retirassem. Aarão não ouvira os argumentos, mas apoiou a decisão de Moisés, fazendo com que aqueles que estavam dentro da tenda saíssem. Eles não perderiam seu lugar, seriam os primeiros a serem recebidos quando Moisés voltasse a julgar. Fez um sinal para que seus parentes mandassem o resto para suas tendas e tentou ignorar as reclamações. Aarão fechou a tenda e se juntou a seu irmão e Jetro.

– Você deve continuar sendo o representante do povo diante de Deus, levando a Ele as questões a serem decididas. – Jetro se sentou, com as mãos abertas em apelo. – Você deve dizer a eles as decisões de Deus, ensinar as leis e instruções de Deus e mostrar como conduzir sua vida. Encontre alguns homens capazes e honestos, tementes a Deus e que não aceitem propinas. Nomeie-os como juízes de grupos de mil pessoas, cem, cinquenta e dez. Esses homens podem servir ao povo, resolvendo todos os casos comuns. Qualquer assunto que seja muito importante e complicado pode ser trazido a você. Mas eles podem cuidar de casos menores. Eles vão ajudá-lo a carregar esse fardo, tornando a tarefa mais fácil para você. Se seguir esse conselho, e se Deus lhe disser para fazer isso, você será capaz de suportar as pressões, e todas essas pessoas irão para casa em paz.

Aarão viu que Moisés estava escutando com atenção e refletindo, avaliando o mérito das palavras de Jetro. Moisés sempre fora assim ou as circunstâncias o haviam tornado assim? A sugestão do midianita era razoável, mas será que o Senhor aprovaria esse plano?

Aarão não precisava que Jetro lhe mostrasse as rugas que se aprofundavam no rosto de Moisés, ou como o cabelo dele havia ficado branco. Seu irmão estava mais magro, não por falta de comida, mas por falta de tempo para comer. Moisés não gostava de deixar assuntos importantes para o dia seguinte, mas, com o crescente número de casos, ele não conseguia resolver todos antes de o sol se pôr. E, a não ser que Deus o instruísse a fazer isso, Aarão não tinha a menor intenção de tomar o lugar de Moisés como juiz. Mas era preciso fazer alguma coisa. A poeira e o calor desgastavam até o mais paciente dos homens, e, sempre que Aarão ouvia discussões, temia pelo que Deus faria com essas pessoas beligerantes.

Nos dias seguintes, Aarão, Moisés e os anciãos se reuniram para discutir quem eram os homens que mais de adequavam para serem juízes. Setenta foram escolhidos, homens de fé capazes, confiáveis e dedicados à obediência aos preceitos e estatutos que Deus mandava por meio de Seu servo Moisés. E, assim, Moisés e Aarão tiveram mais descanso, por causa da sugestão de Jetro.

## O sacerdote

Ainda assim, Aarão ficou feliz ao ver o midianita ir embora e levar seus servos com ele. Jetro era um sacerdote de Midiã e reconhecia o Senhor como o maior de todos os deuses, mas, quando Moisés o convidara para ficar, Jetro preferira seguir seu próprio caminho. Ele se recusara a fazer parte de Israel, portanto, rejeitando o Senhor Deus. Apesar de todo o amor e o respeito que Moisés e Jetro sentiam um pelo outro, seus povos tinham caminhos diferentes.

Às vezes, Aarão se via ansiando pela simplicidade da escravidão. Quando era escravo, só precisava cumprir sua cota de tijolos por dia e não chamar a atenção do feitor. Agora, aquelas milhares de pessoas observavam cada passo seu, fazendo exigências, competindo pela atenção dele e de Moisés. Um dia tinha horas suficientes para todo o trabalho necessário? Não! Havia escapatória desse tipo de servidão?

Esgotado, deitado em seu catre sem conseguir, Aarão não conseguia afastar os pensamentos traidores que não paravam de provocá-lo. "Esta é a liberdade que eu queria? Esta é a vida que eu ansiava ter?" Claro, ele não trabalhava mais em um poço de lama. Não precisava mais temer o chicote do feitor. Mas não sentia mais a alegria e o alívio que sentira quando a morte passara por ele. Marchara pelo deserto, cheio de júbilo e esperança, seguro do futuro que Deus prometera. Agora, as constantes reclamações e pedidos do povo estavam pesando sobre ele.

Um dia eles agradeciam ao Senhor, e no seguinte já estavam chorando e se lamentando.

Aarão não tinha o direito de condená-los quando lembrava que ele mesmo dissera essas palavras quando viajara pelo deserto em busca do irmão. Ele também tinha reclamado.

Quando Deus levasse o povo para a Terra Prometida, aí Aarão teria descanso. Sentaria embaixo da sombra de uma árvore e provaria o néctar feito de suas próprias videiras. Teria tempo de conversar com os filhos e de se cercar do netos. Dormiria de dia, sem nenhuma preocupação.

A nuvem era seu consolo. Era só levantar o olhar para saber que Deus estava perto. O Senhor os estava protegendo do calor escaldante do sol. À noite, o fogo espantava a escuridão. Sua fé só vacilava quando ele estava dentro da barraca, com os olhos fechados, perdido em pensamentos, avaliando sua capacidade.

No terceiro mês após deixarem o Egito, a nuvem se colocou acima do Sinai, e o povo acampou no deserto em frente à montanha onde Aarão havia encontrado o irmão, a montanha onde o Senhor falara com Moisés pela primeira vez, na forma de uma sarça incandescente. O povo estava no local onde Moisés recebera o chamado.

Terreno sagrado!

Enquanto os israelitas descansavam, Aarão foi com Moisés até o pé da montanha.

– Cuide do rebanho, Aarão. – Dali, Moisés seguiu sozinho.

Aarão hesitou, não querendo voltar. Observou Moisés subir, sentindo-se mais desolado conforme aumentava a distância entre eles. Moisés era quem escutava a voz de Deus com mais frequência e clareza. Moisés era quem dizia a Aarão o que dizer, o que fazer.

Como seria bom se todos os homens escutassem a Voz... e obedecessem.

"Como eu devo obedecer." Aarão enfiou o cajado no solo rochoso.

– Volte logo, irmão. Senhor, precisamos dele. Eu preciso dele.

Virando-se, Aarão desceu até o acampamento para esperar.

# QUATRO

— Você vem comigo desta vez, Aarão. – As palavras de Moisés encheram Aarão de alegria. Era o que ele queria... – Quando eu subir para me colocar diante do Senhor, você deve evitar que o povo suba a montanha. Eles não podem forçar a passagem, ou o Senhor se irritará com eles.

O povo. Moisés sempre se preocupava com o povo, como devia.

Moisés já havia subido a montanha duas vezes, e Aarão ansiava por ir também e ver o Senhor com seus próprios olhos. Mas tinha medo de pedir.

Moisés e Aarão reuniram o povo e deram as instruções.

— Lavem suas roupas e preparem-se para um acontecimento importante daqui a dois dias. O Senhor vai descer a montanha. Até que escutem um longo sopro do *shofar*, não devem se aproximar da montanha. Quem desobedecer receberá a pena de morte.

Míriam recebeu-o com lágrimas.

— Pense em quantas gerações esperaram por esse dia, Aarão. Só pense. – Ela o abraçou, chorando.

Os filhos, as noras e os netos dele lavaram suas roupas.

Aarão estava excitado demais para comer ou dormir. Ansiava para que a voz chegasse novamente até ele, por ouvir o Senhor, sentir a presença de Deus a envolvê-lo como antes. Tentara fazer com que seus filhos, noras e netos entendessem, até mesmo Míriam. Mas não conseguia explicar a sensação de ouvir a voz de Deus quando ninguém mais era capaz de fazê-lo. Ele sentira a Palavra do Senhor dentro de si.

Apenas Moisés compreendia – Moisés, cuja experiência com Deus era muito mais profunda do que Aarão sequer poderia imaginar. Via isso no rosto do irmão cada vez que ele voltava da montanha de Deus; via a mudança nos olhos dele. Durante o tempo em que ficava naquela montanha com Deus, Moisés vivia no meio da eternidade.

Agora, todo o povo de Israel entenderia o que nenhum homem conseguia explicar. Todo o povo de Israel ouviria o Senhor!

Ao acordar antes do amanhecer, Aarão sentou-se do lado de fora de sua barraca, observando e esperando. Quem poderia dormir em um dia como aquele? Mas poucos estavam do lado de fora das barracas. Moisés saiu da sua e caminhou até ele. Aarão se levantou e o abraçou.

– Você está tremendo.

– Você é amigo de Deus, Moisés. Sou apenas seu porta-voz.

– Você também foi chamado para libertar o povo de Israel, meu irmão.

Eles foram para o campo aberto a fim de esperar.

O ar mudou. Os raios brilhavam no céu, seguidos por um som baixo e pesado. As pessoas espreitavam de suas barracas, hesitantes, amedrontadas. Aarão as chamou:

– Venham! Chegou a hora.

Míriam, os filhos, noras e netos dele vieram, limpos e prontos. Sorrindo, Aarão seguiu Moisés e acenou para que todos os seguissem.

A fumaça subia como se houvesse uma grande fornalha. A montanha toda tremia, fazendo o chão embaixo dos pés de Aarão vibrar. Seu coração palpitava. O ar estava cada vez mais denso. O sangue de Aarão corria enquanto sua pele se arrepiava com a sensação. A nuvem acima deles girava como se fosse uma enorme onda cinza rodando em torno do topo da montanha. Um risco de luz brilhou, seguido por um som profundo que Aarão sentiu dentro do peito. Mais um risco de luz e outro ainda; o som era tão intenso que parecia atravessar-lhe o peito.

De dentro da nuvem, veio o som do shofar: longo, alto, reconhecível, e ainda assim estranho. Aarão queria tapar os ouvidos e se esconder do poder dele, mas manteve-se firme, rezando. "Tende misericórdia de mim. Tende misericórdia de mim." Todo o vento da terra estava saindo daquele chifre, pois o próprio Criador o estava soprando.

Moisés caminhou até a montanha. Aarão se manteve perto dele, tão ansioso quanto assustado. Não conseguia tirar os olhos da fumaça, dos raios de fogo, do brilho da agitada nuvem cinza.

O Senhor estava vindo! Aarão via a luz vermelha, laranja e dourada descendo, a fumaça saindo da montanha. "O Senhor está consumindo fogo!" O chão tremeu sob os pés de Aarão. Não havia nenhum indício de cinzas no ar, apesar do fogo e da fumaça que vinham do topo da montanha.

O sopro intenso do shofar continuou até fazer doer o coração de Aarão. Ele parou quando chegou ao limite que Deus havia imposto e viu Moisés subir a montanha sozinho para se encontrar cara a cara com o Senhor. Aarão esperou com a respiração ofegante e os braços estendidos, para que o povo soubesse que não deveria se aproximar. A montanha era território sagrado. Quando olhou por sobre o ombro, ele viu Josué e Míriam, Eleazar e o pequeno Fineias, e os outros. Todos olhavam para cima, demonstrando claramente o deslumbre que sentiam.

E então Aarão novamente ouviu o Senhor.

*"Eu sou o Senhor teu Deus, que te libertou da escravidão no Egito."*

A Palavra do Senhor envolveu Aarão.

"Não adores outros deuses além de Mim. Não faças ídolos de qualquer tipo, seja na forma de pássaros, animais ou peixes... Não uses o nome do Senhor teu Deus... Lembra-te de observar o domingo, fazendo dele um dia sagrado... Honra teu pai e tua mãe. Então, terás uma vida longa e próspera na terra que o Senhor teu Deus te dará... Não mates... Não cometas adultério... Não roubes... Não levantes falso testemunho contra teu vizinho... Não cobices a casa do teu vizinho. Não cobices a esposa do teu vizinho, servo ou serva, touro ou burro, ou qualquer coisa que teu vizinho possua."

A voz ofuscou e brilhou, surgindo das profundezas dele e espalhando-se com uma alegria desenfreada. O coração de Aarão cantava, apesar do temor ao Senhor. Seu sangue corria como uma corrente de purificação, lavando tudo com uma enxurrada de sensações. Sentia a antiga vida recuar e a nova vida entrar. A Palavra de Deus estava ali dentro dele, agitando, crescendo, brilhando em sua mente, ardendo em seu coração, fluindo de sua boca. Um puro êxtase o preenchia enquanto sentia a Presença e escutava a Voz dentro de si, em toda a sua volta. "Amém! Amém! Que assim seja! Que assim seja!" Ele queria continuar imerso. "Reinai em mim, Senhor. Reinai! Reinai!"

Mas o povo estava gritando:

– Moisés! Moisés!

Aarão não queria se afastar de sua experiência. Queria gritar para que eles não recusassem o presente que estava sendo oferecido! "Aceitem-no! Aceitem-no! Não acabem com o relacionamento que nascemos para viver." Mas já era tarde demais.

Moisés voltou.

– Não tenham medo. Deus se mostrou dessa forma como uma demonstração de Seu incrível poder. De agora em diante, o medo que sentem dele os impedirá de pecar!

O povo correu.

– Voltem! – chamou Aarão, mas eles já tinham fugido, aterrorizados, mantendo-se distantes. Até mesmo seus filhos e netos! Lágrimas de decepção ardiam em seus olhos. Que escolha ele tinha agora a não ser ir com eles?

– Moisés, conte-nos o que o Senhor disse, e nós escutaremos – gritaram os líderes. – Mas não permita que Deus fale diretamente conosco. Se ele fizer isso, nós morreremos!

– Venham ouvir com seus próprios ouvidos o que o Senhor diz.

Eles se acovardaram diante do som e do vento. Não ergueriam as mãos e olhariam para a fumaça e para o fogo.

O trovão e o vento pararam. O shofar não soava mais do alto da montanha. A terra estava imóvel.

Aarão ficou angustiado com o silêncio. O momento havia acabado, a oportunidade estava perdida para sempre. Essas pessoas não conseguiam entender o que estava sendo oferecido, o que acabavam de rejeitar? Sua garganta estava apertada e quente enquanto ele se agarrava à tristeza e à decepção.

"Será que ouvirei a voz Dele de novo?" Míriam lhe disse alguma coisa, depois seus filhos. Aarão não conseguia falar; a tristeza o sufocava e o imobilizava. Continuou olhando para o brilho de glória que pairava sobre o Sinai. Sentira aquele fogo queimar dentro de si, mostrando-lhe como devia ser para Moisés. Ah, ouvir o Senhor todos os dias, ter um relacionamento pessoal com Deus, o Criador de todas as coisas! Se todos tivessem ouvido, o fardo pesado da responsabilidade por toda essa multidão seria aliviado das costas dele e de Moisés. Cada pessoa teria ouvido a voz de Deus. Cada um entenderia e poderia escolher obedecer à vontade Dele.

Esse sonho tomou conta de seu ser. Estaria livre da responsabilidade por tantas vidas! E do povo! Nada mais de reclamações! Nada mais de resmungos! Todos os homens de Israel teriam as mesmas responsabilidades!

Mas o sonho já estava desmoronando, e o peso do chamado de Deus estava pesando sobre ele de novo. Aarão se lembrou de quando era jovem e não precisava se preocupar com ninguém além de si mesmo, sem nenhuma responsabilidade além de sobreviver aos feitores e ao sol egípcio.

O fogo que pairava sobre o Sinai era uma bruma vermelha e dourada que ele via através de suas lágrimas. "Oh, Senhor, Senhor, como eu desejo... o quê?" Não tinha palavras, não tinha explicação para o que sentia. Apenas essa dor no âmago do seu ser, a dor da perda e do anseio. E ele sabia que ela nunca o deixaria. Deus os chamara para a montanha para ouvir a voz Dele. Deus os chamara de Seu povo. Mas eles haviam rejeitado o presente oferecido, gritando que preferiam que um homem os guiasse: Moisés.

* * *

– Não fique triste, Aarão. – Míriam sentou-se ao lado dele e colocou a mão em sua cabeça. – Não conseguimos não sentir medo de um som tão alto e tanta fúria.

Será que ela achava que ele ainda era um garotinho para ser confortado? Ele se levantou e se afastou da irmã.

– Ele é o Senhor! Você viu a nuvem e a coluna de fogo. A minha própria família fugiu como ovelhas amedrontadas! – Os filhos, noras e netos dele tinham gritado o nome de Moisés como os outros. As palavras que ele lhes dizia não significavam nada? Será que ainda era um escravo? Todos aqueles meses tentara lhes dizer o que significava ouvir a voz do Senhor, saber que era Deus quem estava falando, e não alguma voz imaginada. E, quando eles haviam tido a chance, o que tinham feito? Tinham fugido de Deus, tremendo dentro de suas túnicas lavadas. Tinham chorado de medo e pedido que Moisés ouvisse a voz do Senhor e repetisse a Palavra para eles.

– Você está agindo como uma criança, Aarão.

Ele se virou contra a irmã.

– Você não é minha mãe, Míriam. Nem minha esposa.

Corando, ela abriu a boca para responder, mas ele saiu e se afastou da barraca dela. Não havia como silenciá-la. Ela era como o vento, sempre soprando, e ele não estava com vontade de escutar os conselhos dela, nem as suas reclamações.

Moisés se aproximou.

– Junte o povo e leve-os até o pé da montanha.

Todos foram, com Aarão à frente. Josué já estava ao pé da montanha, ao lado de Moisés. Aarão ficou aborrecido por Eliézer e Gérson não estarem ali para servir ao pai deles. Por que aquele jovem da tribo de Judá estava firme ao lado de Moisés e não alguém de sua própria família?

Desde o começo da jornada, ao saírem do Egito, Josué se colocava o mais perto possível de Moisés, servindo-o em todas as oportunidades que tinha. E Moisés adotara o jovem como seu servo. Mesmo quando Jetro trouxera Eliézer e Gérson com Zípora, Josué se mantivera ao lado de Moisés. Onde estavam os filhos de Moisés nessa manhã? Aarão os viu no meio do povo, um de cada lado da mãe doente.

– Ouçam a Palavra do Senhor! – A multidão ficou em profundo silêncio enquanto Moisés lhes transmitia as palavras de Deus, enumerando as leis que evitariam que pecassem uns contra os outros, as leis que protegeriam os estrangeiros que viviam entre eles e seguiam as Palavras de Deus, as leis sobre a propriedade que lhes seria dada, as leis de justiça e misericórdia. O Senhor proclamou três festivais que deveriam ser celebrados todo ano: o Festival do Pão Ázimo, para que se lembrassem da libertação do Egito; o Festival da Colheita; e o Festival da Colheita Final, para agradecer pela provisão do Senhor. Onde quer que eles morassem na Terra Prometida, todos os homens de Israel deveriam se colocar diante de Deus em um lugar designado por Ele durante essas três celebrações.

Eles não poderiam mais fazer só o que era certo aos próprios olhos.

– O Senhor está enviando o Seu anjo para nos guiar em segurança para a terra que Ele preparou para nós. Precisamos prestar atenção Nele e obedecer a todas as Suas instruções. Não se rebelem contra Ele, pois Ele não perdoará os seus pecados. Ele é o representante do Senhor. Carrega o nome Dele.

O coração de Aarão acelerou quando ele se lembrou do homem que caminhava na frente do seu irmão. Não era apenas imaginação sua! Nem o homem dentro das rochas do monte Sinai, de onde a água fluía. Eles eram um e o mesmo, o Anjo do Senhor. Inclinando-se, ele sorveu as palavras do irmão.

– Se vocês forem cuidadosos em obedecer ao Senhor, seguindo todas as Suas instruções, Ele será inimigo dos nossos inimigos e se oporá àqueles que se opuserem a nós. – Moisés abriu os braços com as palmas das mãos viradas para cima. – Devemos servir apenas ao Senhor nosso Deus. Se fizermos isso, Ele nos abençoará com comida e água e nos manterá saudáveis. Não haverá abortos espontâneos nem infertilidade entre o nosso povo, e Ele nos dará vida longa e próspera. Quando chegarmos à Terra Prometida, deveremos expulsar o povo que mora lá, ou eles nos farão pecar contra o Senhor, porque os deuses deles são uma armadilha. – Ele abaixou as mãos. – O que vocês dizem para o Senhor?

Aarão respondeu:

– Faremos tudo que o Senhor disser! – E o povo repetiu as palavras dele até que milhões de vozes ecoassem diante do Senhor Deus de Israel.

Na manhã seguinte, Moisés construiu um altar de terra na montanha de Deus com doze colunas de pedras brutas, uma para cada tribo de Israel. Alguns jovens israelitas foram escolhidos para trazer touros sacrificados como ofertas ao Senhor. Moisés pegou metade do sangue dos animais e o colocou em tigelas. A outra metade respingou pelo altar. Leu a Palavra do Senhor que ele mesmo escrevera no Livro da Aliança, e o povo repetiu que obedeceria à Palavra do Senhor. O ar estava tomado pelo cheiro das ofertas queimadas.

Moisés se virou para ele.

– Aarão, você, seus dois filhos, Nadabe e Abiú, e os setenta líderes devem subir a montanha comigo. – Aarão ficou feliz com a ordem. Esperara por esse momento em que ele não apenas ouviria a Palavra do Senhor, mas estaria na presença Dele. A alegria e o medo se misturaram enquanto ele seguia o irmão monte Sinai acima, com os anciãos atrás.

A subida não era fácil. Certamente, o próprio Senhor dera a Moisés a força para subir nas quatro vezes anteriores! Aarão sentiu cada dia de seus oitenta e três anos ao seguir os passos do irmão, abrindo caminho pela difícil trilha. Seus músculos doíam. Precisou parar para respirar e recomeçar. Acima deles estava a nuvem giratória do Senhor, o fogo no topo da montanha. Quando Aarão, seus filhos e os anciãos chegaram a uma plataforma, Moisés parou.

– Vamos adorar o Senhor aqui.

Aarão viu o Deus de Israel. Sob seus pés parecia haver um caminho de safiras brilhantes, tão claras quanto os céus. Certamente, agora ele morreria. Ele tremeu diante da visão e se ajoelhou, encostando a cabeça no chão.

"Levanta-te e come. Bebe a água que eu te dou."

Aarão nunca sentira tanta exultação e agradecimento. Não queria sair nunca mais desse lugar. Esqueceu-se de todos à sua volta e de todos os que esperavam nas planícies abaixo. Viveu o momento, sentindo-se completo e preenchido ao ver o poder e a majestade de Deus. Sentia-se pequeno, mas não insignificante, um dentre vários, mas amado. O gosto do maná era divino; a água restaurou sua força.

Moisés colocou a mão no ombro de Aarão.

– O Senhor me chamou aqui em cima na montanha para me dar a Lei para o Seu povo. Fique aqui e espere por nós até voltarmos.

– Nós?

– Josué vai subir comigo.

Aarão sentiu uma onda de raiva. Olhou para o jovem.

– Ele é um efraimita, não um levita.

– Aarão – disse Moisés calmamente –, não devemos obedecer ao Senhor acima de todas as coisas?

O estômago dele se apertou. Seus lábios tremeram.

– Sim. – "Eu quero ir", ele queria dizer. "Quero ser a pessoa que vai acompanhá-lo! Por que está me deixando de lado agora?"

Todos os sentimentos que tinha quando era um menino solitário sentado no meio do junco voltaram. Outra pessoa estava sendo escolhida.

Moisés se dirigiu a todos:

– Se houver algum problema enquanto eu não estiver aqui, consultem Aarão e Hur, que estão aqui com vocês.

Desolado, Aarão observou Moisés se virar e pegar o caminho para continuar subindo a montanha, com Josué logo atrás. As lágrimas ardiam em seus olhos. Piscou para afastá-las, lutando contra as emoções que se agitavam dentro dele. "Por que Josué? Por que não eu?"

Não fora ele que encontrara Moisés no deserto? Não fora ele o escolhido por Deus para ser o porta-voz de Moisés? Aarão sentia a garganta apertada, ardendo, sufocando-o. "Não é justo!"

Conforme Moisés e Josué ascendiam, Aarão permaneceu com os outros, e o peso do povo estava maior do que nunca.

\* \* \*

Aarão e os outros ficaram seis dias na montanha. A nuvem envolvia o topo, e era possível ver Moisés e Josué, mas eles permaneciam separados. Então, no sétimo dia, o Senhor chamou Moisés de dentro da nuvem. Aarão e os outros ouviram a Voz, como se fosse o som baixo de um trovão. Moisés se levantou e subiu ainda mais a montanha, com Josué logo atrás, como se fosse uma sentinela protegendo o irmão de Aarão enquanto ele entrava na nuvem. Uma onda de som os atingiu, e uma chama de fogo brilhou do pico da montanha. Podiam ouvir as pessoas gritando lá embaixo.

– Aarão! – gritou Hur. – O povo precisa que nós os tranquilizemos.

Aarão continuou de costas para os outros.

– Moisés disse para esperarmos aqui.

– Os anciãos vão descer.

– Nós vamos esperar aqui!

– Aarão! – exclamou Hur. – Eles precisam de você!

Aarão chorou, bastante amargurado. "Por quê? Por que, Deus, fui deixado para trás?"

– Moisés disse que eles deveriam se aconselhar conosco. Se eles ultrapassarem os limites, o Senhor vai se colocar contra eles!

Aarão fechou os olhos.

– Tudo bem! – Ele começou a descer a montanha pela trilha, com a intenção de fazer o que o Senhor exigia dele.

Olhando para trás uma última vez, Aarão levantou o olhar. Josué estava na névoa, no limite da nuvem que envolvia a montanha.

\* \* \*

Os anciãos cercaram Aarão, assustados, confusos.

– Já se passaram dez dias, Aarão, e o fogo tem queimado constantemente!

– O povo acredita que Moisés está morto.

– Vocês acham que o Senhor Deus mataria o Seu ungido? – questionou Aarão, furioso.

– Nenhum homem conseguiria sobreviver no meio daquele fogo!

– Josué também não voltou.

– Alguém deveria subir para ver se...

Aarão se levantou, fitando seus filhos.

– Ninguém se aproxima da montanha! Vocês se esqueceram dos limites impostos por Deus? É um terreno sagrado! Qualquer um que se aproximar será morto pelo Senhor!

– Então, Moisés e Josué certamente estão mortos.

– Meu irmão está vivo! O próprio Senhor o chamou ao topo da montanha para receber a Sua Palavra. Ele vai voltar para nós!

Coré balançou a cabeça.

– Você é um sonhador, Aarão! Olhe para o topo da montanha! Que homem conseguiria sobreviver a esse fogo?

– Aquele fogo vai consumir *você* caso se rebele contra o Senhor! – Todos começaram a falar ao mesmo tempo. Então, Aarão gritou: – Voltem para suas tendas. Juntem o maná todas as manhãs, como foram instruídos a fazer. Bebam a água que o Senhor deu. E esperem, assim como eu estou esperando!

Ele voltou para dentro de sua tenda e a fechou. Sentou-se em uma almofada e cobriu o rosto. Não queria saber das dúvidas deles. Já tinha as suas. Moisés dissera: "Espere". "Eu tenho que esperar. Deus, ajudai-me!"

Pensou em Josué lá em cima com Moisés.

Josué, o escolhido de seu irmão...

– Você não acha que deveria...

Ele fitou a irmã, que suspirou alto.

– Eu estava só pensando... – Ela o encarou por um momento, então abaixou a cabeça e continuou cardando a lã.

Até mesmo os filhos de Aarão o enchiam de perguntas.

– Eu não sei por que ele está há tanto tempo na montanha! Não sei se ele está bem! Sim! Ele é um homem idoso, e eu sou ainda mais velho. Se vocês continuarem me cercando, vão acabar me levando para a cova com as suas exigências!

## O sacerdote

Apenas após um longo e exaustivo dia aconselhando e julgando, Aarão conseguiu ficar sozinho. Como Moisés conseguia suportar tanta pressão? Como conseguia ouvir um caso atrás do outro e manter a clareza?

"Eu não posso fazer isso, Moisés. Você precisa descer da montanha. Precisa voltar!"

Será que Moisés estava morto? O pensamento o fez fechar os olhos com força, enquanto o medo crescia dentro dele. Era por isso que não havia nem sinal dele havia tantos dias? E onde estaria Josué? Será que ele ainda estava esperando na encosta rochosa? As provisões deles já deviam ter acabado.

As pessoas estavam como ovelhas sem um pastor. As perguntas eram como balidos. Aarão sabia que teria de fazer alguma coisa para evitar que o povo saísse vagando. Alguns queriam voltar para o Egito. Alguns queriam levar seus rebanhos para os pastos de Midiã. Ninguém estava satisfeito.

Ele não conseguia dormir. Juntava o maná como todos os outros, mas mal conseguia comer. Aonde quer que fosse, era recebido com as mesmas perguntas:

– Onde está Moisés?

– Na montanha com Deus.

– Ele está vivo?

– Certamente está.

– Quando ele vai voltar?

– Eu não sei. Não sei!

\* \* \*

Trinta e cinco dias se passaram, depois trinta e seis, trinta e sete. A cada dia que passava, o medo e a raiva de Aarão aumentavam.

Fazia calor dentro da barraca, mas ele não saía. Sabia que, no momento em que colocasse o pé para fora, as pessoas iriam clamar por respostas que ele não tinha. Estava cansado das reclamações e lamúrias deles. Como poderia saber o que estava acontecendo na montanha?

"Moisés! Por que está demorando?"

Será que seu irmão fazia ideia do que Aarão estava passando nas planícies cobertas de poeira? Ou Moisés apenas se deixava aquecer na presença do Senhor? Aarão sabia que, se não fizesse alguma coisa logo, as pessoas o apedrejariam até a morte e depois se espalhariam pelo deserto como burros selvagens!

Míriam olhou para ele solenemente.

– Eles estão chamando por você.

– Estou ouvindo.

– Eles parecem furiosos, pai.

"Pareciam prontos para apedrejar alguém."

– Você precisa fazer alguma coisa, Aarão.

Ele se virou para Míriam.

– O que você sugere?

– Não sei, mas eles já perderam a paciência. Dê-lhes algo com que se ocupar!

– Mandar que façam tijolos de novo? Construir uma cidade aqui ao pé da montanha?

– Aarão! – Os anciãos estavam do lado de fora da sua barraca. – *Aarão!* – Coré estava com eles. Até mesmo Hur estava perdendo a fé. – Aarão, precisamos falar com você!

Ele lutava contra as lágrimas.

– Deus nos abandonou.

Talvez Deus só se importasse com Moisés. Pois o fogo ainda queimava na montanha. Moisés ainda estava lá sozinho com Deus. Talvez Deus e Moisés tivessem se esquecido dele e do povo. Sua respiração estava trêmula. Se Moisés ainda estivesse vivo... Quarenta dias tinham se passado. Um homem de oitenta anos de idade não duraria tanto...

## O SACERDOTE

Os anciãos e o povo o cercaram quando saiu da barraca. Sentiu-se oprimido pela impaciência deles. Não estavam mais preocupados com seu irmão. As tribos estavam prontas para se separar e partir em uma dúzia de direções diferentes em vez de permanecerem ao pé da montanha. Não estavam mais dispostos a escutar suas palavras.

– Esperem até que Moisés volte.

– Esse homem, Moisés, que nos tirou do Egito e nos trouxe para cá, desapareceu. Não sabemos o que aconteceu com ele.

*"Esse homem, Moisés?"* Eles tinham visto o milagre que Deus realizara no Egito! Eles tinham visto Moisés erguer o cajado e abrir o mar Vermelho para que eles pudessem atravessar pela terra seca! E agora falavam do desaparecimento de Moisés com tanta indiferença? O medo tomou conta de Aarão. Se eles se importavam tão pouco com seu irmão, que os libertara do faraó, quanto tempo levaria até que o desprezassem também?

– Você precisa nos liderar, Aarão.

– Diga o que devemos fazer.

– Não podemos ficar aqui para sempre esperando por um velho que já morreu.

– Faça alguns deuses para nós!

Aarão se virou, mas havia mais gente atrás dele. Olhou nos olhos deles. Todos falavam ao mesmo tempo, gritando, empurrando uns aos outros. Alguns levantavam o punho. Sentia o calor do hálito fétido deles, a motivação do seu medo, o impulso da sua raiva.

"Dê-lhes algo para fazer", dissera Míriam. "Dê-lhes algo com que se ocupar!"

– Tudo bem! – Aarão se afastou, querendo manter distância entre ele e o povo. Como desejava estar no topo da montanha! Melhor morto nas chamas de Deus do que vivo ali na planície, na poeira, com a multidão. Odiava ser pressionado e empurrado. Odiava as exigências e reclamações deles. Odiava a lamentação constante. – Tudo bem!

Quando todos ficaram em silêncio, ele sentiu alívio, depois orgulho. Eles o estavam escutando, reverenciando-o, buscando nele um líder.

Alguém para dar-lhes algo para fazer.

"Sim, eu lhes direi o que fazer.

– Tirem os brincos de ouro que suas esposas, filhos e filhas estiverem usando. – Não pediria que abrissem mão dos próprios ornamentos. – E tragam-nos para mim.

Eles se espalharam rapidamente para obedecer à vontade dele. Exultante, ele voltou para dentro de sua barraca. Míriam estava ali, tremendo, sem compreender.

– O que você está fazendo, Aarão?

– Vou dar-lhes algo para fazer!

– O que você vai lhes dar para fazer?

Ignorando-a, Aarão esvaziou as cestas e as levou para fora. As pessoas vinham com presentes e oferendas. As cestas logo ficaram cheias. Todo homem, mulher, menino e menina deu um par de brincos de ouro. Todos do acampamento participaram, até mesmo Míriam, seus filhos e noras.

"E agora?"

Aarão construiu uma fogueira e derreteu os brincos, pegando o ouro dos egípcios derrotados que Deus lhes dera. "Como fazer algo que represente o Deus do universo? Que aparência teria?" Aarão olhou para o pico da montanha. Moisés estava lá em cima, olhando para Deus. E Josué estava com ele.

Aarão fez um molde e colocou ali o ouro derretido.

Chorando furiosamente, ele moldou um bezerro de ouro. Era feio e rudemente talhado. Certamente, quando o povo olhasse para o resultado de seu esforço e então olhasse para a montanha que ainda flamejava com a glória do Senhor, eles veriam a diferença entre as falsas estátuas do Egito e o Deus vivo que não podia ser demonstrado por mãos humanas. Como eles poderiam não ver?

– Esses são os seus deuses, povo de Israel! – disseram os anciãos. – Esses são os deuses que tiraram vocês do Egito!

Aarão estremeceu ao olhar para as chamas que ainda queimavam no monte Sinai. Será que Deus estava vendo ou estava ocupado falando com Moisés? Deus compreendia o que estava acontecendo ali embaixo? *"Não adorem nenhum outro deus além de mim."*

O medo tomou conta de Aarão. Tentou se justificar. Tentou racionalizar por que fizera o ídolo. Deus não dava sempre ao povo exatamente o que eles queriam para então discipliná-los? Aarão não estava fazendo a mesma coisa? Eles haviam pedido por água. Deus a dera. Eles haviam pedido por comida. Deus a dera. E toda vez vinha uma punição.

Punição.

O corpo de Aarão ficou frio.

O povo se ajoelhou para o bezerro de ouro, alheios à nuvem e ao fogo acima deles. Será que tinham se acostumado a tal ponto com a presença deles que nem a notavam mais? Cantaram hinos e rezaram em reverência ao bezerro de ouro que não ouvia, não via e não pensava. Ninguém levantou o olhar como ele.

Nada aconteceu. A nuvem continuou fria. O fogo, quente.

Aarão afastou os olhos da montanha e observou o povo.

Uma hora se passou, depois duas. Eles se cansaram de ficar ajoelhados no chão. Um a um, levantaram-se e olharam para Aarão. Ele podia sentir que a tempestade se formava, ouvia os sussurros baixos.

Construiu um altar de pedras diante do bezerro como se estivesse diante da montanha, das pedras brutas, como Deus exigira.

– Amanhã faremos um festival para o Senhor!

Ele os faria lembrar-se do maná que Deus provia. Já estariam descansados até lá.

As coisas sempre pareciam melhores de manhã.

Rindo e batendo palmas, eles se espalharam como crianças ansiosas para se prepararem. Até mesmo seus filhos e noras estavam ansiosos para o dia seguinte chegar enquanto vestiam as melhores roupas do Egito.

Os anciãos apresentaram as ofertas queimadas e a comunhão ao bezerro de ouro enquanto o sol começava a aparecer no horizonte. Quando terminou a cerimônia, as pessoas se sentaram para o banquete.

Desprezando o maná que caía do céu suavemente, eles sacrificaram cordeiros e cabras para assar. Também não beberam a água que ainda fluía de forma incessante de uma pedra perto do monte Sinai. Beberam leite fermentado. Aqueles que tinham harpas e liras tocaram músicas egípcias.

Saciados e bêbados, começaram a dançar. Foram ficando cada vez mais barulhentos e roucos conforme o dia passava. As brigas começaram. As pessoas se aglomeravam em volta, rindo quando o sangue era derramado. Moças ansiosas para serem alcançadas corriam dos rapazes que as perseguiam.

Com o rosto vermelho de vergonha, Aarão entrou em sua barraca. Seus filhos mais novos, Eleazar e Itamar, estavam sentados em um silêncio austero enquanto Míriam se encolhia nos fundos com as noras e os netos dele, tapando os ouvidos com as mãos.

– Essa não foi a minha intenção. Vocês sabem que não! – Aarão estava sentado, soturno, com a cabeça baixa, ouvindo os gritos do lado de fora da barraca.

– Você tem que fazer alguma coisa para acabar com isso, Aarão. A ideia foi sua, em primeiro lugar.

– Minha ideia? Não foi isso que eu...

Ela ficou calada.

Ele cobriu o rosto. Tudo estava fora de controle. As pessoas estavam sem limites. Se ele tentasse impedi-los agora, eles o matariam, e nada mudaria.

As pessoas se satisfaziam de todas as formas, em todos os lugares. Eles não haviam feito tanto barulho quando tinham saído do Egito no dia seguinte àquele em que o Anjo da Morte havia passado! Cabia ao Senhor lidar com eles agora. Se o Senhor fizesse com que se lembrassem...

Ele ouviu um murmurinho baixo e gelou. Prendeu a respiração até que seus pulmões ardessem, e então respirou devagar. Suas mãos tremiam.

Nadabe e Abiú entraram na barraca, cambaleantes, com os cantis de água nas mãos.

– Por que vocês estão aqui dentro? Há uma celebração lá fora.

Uma voz masculina pranteou ao longe; o som ecoou e ficou mais alto, mais furioso e mais angustiado.

Aarão sentiu o cabelo da nuca se arrepiar.

– Moisés!

Ele abriu a barraca e saiu correndo, enquanto o alívio tomava conta dele. Seu irmão estava vivo!

– *Moisés!* – Abrindo caminho entre os foliões, ele correu até o limite ao pé da montanha, ansioso para dar as boas-vindas ao seu irmão. Tudo ficaria bem agora. Moisés saberia o que fazer.

Quando Aarão se aproximou da montanha, viu seu irmão na trilha, chorando, de cabeça baixa. Aarão parou de correr. Olhou para trás e então viu a libertinagem, o desfile desavergonhado do pecado. Quando olhou para a montanha de novo, queria voltar, correr e se esconder em sua barraca. Queria cobrir a cabeça com cinzas. Sabia o que Moisés via de onde estava no alto.

E Deus também podia ver.

Com um grito de cólera, Moisés ergueu duas tábuas de pedra acima da cabeça e as arremessou. Aarão recuou, com medo de que o Senhor desse forças a Moisés para jogar as duas tábuas na sua cabeça. Mas as tábuas se quebraram no chão; apenas alguns pedacinhos de pedra e uma nuvem de poeira atingiram Aarão. Sentindo-se perdido, ele cobriu o rosto.

O pandemônio se alastrava à sua volta, enquanto as pessoas se afastavam.

Outros pararam, confusos, todos falando ao mesmo tempo. Alguns estavam bêbados demais e envolvidos na devassidão para se importarem com o fato de que o profeta de Deus tinha voltado. Alguns tiveram a audácia de saudar Moisés e convidá-lo para a celebração!

Aarão recuou para o meio da multidão, esperando esconder sua vergonha entre os outros, esperando que Moisés se esquecesse dele por enquanto e não tornasse pública sua desgraça.

Seu irmão passou direto pela multidão e parou diante do bezerro de ouro.

– Queime-o! – Ao ouvir a ordem de Moisés, Josué derrubou o ídolo. – Derreta-o e moa o ouro até que vire pó, e depois coloque-o na água. Deixe que eles bebam!

O povo se abriu como o mar Vermelho conforme Moisés caminhava na direção de Aarão, que precisou de toda a sua coragem para não fugir do próprio irmão. Uma vez, Moisés, em sua fúria, matara um egípcio e o enterrara sob a areia egípcia. Moisés levantaria a mão contra o próprio irmão e o derrubaria?

Os nós dos dedos de Moisés estavam brancos conforme ele apertava com mais força o cajado.

Aarão fechou os olhos. "Se ele me matar, que assim seja. Não mereço nada além disso."

– O que o povo fez com você – questionou Moisés – para fazê-los cometer tamanho pecado?

– Não se aborreça – respondeu Aarão. – Você conhece essas pessoas e sabe como são maldosas. Eles vieram a mim e pediram: "Faça alguns deuses para nos guiarem, pois alguma coisa aconteceu com esse homem, Moisés, que nos tirou do Egito". Ninguém sabia o que tinha acontecido com você. Já se passaram mais de quarenta dias, Moisés! Eu não sabia se você estava vivo ou morto! O que esperava que eu fizesse?

Os olhos do irmão brilhavam.

– Está me acusando?

Mortificado, Aarão se lamuriou:

– Não. Eu não sabia o que fazer, Moisés. Então mandei que me trouxessem os brincos de ouro. Quando eles trouxeram, joguei-os no fogo e saiu esse bezerro! – O calor tomou conta de seu rosto, e ele esperava que a barba escondesse o rubor que revelaria sua mentira.

Não escondeu. A fúria desapareceu dos olhos de Moisés, mas o olhar que o substituiu deixou Aarão com uma vergonha muito mais profunda do que qualquer medo que já sentira. Teria se sentido melhor se Moisés tivesse batido nele com o cajado. Com os olhos cheios de lágrimas, Aarão abaixou a cabeça, incapaz de olhar para Moisés. As pessoas estavam correndo como loucas, e Aarão sabia que a culpa era dele! Ele não tivera força para ser o pastor daquele rebanho. Assim que perdera Moisés de vista, começara a fraquejar. Israel agora seria uma piada para as nações que os observavam? O povo não escutava nem a Moisés! Estavam fora de controle!

Moisés deu as costas para Aarão e foi se colocar na entrada do acampamento. Encarando a todos, ele gritou:

– Aqueles de vocês que estiverem do lado do Senhor, juntem-se a mim.

Aarão correu até seu irmão.

– O que você está fazendo, Moisés?

– Tome seu lugar ao meu lado.

Moisés não olhou para ele, apenas escrutinava os turbulentos israelitas. Conhecendo aquele olhar, Aarão estremeceu. Viu seus filhos e parentes no meio da multidão. Sentiu medo por eles.

– Venham! Rápido! Venham ficar com Moisés! – Seus filhos vieram correndo, assim como seus tios, primos, esposas e filhos. – Rápido! – Será que o fogo desceria da montanha?

Eliézer e Gérson correram até o pai deles, assumindo seus lugares atrás de Moisés. Até mesmo Coré, que sempre criava problemas, veio. Josué, um efraimita, permaneceu firme ao lado de seu mentor, carrancudo, enquanto os parentes de Moisés e Aarão continuavam ignorando a ordem de Moisés.

Moisés levantou o cajado e se dirigiu aos levitas:

– Eis o que o Senhor, Deus de Israel, disse: *"Peguem suas espadas! Andem de uma ponta à outra do acampamento, matando até mesmo seus irmãos, amigos e vizinhos"*.

Josué puxou sua espada. Aterrorizado, Aarão observou em silêncio enquanto ele cortava a cabeça de um homem que zombava de Moisés. O sangue jorrou quando o corpo caiu sem vida no chão.

Aarão sentiu um arrepio da nuca.

– Moisés! Eu sou mais culpado que qualquer um desses malditos! Foi por minha culpa que eles agiram como ovelhas sem um pastor.

– Você está ao meu lado.

– Deixe que a culpa recaia sobre mim.

– Cabe ao Senhor decidir!

– Talvez eles não o tenham ouvido por causa de toda essa balbúrdia. – Os gritos dos mortos cortavam o coração de Aarão. – Tenha misericórdia! Como posso matá-los quando foi a minha própria fraqueza que fez com que isso recaísse sobre eles?

– Eles perderam a oportunidade que tinham de se salvar!

– Fale com eles de novo, Moisés. Grite mais alto!

A expressão de Moisés ficou sombria.

– Fiquem em silêncio! Eles aprenderão, assim como vocês, a prestar atenção à Palavra do Senhor quando ela é dita.

*"Obedecer ou morrer."*

Josué e os outros entraram no acampamento. Um homem, gritando blasfêmias com o rosto vermelho de raiva, correu até Moisés.

– Não! – Aarão puxou sua espada e golpeou o homem. Uma fúria que nunca experimentara antes fluía pelo seu corpo.

## O sacerdote

As ovelhas das quais ele deveria cuidar tinham se tornado lobos, atacando e gritando obscenidades. Um homem bêbado gritava xingamentos para a montanha de Deus, e Aarão o silenciou para sempre. O cheiro de sangue enchia suas narinas. Seu coração palpitava. Outro homem ria histericamente. Aarão pegou sua espada e cortou a cabeça dele.

Sons aterrorizantes ecoavam por todo o campo. As mulheres e as crianças se espalhavam. Os homens se viravam de um lado para outro. Aqueles que se levantavam eram mortos. Aarão percorreu o acampamento com os levitas, matando qualquer um que se colocasse contra Deus. Poupava aqueles que imploravam pela misericórdia do Senhor e ficavam prostrados.

A batalha acabou rapidamente. O silêncio tomou conta do acampamento.

Só se ouviam lamúrias; o sangue escorria. De pé entre os mortos, atordoado, com as vestes de pastor manchadas de sangue, Aarão olhou em volta, e sua pulsação começou a baixar. Seu peito pesava de angústia... e a culpa era pesada demais para carregar.

"Oh, Senhor, por que ainda estou vivo? Sou tão culpado quanto qualquer um deles. Mais até."

Perdeu a força no braço enquanto escrutinava a carnificina.

"Essas pessoas precisam de um pastor forte, e eu fracassei com eles. Pequei contra o Senhor. Não mereço a Vossa Misericórdia. Não mereço nada!"

A espada suja de sangue pendia em sua mão. Seu peito estava pesado.

"Por que Vós me poupastes?"

Soluçando, Aarão caiu de joelhos.

Durante todo o resto do dia, as tribos carregaram seus mortos para fora do acampamento e os queimaram.

Ninguém se aproximou do lugar onde Aarão estava sentado, chorando e jogando poeira na própria cabeça.

\* \* \*

Quando Aarão entrou em sua barraca, Míriam estava ajoelhada ao lado de Nadabe, enxugando seu rosto acinzentado. Abiú estava vomitando em uma tigela. Sua irmã o encarou.

– Quantos?

Não havia acusação nos olhos dela.

– Mais de três mil.

Ele começou a tremer, e seus joelhos não eram mais capazes de sustentá-lo. Sentou-se pesadamente, com a espada caída ao seu lado. Moisés elogiara os levitas, dizendo que o Senhor os considerava distintos pelo que tinham feito naquele dia. Haviam lutado e matado seus próprios filhos e irmãos e tinham sido abençoados por terem escolhido o Senhor Deus de Israel em detrimento de seus companheiros.

Aarão olhou para seus dois filhos mais velhos e teve vontade de chorar. Se Eleazar e Itamar não os tivessem encontrado, trazendo-os para dentro da barraca antes do retorno de Moisés para o acampamento, eles estariam mortos. Mas tinham sido encontrados a tempo. Nadabe e Abiú tinham saído e lutado ao seu lado. A bebida os deixara mais corajosos. Sóbrios agora, eles tinham consciência de onde estariam se seus irmãos mais novos não os tivessem tirado da folia.

Aarão os fitou. Qual era a diferença entre eles e aqueles que haviam morrido? Ele era diferente? Pelo menos eles compartilhavam a sua vergonha. Não conseguiam encará-lo.

Na manhã seguinte, Moisés reuniu o seu povo.

– Vocês cometeram um pecado terrível, mas eu voltarei para a montanha para falar com o Senhor. Talvez consiga que Ele os perdoe.

Com o coração partido, Aarão estava bem na frente, com os filhos logo atrás e os anciãos à sua volta. Seu irmão nem lhe dirigia o olhar. Virando-se, Moisés seguiu para o alto da montanha. Com Josué.

Moisés estava fora havia apenas algumas horas quando a praga chegou, matando mais homens de doença do que os que haviam morrido pela espada.

* * *

Aarão estava diante da multidão arrependida, observando Moisés descer pela trilha da montanha. Seu pecado causara a morte de muitos; sua fraqueza permitira que eles se perdessem.

Lutou contra as lágrimas, aliviado por seu irmão ter voltado logo. Moisés veio na sua direção com o cajado na mão e compaixão no rosto. A garganta de Aarão se fechou, e ele abaixou a cabeça.

Moisés colocou a mão no ombro do irmão.

– Vamos embora deste lugar, Aarão. – Ele se afastou e se dirigiu ao povo. – Devemos deixar este lugar!

Aarão percebeu que Moisés não precisava mais dele. Antes ele era útil como porta-voz, mas agora se provara indigno. Era esse o preço dos seus pecados? Perder a comunhão com aquele que mais amava no mundo? Como poderia suportar isso?

Moisés se colocou diante do povo. Josué, afastado, observava tudo.

– Vamos para a terra que o Senhor solenemente prometeu para Abraão, Isaac e Jacó. Muito tempo atrás, Ele disse que daria essa terra para seus descendentes. Ele enviará um anjo à nossa frente para expulsar os cananeus, amorreus, hititas, perizeus, eveus e jebuseus. Da terra deles mana leite e mel. Mas o Senhor não viajará conosco.

Rasgando sua túnica, Aarão caiu de joelhos, chorando, angustiado. Esse, então, era o preço de sua fraqueza. Todo o povo seria afastado do Senhor que os libertara do Egito!

– O Senhor não viajará conosco, pois somos um povo rebelde e teimoso. Se Ele viajasse conosco, ficaria tentado a nos destruir no caminho.

As pessoas choravam e jogavam areia na própria cabeça. Mas Moisés não fraquejou.

– Tirem todas as joias e ornamentos até que o Senhor decida o que fazer conosco!

Aarão foi o primeiro a tirar seus brincos e braceletes de ouro. Levantou-se e deixou-os na fronteira perto do pé da montanha. O povo seguiu seu exemplo.

Permanecendo no acampamento, Aarão se lamentou ao ver Moisés ir para a barraca que ele armara. Se Moisés nunca mais falasse com ele, seria mais do que merecido. Aarão observou a nuvem sair do topo da montanha, descer e se colocar diante da Tenda dos Encontros de Moisés. Ele ficou parado diante da própria barraca com seus filhos, noras, netos e Míriam, e ajoelhou-se em reverência, adorando ao Senhor e agradecendo por seu irmão, mensageiro de Deus e mediador do povo. Aarão e seus parentes não saíram da frente da barraca deles até que a coluna de nuvem voltasse para o alto da montanha.

E o povo seguiu seu exemplo.

\* \* \*

Como Moisés não voltou para o acampamento, Aarão reuniu toda a sua coragem e saiu. Encontrou o irmão ajoelhado, esculpindo uma pedra. Aarão se ajoelhou ao seu lado.

– Posso ajudá-lo?

– Não.

Aparentemente, Josué também não podia ajudar, pois estava parado na entrada da tenda onde Moisés se encontrava com Deus. Mesmo quando

Moisés ia ao acampamento, Josué permanecia na Tenda dos Encontros, como passaram a chamá-la.

– Eu sinto muito, Moisés. – Sua garganta estava tão apertada e ardia tanto que ele precisou engolir antes de conseguir dizer mais alguma coisa. – Sinto muito por ter fracassado com você. – Ele não tinha sido forte o suficiente para servir ao Senhor fielmente. Decepcionara o próprio irmão.

O rosto de Moisés estava magro depois de dias de jejum e oração no topo da montanha, mas os olhos brilhavam com um fogo que vinha de dentro.

– Todos nós fracassamos, meu irmão.

"Meu irmão." Tinha sido perdoado. Os joelhos de Aarão vacilaram. Ele se ajoelhou, de cabeça baixa, com as lágrimas escorrendo. Sentiu as mãos de Moisés na sua cabeça, e então o seu beijo.

– Como eu poderia condená-lo depois de jogar no povo as tábuas que o próprio Deus fizera? Não foi a primeira vez que eu deixei que a raiva tomasse conta de mim, Aarão. Mas o Senhor é misericordioso e benevolente. Ele demora a ficar furioso e transborda amor e fidelidade. Ele demonstra esse amor infalível para milhares de pessoas perdoando todo tipo de pecado e rebelião. – O peso da mão de Moisés diminuiu. – Mas, mesmo assim, Ele não deixa que um pecado fique impune. Se deixasse, o povo se espalharia pelo deserto e faria o que quer que fosse certo aos próprios olhos. – Moisés apertou o ombro de Aarão. – Agora, volte para o acampamento e cuide do povo. Preciso terminar de esculpir essas tábuas até amanhã de manhã para levá-las de volta para a montanha.

Aarão gostaria que o Senhor tivesse lhe dado algum ato de penitência para os seus pecados. Algumas chicotadas fariam com que se sentisse melhor. Deixá-lo no comando colocava sobre seus ombros o peso total do seu fracasso. Josué estava olhando para ele, mas não havia condenação nos olhos do rapaz.

Aarão se levantou e deixou o irmão sozinho. Rezou para que o Deus de Israel desse a Moisés muita força para seguir as ordens do Senhor. Pelo bem de todos eles.

Sem o Senhor, a Terra Prometida seria um sonho vazio.

\* \* \*

Eleazar correu para dentro da barraca.

– Pai, Moisés está descendo a montanha.

Aarão correu para fora com seus filhos e seguiu apressado até a linha que impunha o limite até onde podia ir, mas, quando viu o cabelo branco de Moisés e o seu rosto reluzente, recuou com medo. Moisés não parecia o mesmo que subira a montanha dias antes. Era como se o próprio Senhor estivesse descendo pela trilha, com a Lei que ele escrevera em duas tábuas enfiadas embaixo do braço.

As pessoas correram.

– Venham ouvir a Palavra do Senhor! – ecoou a voz de Moisés pela planície.

Com um nó de medo no estômago, Aarão obedeceu. Os outros o seguiram, prontos para fugir ao primeiro sinal de ameaça.

"Este é o meu irmão, Moisés", disse Aarão a si mesmo para se encher de coragem e se colocar diante da montanha. "Meu irmão, o profeta escolhido de Deus." Será que Shekinah estava habitando em Moisés? Ou era um mero reflexo do Senhor? O suor escorria pela nuca dele. Aarão não se mexeu.

Abriu o coração e a mente para cada palavra que Moisés dizia, prometendo a si mesmo que viveria segundo ela, independentemente de quanto fosse difícil.

– Nessas tábuas eu escrevi a Palavra que o Senhor me deu, pois Ele fez uma aliança comigo e com Israel. – Moisés leu para que todos ouvissem a Lei que Deus lhe entregara no monte Sinai. Ele tinha falado as palavras uma vez, mas agora elas estavam escritas em pedra e podiam ser um lembrete perpétuo do chamado de Deus na vida deles.

Quando Moisés terminou de falar, escrutinou a multidão. Ninguém falava. Aarão sabia que Moisés estava esperando que ele se aproximasse, mas não ousava fazer isso. Josué permanecia ao lado de Moisés – uma sentinela silenciosa e solene. Moisés falou baixinho com ele. Josué disse algo em resposta. Pegando o fino xale de seus ombros, Moisés cobriu o próprio rosto.

Aarão se aproximou com cautela.

– Está tudo bem entre nós, Moisés?

– Não tenha medo de mim.

– Você não é o mesmo homem que era.

– Você também mudou, Aarão. Quando ficamos diante do Senhor, recebemos a Sua Palavra e obedecemos a ela, não há como não mudar.

– O meu rosto não resplandece com o fogo sagrado, Moisés. Nunca serei como você.

– Deseja o meu lugar?

O coração de Aarão disparou. Decidiu dizer a verdade.

– Eu desejava, mas como líder fui um coelho, e não um leão. – Talvez o fato de não conseguir ver o rosto do irmão o tivesse deixado livre para confessar. – Fiquei com ciúmes de Josué.

– Josué nunca ouviu a voz de Deus como você, Aarão. Ele fica perto de mim porque deseja ficar perto de Deus e fazer o que quer que Deus peça que ele faça.

Aarão sentiu o ciúme aumentar. Ali estava ele de novo. Outra chance. Soltou o ar devagar.

– Não há ninguém igual a ele em todo o povo de Israel. – Era estranho que logo após essa confissão sentisse afeto pelo rapaz e a esperança de que ele permanecesse mais firme do que os anciãos de sua tribo.

– Josué é totalmente devotado a Deus. Até eu hesitei.

– Você não, Moisés.

– Até eu.

– Não tanto quanto eu.

Moisés abriu um sorriso fraco.

– Agora vamos competir sobre quem cometeu o maior pecado? – perguntou ele com gentileza. – Todos nós pecamos, Aarão. Eu não implorei a Deus que mandasse outra pessoa? O Senhor chamou você também. Eu precisava de um porta-voz. Nunca se esqueça disso.

– Você não precisa mais de mim.

– Você é mais necessário do que percebe, Aarão. Deus ainda vai usá-lo para servir a Ele e para liderar o povo de Israel.

Antes que Aarão pudesse perguntar como, outros o interromperam. Ele não era o único que ansiava por contato pessoal com o único homem do mundo que falava com Deus como com um amigo. Estar perto de Moisés fazia com que se sentisse mais perto de Deus. Coberto com seu xale, Moisés caminhou entre eles, tocando um ombro aqui, acariciando a cabeça de uma criança ali, falando com todos com carinho, e sempre de Deus.

– Somos escolhidos para ser uma nação sagrada, separada por Deus. As outras nações verão isso e saberão que o Senhor é Deus, e nenhum outro.

A promessa de Deus a Abraão seria cumprida. Israel seria uma bênção para todas as nações, uma luz para o mundo, de forma que todos os homens veriam que existe apenas um Deus verdadeiro, o Senhor Deus do céu e da terra.

Aarão caminhava com o irmão sempre que ele vinha ao acampamento, aproveitando o tempo que tinham juntos, ouvindo cada palavra de Moisés como se o próprio Deus estivesse falando com ele. Quando Moisés falava, Aarão ouvia a Voz através das palavras do irmão.

## O SACERDOTE

Moisés implorava ao Senhor pelo bem do povo, e Deus permanecia com eles. Todo mundo sabia que havia sido por causa de Moisés que Deus mudara de ideia, pois, se o Senhor os tivesse deixado, a cabeça grisalha de Moisés estaria no túmulo de tanta tristeza. Deus sabia que Moisés amava o povo mais do que a própria vida.

Cada vez que Moisés falava, Aarão via a diferença entre a forma como Deus agia e a forma como os homens o faziam. "Seja sagrado, pois eu sou sagrado." Cada um dos mandamentos tinha como objetivo afastar os pecados da vida deles. Deus era o oleiro, moldando-os como se fossem argila e remodelando-os para algo novo. Todas as coisas que eles tinham aprendido e praticado no Egito e ainda praticavam no esconderijo de suas tendas e de seu coração não ficariam impunes. Deus não permitiria concessões.

Sempre que Moisés saía da Tenda dos Encontros, trazia mais mandamentos: mandamentos contra as abominações do Egito e as nações que o cercavam; regras para presentes sagrados, convocações sagradas; crimes que exigiam a morte; os domingos e os anos sabáticos; o Jubileu e o fim da escravidão; preços e dízimos. Cada parte da vida deles deveria ser dirigida por Deus. Como eles se lembrariam de tudo isso? Os mandamentos de Deus eram totalmente opostos a tudo o que conheciam e praticavam no Egito.

Por meio dos mandamentos, Aarão percebeu como sua própria família estava imersa na cultura dos povos que os cercavam. Ele, a irmã e o irmão eram filhos do incesto, pois o pai deles se casara com a tia, irmã do próprio pai. O Senhor dissera que os homens israelitas deveriam se casar com mulheres que não fossem de sua família imediata, mas de suas tribos, para manter a herança que Ele daria a eles por terem sidos separados. E nunca deveriam se casar com mulheres de outras nações. Aarão se perguntava como Moisés se sentira quando ouvira o Senhor dizer isso, pois sua esposa era de Midiã. Mesmo o ancestral deles, José, havia quebrado esse mandamento, casando-se com uma egípcia, e o pai de José, Israel, lhe dera sua bênção duas vezes, aceitando Manassés e Efraim.

Por todos aqueles anos, os israelitas não tinham sabido agradar ao Senhor além de acreditar na Sua existência, na Sua promessa para Abraão, Isaac e Jacó, e que apenas ele os libertaria do Egito. Mesmo durante os anos em que tinham vivido sob a sombra do faraó e seguido os costumes de seus opressores, o Senhor os abençoara, multiplicando-os.

Os setenta anciãos continuavam mediando os casos, encaminhando apenas os mais difíceis para Moisés resolver. Aarão ansiava ter mais tempo com o irmão, mas, quando Moisés não estava ouvindo os casos, estava trabalhando duro para escrever todas as palavras que o Senhor lhe dava, a fim de que o povo tivesse um registro permanente.

– Certamente, o Senhor deixará que você descanse um pouco. – Aarão se preocupava com a saúde do irmão. Moisés mal comia e dormia pouco. – Não sobreviveremos sem você, Moisés. Precisa se cuidar.

– A minha vida está nas mãos de Deus, Aarão, assim como todas as vidas do povo de Israel e de toda a terra. É o Senhor que tem me dito para escrever Suas palavras. E eu as escreverei, pois as palavras faladas são esquecidas muito rapidamente, e o Senhor não aceita a ignorância como desculpa. O pecado leva à morte. E o que Deus considera pecado? O povo precisa saber dessas coisas. Principalmente você.

– Principalmente eu? – Vivendo com a magnitude do pecado que cometera ao permitir que o povo fizesse as coisas ao seu jeito, e do número de vidas que aquele pecado custara, Aarão não ousava ter esperanças de que o Senhor o usasse de novo.

Moisés terminou as pinceladas das últimas letras no papiro. Deixou as ferramentas de escrita de lado e se virou.

– Uma vez que os Mandamentos estiverem escritos, poderão ser lidos muitas vezes e estudados. O Senhor separou os levitas como Dele, Aarão.

## O SACERDOTE

Lembre-se da profecia de Jacó: "Eu espalharei seus descendentes por toda a nação de Israel". O Senhor espalhará nossos irmãos entre as tribos e os usará para ensinar os Mandamentos para que o povo possa fazer o que é certo e se colocar humildemente diante de Deus. O Senhor o chamou para ser Seu sumo sacerdote. Você fará o sacrifício para a expiação da culpa diante Dele, e um de seus filhos, ainda não sei qual, começará a linha de sumos sacerdotes que deverá continuar por gerações. Mas tudo isso deverá ser explicado para todos.

"Sumo sacerdote?"

– Você tem certeza de ter ouvido isso?

Moisés abriu um sorriso gentil.

– Você se confessou e se arrependeu. Não foi o primeiro a correr até mim quando chamei aqueles que creem no Senhor? Uma vez que confessamos nossos erros e fracassos, o Senhor os esquece, Aarão, mas não se esquece da nossa fé. É a fidelidade Dele que nos coloca de pé de novo.

Enquanto saíam, Aarão se lembrou da bênção de Jacó, se é que podia ser chamada assim:

"Simeão e Levi são irmãos, homens violentos. Que minha alma fique afastada deles. Que eu nunca faça parte de seus planos perversos. Pois em sua fúria eles mataram homens, e apenas por diversão maltrataram bois. Que a raiva deles seja amaldiçoada, pois é feroz; que a fúria deles seja amaldiçoada, pois é cruel. Assim, espalharei seus descendentes por toda a nação de Israel."

A família de Aarão não era temperamental, incluindo Moisés? Não fora o seu temperamento que o fizera matar um egípcio? E que ele não atirasse pedras em Moisés, pois tinha seus próprios pecados. Também tinha ataques de fúria. Com que facilidade levantara sua espada contra seu povo, matando as ovelhas das quais deveria cuidar?

Em seu coração, Aarão temia pelo futuro quando o sacerdócio estivesse nas mãos de uma tribo tão inclinada à violência e ao autosserviço.

– Ah, Moisés, se eu devo ensinar e guiar o povo, Deus precisa me modificar. Implore a Ele por mim. Peça a Ele para criar em mim um coração puro e um espírito justo!

– Eu não deixei de rezar por você. Nunca deixarei de fazer isso. Agora, reúna o povo, Aarão. O Senhor tem trabalho para eles. Veremos se o coração deles está disposto.

# CINCO

Moisés recebeu instruções do Senhor para construir um tabernáculo, uma residência sagrada onde Deus poderia permanecer entre seu povo.

As instruções eram específicas: deveriam confeccionar cortinas e mastros para pendurá-las. Uma bacia de bronze para lavar e um altar para queimar as ofertas deveriam ficar no pátio do Tabernáculo. Dentro haveria outra câmara menor, o Lugar Mais Sagrado, onde ficariam uma mesa, um candelabro e uma arca.

Moisés receberia os detalhes sobre como tudo deveria ser feito, e dois homens nomeados pelo Senhor supervisionariam o trabalho: Bezalel, filho de Uri, neto de Hur; e Oholiab, filho de Ahisamach, da tribo de Dã. Quando eles se apresentaram, ansiosos para fazer a vontade de Deus, o Senhor os encheu com Seu Espírito, de forma que eles tivessem habilidade e conhecimento em todos os tipos de ofícios. Deus até deu a eles a habilidade de ensinar aos outros como fazer o trabalho exigido! Todos aqueles com habilidade em qualquer ofício vieram ajudá-los.

O povo se alegrou ao saber que as orações e súplicas de Moisés tinham sido atendidas. O Senhor permaneceria com eles! Voltaram para suas tendas e pegaram todos os presentes que os egípcios lhes tinham dado, motivados por corações tementes ao Senhor Deus de Israel, e deram o melhor que tinham para o Senhor.

Aarão sentiu vergonha por ter usado os presentes que Deus dera ao povo para fazer o cordeiro de ouro. Deus os enchera de riqueza antes de saírem do Egito, e ele desperdiçara uma parte em um culto a um ídolo oco. Aquele ouro acabara sendo queimado, moído e jogado na água que acabou como lixo nas latrinas do acampamento.

Aarão pegou todo o ouro que tinha e devolveu para Aquele que lhe dera. Seus filhos, noras e Míriam deram o melhor que tinham. Estenderam pele de carneiro tingida de vermelho e depositaram ali as joias de ouro, prata e bronze. Míriam encheu uma cesta com fios azuis, roxos e escarlates e mais uma com linho fino, excitada por saber que o que estava dando poderia terminar como a cortina do Tabernáculo.

Outros trouxeram peles de dugongos, jarros de azeite de oliva, especiarias para o óleo de unção e incenso perfumado. Alguns tinham ônix e outras pedras preciosas. O povo trouxe seus presentes para o Senhor, colocando-os em cestas que foram postas ali com esse objetivo. Logo as cestas estavam cheias de broches, brincos, anéis e ornamentos.

Grupos de homens foram para o deserto e cortaram acácias. Os melhores pedaços foram separados para a arca, a mesa, os mastros e as vigas. O bronze derretido foi para a bacia e seu suporte, o bronze moído foi para o altar e os utensílios. Todo mundo trouxe alguma coisa, e todos os que podiam trabalhavam.

Fogueiras eram mantidas acesas para que o bronze, a prata e o ouro pudessem ser derretidos e as impurezas fossem filtradas. Então, eram colocados em moldes sob a supervisão de Bezalel. As mulheres teciam roupas finas e faziam enfeites para que Aarão e seus filhos usassem quando começassem os ministérios no santuário.

Conforme o trabalho progredia, mais presentes chegavam. A cada dia, a pilha crescia perto das obras, até que Bezalel e Oholiab deixaram o trabalho e foram falar com Moisés e Aarão.

– Temos material mais do que suficiente para concluir o trabalho que o Senhor nos deu!

Aarão alegrou-se, pois certamente o Senhor veria como o povo o amava. Ele, seus filhos, noras e Míriam traziam oferendas todos os dias, ansiosos para ver o plano de Deus concluído, ansiosos para fazerem parte disso.

Moisés olhou para Aarão com os olhos marejados de lágrimas.

– Reúna os anciãos. Diga a eles que não precisa mais de oferendas. Já temos tudo de que precisamos.

\* \* \*

Seguindo a ordem de Moisés, o filho de Aarão, Itamar, registrou tudo o que foi dado e usado para o Tabernáculo principal e para o Tabernáculo do Testemunho. Quase todo mundo no acampamento estava ocupado em algum aspecto da construção. Aarão estava feliz. Ansiava por cada nascer do sol, pois o povo trabalhava feliz para o Senhor. Suas mãos estavam ocupadas, e os corações e mentes, determinados a realizar o trabalho que Deus lhes dera.

Nove meses depois de chegarem ao monte Sinai e duas semanas antes da segunda celebração da Páscoa, o Tabernáculo ficou pronto. Bezalel, Oholiab e outras pessoas mostravam tudo o que era feito para Moisés, que inspecionava a tenda e toda a sua mobília, os objetos que seriam colocados no Lugar Mais Sagrado e as roupas para os sacerdotes. Tudo havia sido feito exatamente como o Senhor mandara.

Sorrindo, Moisés os abençoou.

Sob os olhos atentos de Moisés, o Tabernáculo foi inaugurado no primeiro dia do mês. A Arca da Aliança foi colocada dentro dele, e penduraram uma cortina pesada para escondê-la. À direita, ficava a mesa do Pão da Presença, e à esquerda, o candelabro de ouro puro com os galhos saindo do centro, três à direita e três à esquerda, com copos em forma de flor no topo. Na frente da cortina, Moisés colocou o altar de ouro de incenso. Cortinas pesadas foram colocadas em volta e em cima do Lugar Mais Sagrado.

O altar das ofertas queimadas foi colocado em frente à entrada do Tabernáculo. A bacia ficava entre a Tenda dos Encontros e o altar, sempre cheia de água. Penduraram cortinas em volta do Tabernáculo, do altar e da bacia; e uma outra cortina mais elaborada ficava pendurada na entrada para o pátio.

Quando tudo foi colocado nos lugares de acordo com as instruções do Senhor, Moisés ungiu o Tabernáculo e tudo dentro dele com óleo e o declarou Sagrado ao Senhor. Então, ungiu o altar das ofertas sagradas e a acia e o consagrou ao Senhor.

Aarão e seus filhos foram convocados. Aarão sentiu os olhos de todos em cima dele enquanto entrava no pátio. Milhares de homens, mulheres e crianças estavam atrás dele, um pouco antes das cortinas. Moisés tirou as roupas de Aarão e o lavou da cabeça aos pés, e então o ajudou a vestir uma fina túnica branca e um manto azul com romãs bordadas com fios azuis, roxos e escarlates ao redor da bainha e sinos de ouro entre elas.

– Ao entrar no Lugar Mais Sagrado, o Senhor ouvirá os sinos, e você não morrerá.

Moisés endireitou a roupa de Aarão.

Com um nó no estômago e os braços esticados, Aarão ficou parado enquanto Moisés lhe prendia o éfode aos ombros com argolas de ouro com duas pedras de ônix com os nomes dos filhos de Israel gravados em filigrana de ouro.

– Você carregará os nomes dos filhos de Israel como um memorial diante do Senhor.

## O SACERDOTE

Sobre o éfode havia um peitoral quadrado com quatro fileiras de pedras preciosas feitas em filigrana de ouro: rubi, topázio, berilo, turquesa, safira, esmeralda, jacinto, ágata, ametista, crisólita, ônix e jaspe, cada uma com a gravação de um filho de Israel.

– Sempre que você entrar no Lugar Sagrado, terá os nomes dos filhos de Israel no seu coração. – Moisés colocou o Urim e o Tumim no peitoral sobre o coração de Aarão. – Eles revelarão a vontade do Senhor.

Aarão fechou os olhos enquanto Moisés colocava o turbante em sua cabeça. Ele vira a placa de ouro com a gravação "Sagrado ao Senhor", que agora estava na sua testa. Moisés deixou-o sozinho e foi preparar os filhos de Aarão.

Parado à sombra da nuvem, Aarão tremia. Seu coração batia forte. Daquele dia em diante, ele seria o sumo sacerdote de Israel. Olhou para a bacia, para o altar de ofertas queimadas e para as cortinas que envolviam os objetos sagrados e o mantinham dentro do Tabernáculo do Senhor, com medo de desmaiar. Nunca mais seria um homem comum. O Senhor o elevara e, ao mesmo tempo, o tornara um servo. Toda vez que entrasse no pátio, carregaria a responsabilidade pelo povo. Sentia o peso deles em seus ombros e em seu coração.

Quando Nadabe, Abiú, Itamar e Eleazar estavam vestidos com suas roupas sacerdotais, Moisés se colocou diante deles e os ungiu com óleo, consagrando-os ao Senhor. Então, trouxe um novilho para o sacrifício pelo pecado. Aarão lembrou-se de seu pecado de fazer o cordeiro de ouro. Corando, colocou a mão na cabeça no animal cujo sangue seria derramado por causa do seu pecado. Seus filhos também colocaram as mãos sobre a cabeça do animal. Moisés cortou a garganta do novilho, colocou um pouco do sangue em uma tigela e despejou-o em todos os chifres do altar, e o restante na base. Sacrificou o animal e usou a gordura que envolvia os órgãos internos, a pele de cima do fígado e os dois rins como ofertas queimadas no altar. O resto do novilho seria queimado do lado de fora do acampamento.

A segunda oferta de Aarão e seus filhos foi um carneiro. Mais uma vez, Aarão e seus filhos colocaram as mãos sobre o animal. Moisés espirrou o sangue do carneiro no altar e então cortou o animal em pedaços, lavou os órgãos internos e as pernas e queimou todo o carneiro no altar. O cheiro da carne assada fez o estômago de Aarão roncar. Era um aroma satisfatório produzido para o Senhor.

A terceira oferta era outro carneiro, este para a ordenação de Aarão e seus filhos. Aarão colocou a mão na cabeça do animal. Ao assentir, seus filhos fizeram a mesma coisa. Moisés cortou a jugular do animal e recolheu o sangue em uma tigela. Ele se aproximou de Aarão e, mergulhando o dedo no sangue, ungiu a orelha direita de Aarão. Moisés mergulhou o dedo de novo e ungiu o polegar direito de Aarão. Ajoelhando, mergulhou o dedo uma última vez e passou o sangue no polegar do pé direito de Aarão. Fez o mesmo com os quatro filhos de Aarão e em seguida espirrou sangue em todas as laterais do altar.

Os carneiros para Aarão e seus filhos foram sacrificados, os pedaços foram empilhados junto com as vísceras lavadas, e um pão feito com óleo e uma bolacha foram colocados por cima. Moisés colocou os primeiros nas mãos de Aarão, que levantou o sacrifício diante do Senhor e então o devolveu para o irmão, que o colocou no altar. As chamas aumentaram. Os filhos de Aarão levantaram suas ofertas e as entregaram para Moisés colocar no altar, e a cada vez as chamas explodiam em volta do animal sacrificado, tomando-o no lugar dos homens pecadores que fizeram as ofertas.

Aarão se manteve solene e humilde enquanto Moisés o ungia com óleo e com o sangue do sacrifício. Finalmente, seus filhos foram ungidos, do mais velho ao mais novo.

Aarão sentiu a mudança que pairava no ar. A nuvem girava devagar, com um brilho estranho. O coração dele palpitava conforme a nuvem se compactava e descia da montanha. Ele ouvia o povo atrás de si prender a respiração e soltá-la com um tremor de medo. A nuvem cobriu o Tabernáculo.

Mil cores cintilavam de dentro dela e então eram despejadas na câmara do Lugar Mais Sagrado. E a glória do Senhor encheu o Tabernáculo.

Nem Moisés podia entrar.

O povo exclamava, deslumbrado, e fazia reverências.

– Cozinhem a carne que resta na entrada do Tabernáculo e comam-na com o pão da cesta das oferendas da ordenação. Depois, queimem as sobras de pão e carne. Não saiam da entrada do Tabernáculo. Devem permanecer aqui por sete dias e sete noites, ou morrerão.

Aarão observou seu irmão se afastar. Quando Moisés chegou à entrada do pátio, olhou para trás de forma solene e fechou as cortinas.

Aarão encarava o Tabernáculo. Ele sabia que tudo tinha sido feito para limpar o local e torná-lo sagrado. Até ele fora lavado e vestido com novas roupas para que pudesse de colocar diante do Senhor. Mas não conseguia evitar o tremor interno de medo pelo fato de o Senhor estar a poucos metros dele, escondido apenas pelas cortinas. E Aarão sabia que não era digno daquele lugar. Não estava limpo por dentro. Assim que perdeu Moisés de vista, sentiu-se fraco. Não deixara que seu ciúme por Josué o maculasse? Não deixara que os medos do povo sobrepujassem as ordens que recebera? Por que Deus nomearia um homem como ele como sumo sacerdote?

"Senhor, eu não sou digno. Apenas Vós sois fiel. Sou apenas um homem. Fracassei ao liderar o Vosso povo. Três mil vidas se perderam por causa da minha fraqueza. E Vós poupastes a minha vida. E Vós me nomeastes Vosso sumo sacerdote. Senhor, a Vossa misericórdia está fora do meu alcance. Ajudai-me a conhecer os Vossos caminhos e a segui-los. Ajudai-me a ser o sacerdote que quereis que eu seja! Mostrai-me vossos caminhos para que eu possa servir ao Vosso povo e manter forte a fé deles. Oh, Senhor, Senhor, ajudai-me…"

Quando estava cansado demais para ficar de pé, Aarão se ajoelhou, rezando para que o Senhor lhe desse força e sabedoria para se lembrar da Lei e de todas as Suas ordens. Quando ficou fraco de fome, ele e seus filhos agradeceram, cozinharam a carne e comeram o pão que tinha sido deixado para eles. Quando não conseguia mais manter os olhos abertos, colocou-se diante do Senhor e dormiu com a testa nas mãos.

Eleazar e Itamar ficaram de pé diante do Tabernáculo, com os braços esticados e as palmas das mãos para cima enquanto rezavam. Nadabe e Abiú se ajoelhavam recostados nos calcanhares quando ficavam cansados.

Cada dia que passava suavizava o coração de Aarão, até que ele pensou escutar a voz do Senhor sussurrando para ele:

*"Eu sou o Senhor teu Deus, e não há nenhum outro".*

Aarão levantou a cabeça, ouvindo com atenção, contente.

Nadabe esticou o braço e bocejou.

– Que comece o quarto dia.

Abiú estava sentado com as pernas cruzadas e os braços apoiados nos joelhos.

– Mais três ainda faltam.

Aarão sentiu um frio na barriga.

\* \* \*

No oitavo dia, Moisés chamou Aarão, seus filhos e os anciãos de Israel e lhes deu as instruções do Senhor. Aarão pegou um bezerro sem defeitos e o ofereceu em sacrifício para expiar seus pecados. Sabia que, sempre que fizesse isso, se lembraria de seu pecado contra o Senhor ao fazer um bezerro de ouro. Será que seus filhos também se lembravam disso? Será que o sangue de seu bezerro vivo realmente o livrava do pecado de ter fabricado um ídolo?

Outros sacrifícios se seguiram. Quando conseguisse a expiação para si mesmo, ele estaria pronto para se levantar e fazer a oferta pelo pecado, a oferta queimada e as oferendas para o povo. O bezerro lutava contra a corda, dando coices em Aarão. Achou que fosse desmaiar de dor, mas manteve-se firme. Seus filhos seguraram o animal com mais firmeza enquanto Aarão usava a faca. Depois ele matou um carneiro. Ver o sangue, sentir o seu cheiro e ouvir o som dos animais morrendo o encheu de aversão pelos pecados que levavam à morte. E ele agradeceu a Deus por permitir que esses pobres animais substituíssem cada homem, mulher e criança. Pois todos haviam pecado. Nenhum deles poderia ficar diante do Senhor com o coração puro.

As mãos de Aarão estavam cobertas de sangue, e o altar, cheio de respingos. Com os braços doendo, levantou os peitos e as coxas direitas dos sacrifícios diante do Senhor em oferta. Depois que todos os sacrifícios foram feitos, Aarão levantou as mãos trêmulas de exaustão para o povo e os abençoou. Então desceu.

Moisés foi com ele para o Tabernáculo. O coração de Aarão ressoava em seus ouvidos. Estava agradecido pela cortina pesada que não permitia que visse o Senhor, pois sabia que morreria se O visse. Mesmo se ele se banhasse no sangue de bezerros e cordeiros, ainda assim não lavaria todos os seus pecados. Rezou por si mesmo. Rezou pelo povo. E então saiu com Moisés e abençoou o povo.

O ar em volta deles mudara, tornando-se silencioso e poderoso. Aarão prendeu a respiração. O Senhor apareceu gloriosamente para todos verem. O povo gritou, apavorado, quando o fogo da presença do Senhor consumiu as oferendas e a gordura no altar.

Por mais pecador que ele fosse, por mais pecador que fosse esse povo que tremia de medo, o Senhor havia aceitado as oferendas deles!

Aarão soltou um grito de felicidade; lágrimas de alívio escorreram pelo seu rosto enquanto ele se ajoelhava e encostava o rosto no chão diante do Senhor.

E o povo seguiu seu exemplo.

* * *

Os cultos de Aarão se tornaram uma rotina. Todo dia, fazia as oferendas ao amanhecer e ao entardecer. As ofertas queimadas permaneciam no altar por toda a noite, até a manhã seguinte. Aarão usava suas roupas finas ao fazer os sacrifícios, mas colocava outra na hora de carregar as cinzas das ofertas para fora do acampamento. O Senhor dissera: *"O fogo nunca deve se apagar"*. E Aarão providenciava para que nunca se apagasse.

Ainda preocupado, ele sonhava com fogo e sangue. Mesmo quando estava limpo, Aarão sentia o cheiro da fumaça e do fogo. Sonhava com o povo gritando como animais porque ele tinha fracassado em realizar as suas tarefas de forma adequada e apaziguar a ira do Senhor. O que mais o perturbava era que ele sabia que o povo continuava pecando.

Centenas ficavam nas filas esperando para se aconselharem com os anciãos, e Moisés estava sempre ocupado com um caso ou outro. As pessoas pareciam não conseguir viver em paz umas com as outras. Estava na natureza delas discutir, brigar, lutar por qualquer coisa que as incomodasse de alguma forma. Não ousavam questionar a Deus, mas questionavam seus representantes incessantemente. Não eram diferentes de Adão e Eva, querendo o que lhes era negado, independentemente do mal que adviria se não o conseguissem.

Aarão tentava encorajar seus filhos.

– Precisamos ser exemplos vivos de retidão diante do povo.

– Ninguém é mais correto que o senhor, pai.

Aarão se esforçou para não se sentir lisonjeado com o elogio de Nabade, sabendo como o orgulho poderia destruir um homem rapidamente. Não havia destruído o faraó e o Egito?

– Moisés é mais correto. E ninguém é mais humilde do que ele.

Abiú assoviou.

– Moisés está sempre na Tenda dos Encontros, e onde o senhor fica? Do lado de fora, servindo o povo.

## O sacerdote

– Eu tenho a impressão de que nós ficamos com a carga de trabalho mais pesada – observou Nadabe, recostando-se em uma almofada. – Quando foi a última vez que viu um dos nossos primos levantar um dedo para ajudar?

Eleazar levantou os olhos do pergaminho.

– Eliézer e Gérson estão cuidando da mãe deles – disse ele em voz baixa, franzindo a testa.

Nadabe desdenhou, servindo-se de mais vinho.

– Trabalho de mulher.

Míriam o enfrentou.

– Você não acha que já bebeu demais?

Nadabe a fitou antes de levantar sua taça. Abiú a encheu de novo antes de pendurar o odre de vinho no gancho.

Aarão não gostava da tensão que havia na tenda deles.

– Cada um de nós recebeu o chamado para estar onde deve estar. Moisés é quem escuta a voz do Senhor e nos traz Suas instruções. Nós as executamos. Recebemos do Senhor a grande honra de servi-Lo...

– Sim, sim – disse Nadabe, assentindo. – Nós todos sabemos disso, pai. Mas é desagradável fazer a mesma coisa todos os dias e saber que faremos isso para o resto da vida.

Aarão sentiu uma onda de calor subir dentro dele e um nó se formar em seu estômago.

– Lembrem-se Daquele a quem vocês servem. – Ele olhou de Nadabe para Abiú e então para os dois filhos mais jovens, que estavam sentados em silêncio, de cabeça baixa. Será que se sentiam da mesma forma que os irmãos? – Vocês farão exatamente como o Senhor mandar. Entenderam?

Os olhos de Nadabe mudaram.

– Nós o entendemos, pai. – Os dedos dele apertaram a taça de vinho. – Nós honraremos o Senhor em tudo que fizermos. Assim como o senhor sempre fez. – Ele terminou o vinho e se levantou. Abiú se levantou e seguiu o irmão para fora da barraca.

– Você não deveria deixar que eles falem dessa forma com você, Aarão.

Irritado, ele encarou Míriam.

– O que você sugere?

– Que puxe a orelha deles. Dê-lhes umas chicotadas! Faça alguma coisa! Os dois acham que são mais corretos do que você!

Ele podia pensar em uma dúzia de homens que eram mais corretos do que ele, a começar por seu irmão e seu assistente Josué.

– Eles vão recobrar o juízo quando pensarem mais a esse respeito.

– E se isso não acontecer?

– Deixe estar, mulher! Já tenho muita coisa na cabeça sem as suas importunações constantes!

– Importunações? Como se eu não tivesse pensado sempre nos seus interesses! – Míriam abriu a cortina do cômodo das mulheres, entrou e fechou-a atrás de si.

O silêncio não era tranquilizador. Aarão se levantou.

– Temos trabalho a fazer. – Estava grato por estar na hora de voltar para o Tabernáculo. Não tinha paz na própria tenda.

Eleazar se endireitou onde estava sentado.

– Nós vamos com o senhor, pai. – Ele estendeu a mão para ajudar Itamar.

Aarão deixou Eleazar e Itamar passarem à sua frente.

– Estou vendo.

Ele fechou a barraca ao sair.

Eleazar caminhou ao lado de Aarão.

– O senhor tem que fazer alguma coisa em relação a eles, pai.

– Você não deveria se colocar contra seus irmãos.

– É para o bem deles que estou falando.

Enquanto realizava suas tarefas, Eleazar e Itamar trabalharam com Aarão. Perturbado, pensou no que Eleazar tinha dito. Onde estavam Nadabe e Abiú? Ele não conseguia entender seus filhos mais **velhos**. Não havia nenhum outro lugar em que Aarão quisesse estar mais **do que** no pátio do Senhor. Ficar diante de Deus era o chamado de Moisés, **mas** ficar perto assim do Senhor enchia Aarão de alegria. Por que seus **filhos** mais velhos não podiam sentir o mesmo?

Uma gargalhada assustou Aarão. Quem ousava rir **dentro** do pátio de Deus? Virando-se, viu Nadabe e Abiú na entrada. **Vestidos** com suas roupas sacerdotais, seguravam incenso. O que eles achavam que estavam fazendo? Aarão se aproximou deles, pronto para mandar **que** começassem suas tarefas, quando Nadabe tirou uma bolsinha **do cinto**. Soprou pó por cima das cinzas queimadas. A fumaça amarela, **azul** e vermelha subiu, do mesmo tipo que os sacerdotes egípcios **costumavam** usar em seus templos pagãos.

– *Não!* – gritou Aarão.

– Relaxe, pai. Só estamos fazendo uma homenagem **a** Deus. – Abiú estendeu a mão com o incenso, e Nadabe soprou as **partículas** nas cinzas.

– Vocês profanariam o templo sagrado...

– Profanar? – Nadabe assumiu uma postura desafiadora. – Nós não somos sacerdotes? Podemos honrar a Deus da forma como quisermos!

Ele e Abiú deram um passo à frente.

– Parem!

Uma corrente de fogo passou por Aarão e atingiu seus **dois** filhos mais velhos. A força derrubou Aarão e seus dois filhos mais **novos**. Aarão ouviu Nadabe e Abiú gritarem e levantou-se com esforço. Os **gritos** da insuportável agonia deles durou apenas segundos antes que fossem consumidos pelas chamas. Caíram no mesmo lugar em que haviam feito o desafio, carbonizados a ponto de não ser possível reconhecê-los.

Com um grito, Aarão levou as mãos à sua túnica. Sentiu o peso de uma das mãos do irmão agarrando seu ombro.

– Não – disse Moisés com firmeza. – Não demonstre seu luto soltando o cabelo ou rasgando suas roupas. Se fizer isso morrerá, e o Senhor ficará furioso com toda a comunidade de Israel.

Com os pulmões ardendo, Aarão vacilou. Moisés o agarrou, ajudando-o a se firmar.

– Aarão, ouça. O restante dos israelitas e seus parentes podem velar Nadabe e Abiú, a quem o Senhor destruiu com fogo. Mas você não deve sair da entrada do Tabernáculo, sob pena de morte, pois o óleo de unção do Senhor é sua responsabilidade.

Aarão se lembrou da lei: nenhum sacerdote podia tocar em um cadáver.

– Foi isso que o Senhor quis dizer quando avisou: *"Eu me mostrarei santo a todos os que se aproximarem de mim. Glorificado serei diante de todo o povo"*.

Aarão lutava contra as lágrimas, lutava contra o grito angustiado que ameaçava sufocá-lo. "O Senhor é sagrado. O Senhor é sagrado!" Fixou os pensamentos na santidade do Senhor, aceitando-a. Eleazar e Itamar estavam prostrados diante do Tabernáculo, com o rosto nas cinzas, adorando o Senhor.

Moisés chamou os primos de Aarão, Misael e Elzafã.

– Tirem os corpos de seus parentes do santuário e levem-nos para fora do acampamento.

Aarão observou enquanto eles levantavam os corpos carbonizados de seus dois filhos mais velhos e os carregavam para longe. Encarou o Tabernáculo e não olhou para trás. Seu peito doía, sua garganta queimava. Nadabe e Abiú haviam sido punidos por seus pecados.

A Voz falou, firme e tranquila:

*"Você e seus descendentes nunca devem tomar vinho ou qualquer outra bebida alcoólica antes de virem para o Tabernáculo"*.

– Aarão! – Moisés estava falando com ele, e Aarão tentou absorver as suas instruções. – Aarão!

Aarão e seus filhos mais jovens deveriam permanecer onde estavam e concluir suas tarefas. Deveriam comer as sobras das ofertas de grãos e o bode dado em sacrifício para expiação dos pecados. Aarão fez tudo o que Moisés dissera, mas nem ele nem seus filhos conseguiram comer. O cheiro de carne queimada lhe dava ânsia, e precisou trincar os dentes para não vomitar.

O rosto de Moisés ficou vermelho de raiva.

– Por que não comeram os sacrifícios que estão no santuário para expiar os pecados? – questionou ele. – São ofertas sagradas! Foram dadas a vocês para tirar a culpa da comunidade e para reparar o povo diante do Senhor. Como o sangue do animal não foi levado para o Lugar Sagrado, vocês deveriam ter comido a carne no santuário, como eu mandei.

Aarão gemeu.

– Hoje, meus filhos fizeram tanto seus sacrifícios para a expiação dos pecados como a oferta queimada para o Senhor. – Ele soluçava convulsivamente. – Isso também aconteceu comigo. – Ele lutava contra as emoções que cresciam em seu peito, tremendo com a tensão. – O Senhor teria aprovado se eu tivesse comido as ofertas hoje? – Quando o pecado havia espreitado tão de perto, esperando para atacar sua família destruída e cravar os dentes em seu coração enfraquecido? "Meus filhos", ele queria gritar. "Meus filhos! Você esqueceu que meus filhos morreram hoje!" Ele teria engasgado com a carne do sacrifício e contaminado o santuário.

As palavras de Nadabe voltaram para assombrá-lo o dia todo.

"Podemos honrar a Deus da forma que quisermos, pai. Assim como o senhor fez."

Com um bezerro de ouro e um festival de celebração pagã. Mesmo depois dos sacrifícios de expiação, Aarão ainda sentia o peso dos pecados sobre ele. "Se o Senhor ao menos pudesse apagá-los para sempre. Se ao menos..."

Moisés fitou Aarão com compaixão e não disse mais nada.

* * *

Aarão estava com Moisés quando este convidou Hobabe, filho de Jetro, para ir com eles para a Terra Prometida.

– Fique conosco, Hobabe. Faça a sua vida junto com o povo escolhido por Deus.

Quando Hobabe deixou o acampamento, Aarão sentiu em seu âmago que encontrariam Hobabe de novo, mas em circunstâncias bem menos amigáveis. Durante todo o tempo em que os midianitas ficaram acampados nas proximidades, Aarão se perguntava se Hobabe não estava apenas observando as suas fraquezas e vendo como aproveitá-las.

– Espero que não o vejamos de novo.

Moisés olhou para ele, e Aarão não disse mais nada. Seu irmão passara muitos anos com os midianitas e tinha um profundo afeto e respeito pelo sogro. Aarão só podia esperar que Moisés conhecesse essas pessoas tão bem quanto imaginava e que elas não representassem uma ameaça para eles. O que Moisés faria se se visse dividido entre os israelitas e a família de sua esposa? Durante quarenta anos, os midianitas haviam tratado Moisés com amor e respeito, como se fosse um membro da família. Os israelitas só davam a Moisés sofrimento, rebelião, reclamações constantes e trabalho e o haviam transformado em escravo deles.

A preocupação parecia uma companhia constante naqueles dias. Aarão se preocupava com a saúde de Moisés, com seu vigor, com sua família. Zípora estava perto da morte. A única coisa boa que veio da doença dela foi que suavizou Míriam, que agora cuidava dela. Aarão também se preocupava em fazer as coisas certas. Até então havia cometido um erro após outro. Estudava as leis que Moisés escrevera, sabendo que vinham diretamente de Deus. Mas, às vezes, quando estava cansado, pensava nos filhos mortos, e as lágrimas lhe escorriam pelo rosto, rápidas e quentes. Ele os amara, mesmo conhecendo seus pecados. E não conseguia evitar o sentimento de que fracassara com os filhos mais do eles haviam fracassado com o pai.

## O sacerdote

O povo voltara a reclamar. Pareciam esquecer de um dia para o outro o que o Senhor já fizera por eles. Eram como crianças, chorando sempre que sentiam algum desconforto. Era a ralé egípcia que viajava com eles os causadores dos maiores problemas agora.

– Não aguentamos mais só ter maná para comer!

– Nem um pouco de carne!

– Lembro-me de todo o peixe que podíamos comer de graça no Egito.

– E podíamos comer todos os pepinos e melões que queríamos. Eram tão bons!

– Além de alho-poró, cebola e alho.

– Mas agora não temos mais apetite, e dia após dia não temos nada para comer além desse maná!

Aarão não disse nada enquanto juntava a sua porção de maná para o dia. Ele se agachava e pegava os flocos, guardando-os em sua vasilha. Eleazar estava de cara feia. Itamar pegava a sua porção um pouco afastado.

Míriam estava com o rosto vermelho.

– Talvez vocês devessem ter ficado no Egito!

Uma mulher a encarou.

– Deveríamos mesmo!

– Peixe e pepino – murmurou Míriam. – Temos sorte de ter o que comer. Apenas o suficiente para nos manter *funcionando*.

– Estou enjoada de comer a mesma coisa todos os dias.

Míriam se endireitou.

– Você deveria ser grata. Não precisa trabalhar para ter comida!

– Você não chama isso de trabalho? Toda manhã nos ajoelhamos para catar os flocos dessa coisa.

– Se pelo menos tivéssemos carne para comer! – disse um israelita, juntando-se aos que reclamavam.

– Ah, mamãe, temos que comer maná de novo?

– Sim, meu bebê, pobrezinho!

A criança começou a chorar.

– Nós certamente estávamos melhor no Egito! – disse o homem em voz alta, sabendo que Aarão escutaria.

Míriam ficou furiosa.

– Você não vai dizer nada, Aarão? O que vai fazer com essas pessoas?

O que ela queria que ele fizesse? Que invocasse o fogo da montanha? Pensou nos seus filhos de novo, e sua garganta ficou quente e seca. Sabia que Moisés ouvia as reclamações do povo. Via o que isso estava fazendo com seu irmão.

– Não crie mais problemas do que já temos, Míriam.

Estava cansado de todos.

– *Eu* crio problemas! Se você tivesse me escutado sobre...

Ele levantou, encarando-a. Ela percebia como às vezes era cruel? O fogo saía dos olhos dela.

– Desculpe. – Ela abaixou a cabeça. Ele amava a irmã, mas às vezes não a tolerava. Pegou sua vasilha e se afastou.

Moisés saiu do Tabernáculo. Aarão foi até ele.

– Você parece cansado.

– Estou cansado. – Moisés balançou a cabeça. – Tão cansado dos problemas que pedi ao Senhor para me matar e acabar logo com isso.

– Não fale assim. – Moisés achava que Aarão se sairia melhor? Que Deus proibisse Moisés de morrer. Aarão nunca mais queria estar no comando de novo.

– Não precisa se preocupar, meu irmão. Deus disse não. O Senhor deu instruções para escolhermos setenta homens que sejam vistos como líderes pelo povo. Eles devem vir ao Tabernáculo; o Espírito do Senhor os iluminará, e eles ajudarão a liderar o povo de Deus. Precisamos de ajuda. – Ele sorriu. – Você é mais velho do que eu, meu irmão, e, a cada dia que passa, mostra mais seus oitenta e quatro anos.

Aarão soltou uma gargalhada e saboreou o alívio. Dois homens não podiam carregar o fardo de seiscentos mil homens, sem contar com as esposas e filhos!

– E o Senhor mandará carne.

– Carne? – "Como? De onde?"

– Carne para um mês inteiro, até que não aguentemos mais carne, porque o povo rejeitou o Senhor.

Sessenta e oito homens foram ao Tabernáculo. Conforme Moisés colocava as mãos em cada um, o Espírito do Senhor iluminava cada novo líder, e ele espalhava a Palavra do Senhor como Moisés.

Josué veio correndo.

– Eldade e Medade estão fazendo profecias no acampamento! Moisés, meu mestre, *faça com que eles parem!*

– Você está com ciúmes no meu lugar? Meu desejo é que todo o povo do Senhor fosse de profetas, e que o Senhor incutisse seu Espírito em todos!

Aarão ouviu o som do vento. Vinha da nuvem que cobria o Tabernáculo. Sentiu o calor do vento levantar sua barba e pressionar a túnica sacerdotal contra seu corpo. Então, subiu e se afastou. Aarão voltou para suas tarefas no Tabernáculo, mas continuou olhando para o céu com apreensão.

Codornas voaram vindo do mar, milhares delas. O vento as trouxe, cobrindo o acampamento com uma enxurrada de penas, até que estivessem empilhadas por todo o chão. Durante todo aquele dia e aquela noite, as pessoas pegaram as aves e arrancaram suas penas na pressa de comerem a carne. Alguns nem esperavam assar as codornas antes de enfiarem os dentes na carne que tanto desejavam.

Aarão ouvia os suspiros, receando o que estava por vir. Os suspiros se tornaram gemidos quando os homens e as mulheres começaram a passar mal antes mesmo de a carne ser consumida. Caíram de joelhos, dobrados, vomitando. Alguns morreram rápido. Outros, enquanto sofriam, amaldiçoavam a Deus por ter-lhes dado exatamente o que haviam pedido. Milhares se arrependeram e imploraram que o Senhor os perdoasse. Mas as codornas continuavam vindo, como o Senhor prometera, dia após dia, até que o povo ficou em silêncio, temendo o Senhor.

\* \* \*

Depois de um mês, uma nuvem se levantou do Tabernáculo. Aarão entrou no Lugar Mais Sagrado e cobriu e embalou o candelabro, a mesa do Pão da Presença e o altar do incenso. A Tenda dos Encontros e o Tabernáculo foram desmontados, empacotados, e os clãs dos Levitas carregou o que o Senhor havia designado a eles. Ao sinal de Moisés, dois homens tocaram as cornetas.

O povo se reuniu.

— Levantai-vos, Senhor! — A voz de Moisés ecoou. — Dissipados sejam os Vossos inimigos, e fujam diante de Vós os Vossos inimigos!

A Arca da Aliança foi levantada por quatro homens. Moisés foi andando na frente, com os olhos fixos no Anjo do Senhor que o guiava. O povo deixou o lugar, que ficou conhecido como Quibrote-Hataavá. Viajaram dia e noite, até que a nuvem parou em Hazerote.

Moisés levantou os braços em oração.

— Voltai, Senhor, para os inúmeros filhos de Israel.

A Arca da Aliança foi colocada no chão. O Tabernáculo foi construído. Aarão colocou os itens nos lugares apropriados, enquanto seus filhos e os filhos de Levi, Gérson, Coate e Merari, terminavam de prender os mastros e colocar as cortinas, o altar para as ofertas queimadas e a bacia de bronze.

E o povo descansou.

\* \* \*

## O SACERDOTE

Aarão queria fechar os olhos e não pensar em nada por algum tempo, mas Míriam estava aborrecida e não o deixou em paz.

– Passei a aceitar Zípora. – Ela andava de um lado para outro, agitada, com o rosto corado. – Estou tomando conta dela todo esse tempo. Sou eu que cuido de todas as necessidades dela. Mas ela não mostra a menor gratidão. Nem tentou aprender a nossa língua. Ainda conta com Eliézer para traduzir o que diz.

Aarão sabia por que ela estava chateada. Ele também ficara surpreso quando Moisés lhe contara que tomaria outra esposa, mas não achara adequado comentar o assunto. Míriam, porém, não tinha esse tipo de inibição, embora Aarão duvidasse de que ela já tivesse falado com Moisés.

– Ele precisa de uma esposa, Míriam, alguém que cuide das necessidades da casa e da família dele.

– Uma esposa? Para que Moisés precisa de uma esposa além de Zípora se ele tem a mim? Eu cuidava de tudo para ele antes de aquela cuxita entrar na barraca dele. Ele gostou da minha ajuda no começo. Para que eu pudesse cuidar da esposa dele! Zípora não consegue fazer nada sem ajuda. E, agora que ela está morrendo, ele tomou outra esposa! Por que ele precisa de uma esposa nessa idade? Você deveria tê-lo convencido a não se casar antes de ele levar aquela estrangeira para a tenda dele. Deveria ter dito alguma coisa para evitar que ele pecasse contra o Senhor!

Moisés pecou?

– Fiquei surpreso quando ele me contou.

– Só surpreso?

– Ele não é tão velho que não precise do conforto de uma mulher.

Às vezes, Aarão gostaria de poder tomar outra esposa, mas, depois de ser mediador entre a mãe de seus filhos e Míriam durante anos, decidira que era mais sábio manter-se casto!

– Moisés quase não fica com Zípora, e agora ele tem uma nova esposa. – Míriam levantou as mãos. – Fico me perguntando se ele ouve o que o Senhor diz. Não consigo ver por que ele precisa de outra esposa nessa idade, mas, já que ele resolveu assim, deveria ter escolhido uma mulher na tribo de Levi. O Senhor não nos disse para não nos casarmos fora de nossas tribos? Você já viu como é aquela cuxita? Ela é preta, Aarão, mais escura do que qualquer egípcio que eu já tenha visto.

Aarão ficara perturbado com o casamento de Moisés, mas não pelas mesmas razões de Míriam. A mulher tinha sido escrava de uma das egípcias que tinham saído do Egito junto com o povo. A dona dela morrera durante o Festival do Cordeiro de Ouro, e a cuxita continuara viajando com o povo. Pelo que Aarão sabia, ela reverenciava o Senhor. Ainda assim....

– Por que não fala nada, Aarão? Você é um servo do Senhor, não é? Um sumo sacerdote. O Senhor fala apenas através de Moisés? O Senhor não me guiou quando falei com a filha do faraó? O Senhor não me mostrou as palavras? E o Senhor o chamou, Aarão. Você escutou a voz Dele e repetiu a Palavra dele para o povo com mais frequência do que Moisés! Eu nunca vi Moisés demonstrar tanta sabedoria.

Aarão detestava quando sua irmã agia dessa forma. Sentia-se um garotinho de novo, recebendo ordens da irmã mais velha, subjugado pela personalidade dela, que tinha um gênio muito difícil.

– Você deveria ficar satisfeita, pois terá menos trabalho.

– Satisfeita? Talvez eu ficasse se ele não tivesse se casado com uma *cuxita!* Você não se importa de Moisés trazer o pecado para a nossa família por causa de um casamento nocivo?

– Por que nocivo?

– Precisa perguntar? – questionou ela, furiosa. – Vá até a barraca dele e olhe para ela! Ela deveria voltar para o próprio povo. O lugar dela não é entre nós, muito menos deveria ter a honra de ser a esposa do Libertador de Israel!

Aarão se perguntou se deveria conversar com Moisés. Na verdade, ficara perturbado quando Moisés levara uma escrava cuxita para sua barraca.

Talvez devesse falar com algum ancião antes de abordar seu irmão. O que o povo pensava sobre o casamento de Moisés? Míriam não guardaria sua opinião para si por muito tempo.

Aarão estava cheio de dúvidas. Míriam tentara avisá-lo sobre Nadabe e Abiú, e ele não lhe dera ouvidos. Estaria cometendo outro erro ao não escutar sua irmã e se colocar contra a decisão de Moisés de se casar de novo?

*"Vocês três vão para o Tabernáculo agora!"*

O cabelo da nuca de Aarão se arrepiou. Levantou a cabeça, com medo daquela Voz.

Míriam se endireitou e levantou o queixo, com os olhos brilhando.

– O Senhor *me* chamou para o Tabernáculo. E você também, pela expressão do seu rosto. – Ela saiu da barraca. Parada sob a luz do sol, olhou para trás. – Você vem ou não vem?

Moisés estava esperando por eles, perplexo. A nuvem rodopiava sobre eles, descendo.

Míriam olhou para cima com o rosto corado e tenso de excitação.

– Você verá, Aarão.

Ele estremeceu ao ver a coluna de nuvem na entrada do Tabernáculo, e a Voz vinha de dentro da nuvem.

*"Agora escutem! Mesmo com os profetas, eu, o Senhor, me comunico por meio de visões e sonhos. Mas essa não é a forma como me comunico com meu servo Moisés. Eu confio plenamente nele. Falo com ele cara a cara, diretamente, e não por meio de enigmas! Ele vê o Senhor como Ele é. Por que não temem criticá-lo?"*

A coluna de névoa pesada subiu, e Aarão sentiu a angústia de seu pecado mais uma vez. Abaixou a cabeça, envergonhado.

Míriam inspirou, emitindo um som baixo. O rosto e as mãos dela estavam tão brancos como se ela fosse um natimorto ao sair do útero da mãe, e parte da sua pele tinha lepra. Ela caiu de joelhos, gritando e jogando terra na cabeça.

– Ohhhh! – Aarão chorou, horrorizado. Virou-se para Moisés, com as mãos estendidas, tremendo. – Oh, meu Senhor! Por favor, não nos castigue por esse pecado que fomos tolos de cometer. – O medo corria pelas veias dele.

Aterrorizado, Moisés já estava clamando ao Senhor, implorando por misericórdia para sua irmã mais velha.

E os três escutaram a Voz:

*"Se o pai dela tivesse cuspido em seu rosto, ela não passaria sete dias envergonhada? Ela deve ser banida do acampamento por sete dias. Depois disso, poderá voltar."*

Soluçando, Míriam caiu de joelhos e se colocou diante do Senhor. Suas mãos doentes e brancas estendidas, enrugadas pelos anos de trabalho pesado, ficaram fortes novamente e recuperaram a cor. Ela aproximou as mãos dos pés de Moisés, mas não o tocou. Aarão se abaixou ao lado dela, mas Míriam recuou.

– Você não deve me tocar! – Ela se levantou de forma desajeitada e se afastou. A lepra tinha sarado, mas seus olhos estavam cheios de lágrimas, e seu rosto, vermelho de humilhação. Cobriu o rosto com o véu e se ajoelhou na frente de Moisés. – Perdoe-me, irmão. Por favor, perdoe-me.

– Ah, Míriam, minha irmã...

Aarão sentiu a vergonha como um manto em suas próprias costas. Deveria tê-la mandado ficar quieta, parar de fofocar sobre as pessoas, principalmente sobre Moisés, o escolhido de Deus para libertar Israel. Em vez disso, ele se deixara levar pelas palavras dela e compartilhara a sua revolta.

As pessoas saíram de suas barracas e ficaram do lado de fora, olhando. Algumas se aproximaram para ver o que estava acontecendo.

– Maculada! – gritou Míriam ao sair correndo do acampamento. – Estou maculada. – O povo se afastava dela como se carregasse uma praga. Alguns choravam. As crianças corriam para dentro das barracas. – Maculada! – Míriam corria, tropeçando de vergonha, mas não caiu.

Aarão sentia um nó na garganta. Seu destino seria decepcionar o Senhor, decepcionar Moisés em tudo o que fazia? Quando não ouvira o Senhor, Abiú e Nadabe tinham morrido. Quando ouvira, sua irmã ficara leprosa por causa de sua falta de percepção. Ele é que deveria estar morando fora do acampamento! Não deveria ter dado atenção à inveja dela.

Mas ele cedera a ela. Permitira que ela incentivasse seus sonhos de liderança irrealizados. Toda vez que ele tentava dar um passo à frente, um desastre recaía não só sobre ele, mas sobre aqueles que amava.

– Aarão...

O tom gentil da voz do irmão fez com que seu coração ficasse ainda mais apertado.

– Por que Deus me poupa se pequei tanto quanto ela?

– Você teria lamentado tanto se o castigo tivesse recaído sobre você? O seu coração é mole, Aarão.

– Assim como a minha cabeça. – Ele encarou o irmão. – Queria que ela me convencesse, Moisés. Fui contra o papel de irmão mais velho que deve apoiar o mais novo. Eu não queria sentir essas coisas, Moisés, mas sou apenas um homem. O orgulho é meu inimigo.

– Eu sei.

– Eu amo você, Moisés.

– Eu sei.

Aarão fechou os olhos com força.

– E, agora, Míriam vai sofrer enquanto eu cumpro as minhas tarefas sacerdotais.

– Todos nós esperaremos até que cumpra a quarentena.

Antes que a coluna de fogo aquecesse o ar frio do deserto, toda a nação de Israel saberia como ele e Míriam tinham pecado.

Logo estaria na hora do sacrifício noturno.

"Senhor, Senhor, tende misericórdia. Meus pecados são um fardo que pesa sobre mim."

\* \* \*

Quando se passaram os sete dias e Míriam voltou para o acampamento, a coluna de nuvem subiu e guiou o povo para fora de Hazerote. A nuvem parou no deserto de Parã, e o povo acampou em Cades-Barneia. Aarão, seus filhos e os clãs dos levitas armaram a Tenda e o Tabernáculo, e as tribos montaram seus acampamentos nas áreas designadas em volta da Tenda. Cada um conhecia o seu lugar e a sua responsabilidade, e o povo rapidamente se assentou.

Moisés recebeu instruções do Senhor e deu a Aarão uma lista de doze homens, um de cada uma das tribos de Israel, menos Levi, cujas tarefas se concentrariam na adoração do Senhor. Aarão mandou chamar os representantes das tribos e se colocou diante de Moisés quando as instruções do Senhor foram dadas.

– Vocês vão para Canaã, explorar a terra que o Senhor nos está dando.

Aarão viu a excitação inundar o rosto de Josué, que fora escolhido para representar a tribo de Efraim, filho de José.

Alguns dos outros pareceram assustados com a tarefa. Não tinham provisões nem mapas, e nenhuma experiência em observar as forças e fraquezas de seus inimigos. A maioria era constituída de jovens como Josué, mas um deles, mais velho do que o resto, não se abalou com a tarefa: Calebe.

Moisés andou entre eles, colocando a mão no ombro de cada um por quem passava, com a voz transbordando confiança.

– Dirijam-se para o norte, passando por Neguev e pelas montanhas. Vejam como é a terra e descubram se o povo que vive lá é forte ou fraco, se são muitos ou poucos. Em que tipo de terra eles vivem? É boa ou ruim? As cidades têm muros ou ficam desprotegidas? Como é o solo? Fértil ou pobre? Há muitas árvores?

Moisés parou ao chegar a Josué. Apertou a mão dele e olhou nos olhos do jovem. Soltando a mão de Josué, virou-se para os outros.

— Entrem na terra com coragem e tragam amostras das colheitas que encontrarem.

Cada um deles recebeu uma bolsa com água. Não teriam maná enquanto estivessem longe do acampamento. Teriam de comer o que quer que a terra de Canaã tivesse a oferecer.

E o povo esperou.

\* \* \*

Uma semana se passou, depois outra e mais outra. Uma nova lua chegou, e os espiões ainda não tinham voltado. Quão longe eles teriam ido? Enfrentariam resistência? Alguém teria morrido? E se todos tivessem sido capturados, presos e executados?

Aarão dizia para as pessoas terem paciência e confiarem que o Senhor cumpriria Sua promessa. Rezava incessantemente pelos doze espiões, com Josué sempre em mente.

Sabia que o jovem se preocupava muito com Moisés, pois seu irmão falava dele com carinho.

— Não conheço nenhum outro como ele, Aarão. Ele é dedicado ao Senhor. Nada o abalará.

Que triste que os próprios filhos e o irmão de Moisés tivessem fracassado... Aarão não se ressentia mais de Josué. Reconhecia suas próprias fraquezas e sentia a idade. Os homens mais jovens teriam que assumir a liderança se o povo fosse cercado e guiado para sua herança.

– Eles estão voltando! Eu os estou vendo! Os homens estão retornando!

Gritos alegres encheram o acampamento enquanto os membros das famílias cercavam os espiões que carregavam amostras do que Canaã tinha a oferecer. Rindo, Josué e Calebe carregavam nos ombros uma vara cheia de cachos de uvas!

Eles estenderam cobertores sobre os quais espalharam romãs vermelhas e figos roxos.

Josué foi o primeiro a falar, dirigindo-se a Moisés:

– Nós chegamos à terra que o Senhor nos mandou ver, e é realmente um país magnífico.

Calebe levantou as mãos em júbilo.

– É uma terra abundante, com muito leite e mel. Aqui estão algumas frutas para provarem.

"Leite e mel", Aarão pensou. Isso significava que havia gado e rebanhos, e árvores frutíferas que floresciam na primavera. Haveria campos de flores silvestres e muita água.

Mas os outros espiões se concentraram em outras coisas.

– O povo que mora lá é poderoso.

– As cidades são grandes e fortificadas.

– Também vimos os descendentes de Anaque que vivem lá!

Uma onda de medo passou pelos ouvintes. Os anaques eram guerreiros gigantes que não conheciam o medo e não mostravam misericórdia.

– Os amalequitas moram em Neguev.

Caleb se virou.

– Eles são covardes que atacam pelas costas e matam aqueles que são fracos demais para se defenderem.

– E os hititas? Eles são guerreiros ferozes.

– Os hititas, jebuseus e amoritas vivem nas montanhas.

– Os canaãenses vivem no litoral do Mediterrâneo e no vale do Jordão.

– Eles são muito fortes para nós.

Os olhos de Calebe cintilavam.

– Alguém é forte demais para o Senhor? Vamos para lá de uma vez tomar a terra! Certamente, podemos conquistá-la!

Aarão olhou para Moisés, que não disse nada. Queria gritar que o Senhor prometera a terra e, portanto, providenciaria para que a conquistassem. Mas ele não estava entre os espiões para ver tudo. Era um homem idoso, não um guerreiro. E Moisés era o líder escolhido por Deus. Então Aarão esperou, nervoso, enquanto Moisés decidia. Mas seu irmão se virou e entrou na tenda.

Vários espiões gritaram:

– Não somos páreo para eles! São mais fortes do que nós!

O rosto de Calebe estava vermelho de raiva.

– Canaã é a terra que Deus nos prometeu! É nossa por direito!

– Como pode ter tanta certeza? Deus não vem nos matando, um a um, desde que saímos do Egito? De sede, de fome e com pragas? – Dez dos espiões saíram, e o povo foi atrás deles.

Calebe olhou para Aarão.

– Por que Moisés não nos defendeu? Por que você não nos defendeu?

– Eu sou apenas o porta-voz dele. Moisés está sempre em busca da vontade do Senhor, e então me instrui sobre o que devo dizer.

– O Senhor já nos disse qual é a sua vontade. – Calebe gritou, furioso: – Tomem a terra! – Ele se afastou, balançando a cabeça.

Aarão olhou para Josué. O mais jovem estava com os ombros encolhidos e os olhos fechados.

– Descanse, Josué. Talvez amanhã o Senhor diga a Moisés o que devemos fazer.

– Vai haver problemas. – Josué o fitou. – Calebe está certo. A terra é nossa. Deus disse isso.

Na manhã seguinte, Aarão escutou os rumores. A terra engoliria qualquer um que entrasse nela. O povo que vivia lá era gigante! Havia gigantes entre eles! Os espiões se sentiam como gafanhotos perto deles! O povo seria massacrado como insetos se ousassem entrar em Canaã!

"Mas o Senhor disse..."

Ninguém se preocupava com o que o Senhor dissera. Ninguém acreditava.

– Gostaríamos de ter morrido no Egito, ou mesmo aqui no deserto!

– Por que o Senhor está nos levando para essa terra para morrermos na batalha?

– Não somos guerreiros! Nossas esposas e filhos serão escravizados!

– Vamos sair daqui e voltar para o Egito!

– O Egito está destruído. Não há nada para nós lá!

– O povo nos teme. Seremos os mestres agora.

– Sim! Vamos voltar!

– Então precisamos de um novo líder.

Aarão viu a raiva no rosto deles, nos punhos fechados. Ficou com medo, mas menos deles do que daquilo que Deus faria ao ver aquela rebelião. Moisés se colocou de joelhos, com o rosto encostado no chão, diante do povo, e Aarão caiu ao seu lado, perto o suficiente para que, se fosse necessário, pudesse proteger o irmão com o próprio corpo. Podia ouvir Calebe e Josué gritando com o povo:

– A terra que exploramos é maravilhosa!

– Se o Senhor está contente conosco, Ele nos levará em segurança até a terra e a dará para nós!

– É uma terra rica, onde fluem leite e mel, e Ele vai dá-la para nós!

– Não se rebelem contra o Senhor.

– Não temam o povo da terra. Eles são indefesos contra nós! Não têm proteção, e nós temos o Senhor conosco!

– Não tenham medo deles!

O povo foi ficando mais furioso com as palavras deles e começou a xingá-los.

– Joguem pedras neles!

– Quem é você para falar conosco, Calebe? Você nos levaria para a morte, Josué!

– Matem-nos!

Os gritos enchiam o ar. Aarão sentiu novamente o formigamento nas costas e olhou para cima. A gloriosa Presença subiu acima do Tabernáculo. Moisés se levantou com a cabeça virada para cima e os braços erguidos. O povo se espalhou, correndo para suas barracas, como se a pele das cabras pudesse escondê-los. Josué e Calebe permaneceram onde estavam, com a barbas balançando ao vento.

Moisés deu um passo à frente.

– Mas, Senhor, o que os egípcios vão pensar quando souberem disso? Eles conhecem muito bem o poder que Vós mostrastes para libertar nosso povo do Egito.

"Oh, Senhor, ouvi a oração dele!" Aarão abaixou a cabeça de novo, pois a vida do povo estava em risco. "Senhor, Senhor, ouvi meu irmão."

– Oh, Senhor, não! – gritou Moisés, horrorizado. – Os habitantes desta terra sabem que o Senhor apareceu para o Vosso povo em forma de uma coluna de nuvem que flutua sobre ele. Eles sabem que o Senhor fica à frente do povo em forma de coluna de nuvem durante o dia, e de coluna de fogo durante a noite. Agora, se o Senhor massacrar todas essas pessoas, as nações que conhecem a sua fama dirão: "O Senhor não conseguiu levá--los à terra prometida, por isso os matou no deserto". Por favor, Senhor, provai que Vosso poder é tão forte quanto clama ser. Como Vós dissestes: "O Senhor é lento para a cólera e paciente em seu amor, perdoando todo tipo de pecado e rebelião. Ainda assim, Ele não deixa os pecados impunes, mas pune os filhos dos filhos pelos pecados dos pais". Por favor, perdoai os pecados com Vosso amor magnífico e inabalável, assim como perdoastes desde que saímos do Egito.

Moisés ficou em silêncio. Aarão levantou a cabeça o suficiente para espiar o irmão, que estava de pé com os braços esticados e as palmas das mãos viradas para cima. Após um longo tempo, Moisés largou os braços ao lado do corpo e soltou um suspiro profundo e lento. A gloriosa Presença desceu mais uma vez e se colocou dentro do Tabernáculo.

Aarão se levantou devagar.

– O que o Senhor disse?

Os únicos dois homens ali perto eram Calebe e Josué, que estavam em silêncio, aterrorizados.

– Reúna o povo, Aarão. Só vou suportar dizer isso uma única vez.

O povo chegou em silêncio, tenso e temeroso, pois todos tinham visto a gloriosa Presença e sentido o calor da Sua cólera. Eles se haviam lembrado tarde demais da facilidade com que Deus podia tirar a vida daqueles que se rebelavam contra Ele.

E a ira do Senhor estava na voz de Moisés enquanto ele pronunciava as Palavras de Deus para o povo.

– O Senhor fará com vocês exatamente o que falaram contra Ele. Todos vocês morrerão aqui no deserto! Porque reclamaram contra Ele, nenhum de vocês com vinte ou mais anos e que foram contados no censo entrará na terra que o Senhor prometeu. As únicas exceções serão Calebe e Josué. Vocês disseram que seus filhos seriam escravizados. E o Senhor diz que Ele os levará em segurança para a terra, e *eles* desfrutarão o que vocês desdenharam! Quanto a vocês, seus cadáveres cairão neste deserto! E seus filhos serão como pastores, vagando pelo deserto por quarenta anos. Dessa forma, *eles* pagarão pela falta de fé de vocês, até que o último de vocês morra no deserto! Porque os homens que exploraram a terra ficaram lá por quarenta dias, vocês devem vagar pelo deserto por quarenta anos! Um ano para cada dia, sofrendo as consequências dos seus pecados. Vocês descobrirão o que é ter o Senhor como inimigo! Amanhã devemos partir para o deserto.

O povo chorou.

Os doze homens que tinham ido explorar a terra estavam cada um na frente de seu povo. Dez deles gritaram e caíram de joelhos. Rolando de dor, morreram ali onde todos pudessem vê-los, perto da entrada da grande tenda em que ficava o Tabernáculo do Senhor. Apenas Calebe e Josué permaneceram de pé.

Aarão chorou em sua barraca, sentindo que, de alguma forma, havia fracassado. As coisas teriam sido diferentes se ele tivesse apoiado Josué e Calebe? O Senhor estava dizendo que ele e Moisés nunca veriam a terra prometida? Quando Míriam e seus filhos tentaram consolá-lo, ele saiu e foi se sentar com Moisés.

– Tão perto... – A voz de Moisés transbordava tristeza. – Eles estavam tão perto de tudo com que sempre sonharam...

– O medo é o inimigo.

– O medo do Senhor teria sido a maior força deles. Está Nele a vitória.

Eleazar correu para a barraca bem cedo na manhã seguinte.

– Pai! Pai, venha rápido. Alguns homens estão deixando o acampamento.

– Deixando? – Aarão gelou. As pessoas não aprendiam nunca? – Disseram que estão indo para Canaã. Dizem que se arrependem por terem pecado, mas que agora estão prontos para tomar a terra que Deus prometeu a eles.

Aarão se apressou, mas Moisés já estava lá, implorando que parassem.

– É tarde demais! Por que estão desobedecendo às ordens do Senhor para voltarmos para o deserto? Isso não vai dar certo. Não tentem ir para a terra agora. Serão massacrados pelos seus inimigos, porque o Senhor não está com vocês! – Josué, Calebe e outros fiéis se juntaram a eles, tentando bloquear o caminho.

– O Senhor está conosco! Somos filhos de Abraão! O Senhor disse que a terra é nossa! – Com a cabeça levantada, eles viraram de costas para Moisés e seguiram na direção de Canaã.

Moisés gritou um aviso uma última vez.

– O Senhor os abandonará, porque vocês abandonaram o Senhor! – Como nenhum deles deixasse de ir para o desastre, Moisés suspirou, cansado. – Preparem o acampamento. Façam suas tarefas de acordo com as ordens do Senhor. Vamos embora hoje.

O Senhor os estava levando de volta para o lugar onde haviam deixado o Egito para trás: O mar Vermelho.

# SEIS

Não tinha se passado sequer um dia de viagem quando o povo começou a reclamar. Aarão via as caras feias e os olhares ressentidos. Em qualquer lugar aonde fosse, era rodeado por um silêncio frio. O povo não confiava nele. Afinal, ele era irmão de Moisés e ajudara a tomar a decisão de voltar pelo caminho por onde tinham vindo. De volta ao sofrimento. De volta ao medo e ao desespero. O Senhor dera a ordem por causa da desobediência deles, mas agora o povo buscava um bode expiatório.

Conforme eles continuavam se rebelando contra o Senhor, Aarão sentia a carga de seus pecados pesando sobre os ombros. Dominando o medo, caminhava entre o povo e tentava cumprir a ingrata responsabilidade que o Senhor lhe dera.

Os retardatários voltavam de Canaã. A maioria estava morta. Os sobreviventes eram levados para Hormá.

– Aqueles dez espiões estavam falando a verdade! Essas pessoas são fortes demais para nós!

Aarão sabia que eles enfrentariam problemas e não tinha ideia de como fazer para que essas pessoas voltassem o coração para Deus novamente. Se eles pelo menos conseguissem ver que fora a sua própria teimosia em não acreditar no que Deus dissera que tinha causado esse desastre...

Estavam voltando por causa de seus pecados, mas Deus continuava estendendo Sua mão para Seu povo por meio de Moisés. Quando Aarão se sentava com o irmão e ouvia a Palavra do Senhor, ela fluía por ele com toda a clareza e tinha tanto propósito como amor. Todas as leis dadas tinham como objetivo proteger, defender, sustentar, guiar e reparar a esperança do povo no Senhor.

Até mesmo as oferendas tinham o propósito de construir um relacionamento com Ele. As ofertas queimadas eram um pagamento pelos pecados e mostravam devoção a Deus. Os grãos ofertados honravam e mostravam respeito ao Senhor que olhava por eles. As oferendas pacíficas eram uma forma de gratidão pela paz e pelo companheirismo que Deus oferecia. As ofertas pelos pecados cometidos sem intenção restauravam o pecador em seu companheirismo com Deus, e as ofertas pela culpa eram o pagamento pelos pecados cometidos contra Deus e contra os outros, representando uma compensação àqueles que haviam sido prejudicados.

Os festivais eram um lembrete do lugar que Deus deveria ter na vida deles. A Páscoa lembrava ao povo a libertação do Egito. A Festa do Pão Ázimo, que durava sete dias, lembrava que tinham deixado a escravidão para trás e estavam começando uma vida nova. A Festa das Primeiras Frutas lembrava como Deus as provia para eles, e o Pentecostes, no final da colheita de cevada e no início da colheita de trigo, mostrava a alegria e o agradecimento pela provisão de Deus. A Festa das Trombetas era para liberar a alegria, o agradecimento a Deus e o começo de um ano novo com Ele como Senhor acima de todos. O Dia da Expiação tirava o pecado das pessoas e da nação e restaurava o companheirismo com Deus, enquanto a Festa das Tendas tinha a intenção de lembrar às gerações futuras a proteção e a orientação que Deus oferecera ao Seu povo no deserto, instruindo-o a continuar confiando no Senhor nos anos por vir.

Às vezes, Aarão se desesperava. Precisa lembrar-se de muitas coisas. De muitas leis. De todos os dias de festa. Todos os dias eram governados pelo Senhor. Aarão ficava satisfeito por isso, mas temia fracassar de novo, como já havia acontecido três vezes. Como poderia se esquecer do cordeiro derretido, das mortes de dois de seus filhos e da lepra de Míriam?

"Eu sou fraco, Senhor. Fazei com que a minha fé seja forte como a de Moisés. Dai-me ouvidos para escutar e olhos para ver a Vossa vontade. Vós me fizestes Vosso sumo sacerdote para todo esse povo. Dai-me sabedoria e força para fazer o que Vos satisfizer!"

Tinha plena consciência do padrão da fé. Testemunharia um milagre e continuaria com aquela tristeza e aquele arrependimento abjetos.

Deus pareceria esconder-se por algum tempo, e as dúvidas voltariam. O povo começaria a reclamar. O ceticismo se espalharia. A fé parecia forte quando servia aos propósitos do povo, mas esvaía-se sob o estresse dos momentos difíceis. A divina presença de Deus estava acima deles na nuvem que os cobria durante o dia e na coluna de fogo que surgia à noite, prometendo levá-los do fracasso à vitória, mas o povo ficava furioso, pois não era rápido o suficiente para atender aos seus interesses.

Alguma outra nação já ouvira a voz de Deus falando de dentro do fogo como eles tinham feito e sobrevivido? Algum outro Deus escolhera uma nação, libertando-a por meio de provações, sinais milagrosos, maravilhas, guerra, poder assombroso e atos aterrorizantes? No entanto, fora isso que o Senhor fizera por eles bem diante dos olhos de todos!

E ainda assim eles reclamavam!

Seria necessário um milagre maior do que as pragas e abrir o mar Vermelho para mudar o coração dessas pessoas. Não um milagre externo, como chover maná do céu e sair água de uma rocha, mas algo interior.

"Oh, Senhor, Vós escrevestes os Mandamentos em tábuas de pedra, e Moisés escreveu as Vossas palavras em pergaminhos. Algum dia estará escrito em nosso coração que não devemos pecar contra Vós? Transformai-me, Senhor. Mudai-me, porque estou nervoso, cansado e irritado com todos à minha volta, pelas minhas circunstâncias. Odeio a poeira, a sede e o buraco que se abre dentro de mim, porque Vós pareceis estar tão longe."

Não era a guerra que os aguardava que ameaçava derrotar Aarão, e sim a jornada diária, passo a passo, no deserto. Cada dia tinha seus desafios. Todo dia ele se sentia desgostoso.

"Já passamos por isso, Senhor. Algum dia nós acertaremos?"

\* \* \*

Aarão se sentou na tenda de Moisés, descansando na agradável companhia do irmão. Naquele dia, não haveria trabalho. Ninguém leria pergaminhos nem passaria instruções. Não seguiriam viagem. Não pegariam maná. Aarão estava esperando havia seis dias para ter um dia de paz.

E agora havia uma comoção no acampamento. Alguém gritou seu nome.

– O que houve agora? – resmungou ele ao se levantar. Era sábado. Dia de todo mundo descansar. Certamente, o povo podia deixar que ele e Moisés ficassem em paz um dia da semana!

Moisés se levantou com ele, tenso, com os lábios apertados.

Vários homens esperavam do lado de fora. Dois homens seguravam um terceiro.

– Eu não fiz nada de errado! – Ele tentava se soltar, mas os outros o seguravam com firmeza.

– Esse homem estava juntando lenha.

– Como esperam que eu acenda uma fogueira para alimentar a família sem lenha?

## O sacerdote

– Deveria ter feito isso ontem!

– Ontem estávamos caminhando! Lembram?

– Hoje é sábado! O Senhor disse para não trabalharmos aos sábados!

– Eu não estava *trabalhando*. Estava *juntando*.

Aarão sabia que a Lei era clara, mas não queria julgar o homem. Olhou para Moisés, esperando que ele tivesse uma resposta pronta e justa e que também fosse misericordiosa. Os olhos de Moisés estavam fechados, o rosto, contraído, os ombros, caídos. Olhava para o homem preso.

– O Senhor diz que o homem deve morrer. Toda a comunidade deve apedrejá-lo do lado de fora do acampamento.

O homem tentou se soltar.

– Como sabe o que o Senhor diz? Deus fala com você quando nenhum de nós consegue escutá-Lo? – Ele olhou para os três homens que o puxavam e empurravam. – Eu não fiz nada de errado! Vocês vão escutar esse velho? Ele vai matar todos vocês antes de morrer!

Aarão caminhou ao lado de Moisés. Não questionou o que o Senhor dissera. Conhecia os Dez Mandamentos. *"Lembra-te do dia do sabá para santificá-lo. Teus dias são para as tarefas diárias e trabalho regular, mas o sétimo dia é de descanso dedicado ao Senhor teu Deus."*

O povo se reuniu em volta do homem.

– Ajudem-me, irmãos! Mamãe, não deixe que eles façam isso comigo! Eu não fiz nada de errado, juro!

Moisés pegou uma pedra. Aarão se ajoelhou para pegar outra. Sentiu-se enjoado. Sabia que havia cometido pecados maiores do que os desse homem.

– Agora! – ordenou Moisés. O homem tentou bloquear as pedras, mas elas vinham com força e rapidez de todas as direções. Uma atingiu-o na lateral da cabeça, outra bem entre os seus olhos. Ele caiu de joelhos, com o sangue escorrendo pelo rosto, enquanto gritava por misericórdia. Outra pedra o silenciou. Caiu de cara no chão, e ficou imóvel.

O povo o cercou, gritando e chorando, enquanto continuavam jogando pedras. Fora o desafio dele que os levara àquilo, seu pecado, sua insistência de que poderia fazer o que quisesse quando bem entendesse. Se alguém virasse as costas, estaria do lado dele, do lado de que poderiam fazer o que quisessem diante de Deus. Todos deveriam participar do julgamento. Todos deveriam saber o preço do pecado.

O homem estava morto, e ainda assim as pedras continuavam vindo, uma de cada membro da comunidade: homens, mulheres, crianças, até que o corpo dele estivesse coberto por pedras.

Moisés soltou um suspiro pesado.

– Devemos ir para um terreno mais alto. – Aarão sabia que essas palavras haviam sido instruídas pelo Senhor.

Caminhou com ele e ficou ao seu lado. Levantando as mãos, Aarão chamou:

– Venham todos. Ouçam a Palavra do Senhor. – Ele se afastou conforme o povo se aproximava e se colocava diante de Moisés, desolado. As crianças choravam e se agarravam às mães. Os homem estavam menos confiantes. Deus não perdoaria o pecado. Viver se tornara um risco.

Moisés estendeu as mãos.

– O Senhor diz: *"Façam franjas para a bainha de suas roupas e prendam-nas com cordões azuis. Isso deverá ser respeitado por todas as gerações vindouras. As franjas são para lembrá-los dos mandamentos do Senhor e de que devem respeitá-los em vez de seguirem seus próprios desejos e caminhos, como são propensos a fazer. As franjas vão ajudá-los a lembrar que devem obedecer a todos os Meus mandamentos e ser santos ao seu Deus. Eu sou o Senhor seu Deus que os tirou do Egito. Eu sou o Senhor seu Deus!"*.

As pessoas se afastaram devagar, de cabeça baixa.

Aarão viu a tensão no rosto de Moisés; a raiva e as lágrimas escorriam conforme o povo se afastava em silêncio. Aarão queria confortá-lo.

– O povo escuta a Palavra, Moisés. Só não a compreende.

Moisés balançou a cabeça.

– Não, Aarão. Eles entendem e desafiam Deus, mesmo assim. Não somos chamados de Israel? Somos o povo que desafia Deus!

– Ainda assim, Ele nos escolheu.

– Não sinta orgulho disso, meu irmão. Deus poderia fazer homens a partir dessas rochas e provavelmente teria mais sorte. Nossos corações são duros como pedra, e somos mais teimosos do que mulas. Não, Aarão. Deus escolheu um povo dominado pelo poder dos homens para mostrar a todas as nações que Ele é Todo-Poderoso. É por Ele e através Dele que vivemos. Ele está levando uma multidão de escravos e dando a eles uma nação de homens livres sob Deus para que todas as nações em volta saibam que *Ele é Deus*. E, quando souberem, poderão escolher.

"Escolher o quê?"

– Você está dizendo que ele não é apenas o *nosso* Deus?

– O Senhor é o *único* Deus. Ele não provou isso para você no Egito?

– Sim, mas... – Aquilo significava que qualquer um poderia vir a Ele e se tornar parte de Israel?

– Todos os que cruzaram o mar Vermelho conosco são parte da nossa comunidade, Aarão. E o Senhor disse que as mesmas regras devem ser aplicadas para israelitas e estrangeiros. Um Deus. Uma aliança. Uma lei para todos.

– Mas eu achei que o objetivo Dele fosse nos libertar e nos dar uma terra que pertenceria a nós. É só o que queremos: um lugar onde possamos trabalhar e viver em paz.

– Sim, Aarão, e a terra que Deus nos prometeu fica na intersecção de todas as grandes rotas comerciais, cercada por nações poderosas, cheias de pessoas mais fortes do que nós. Por que você acha que Deus nos colocaria lá?

A pergunta não aliviou o peso do coração de Aarão.

– Para cuidar de nós.

– Para ver o trabalho de Deus em nós.

E, então, dizer que Deus não era Deus seria negar e desafiar o poder que tinha criado o céu e a terra.

\* \* \*

As coisas pareciam piorar a cada dia, até que Aarão se viu com Moisés diante de uma delegação furiosa chefiada por Coré, que era parente deles. Não satisfeito em encará-los sozinho, Coré levou com ele Datã e Abirão, líderes da tribo de Rúbem, como seus aliados, junto com duzentos e cinquenta líderes que Aarão conhecia bem, homens que tinham sido nomeados para o conselho a fim de ajudar Moisés a suportar a carga da liderança. E agora eles queriam mais poder!

– Vocês foram longe demais! – Coré estava na frente de seus aliados, falando em nome de todos. – Todo mundo em Israel foi escolhido pelo Senhor, e Ele está com todos nós. Que direito vocês têm de agir como se fossem melhores do que qualquer outro dentre todo o povo do Senhor?

Diante deles, Moisés se ajoelhou e encostou o rosto no chão, e Aarão fez o mesmo ao lado dele. Sabia o que essas pessoas queriam, e era impotente contra eles. Ainda mais assustador era o que o Senhor poderia fazer diante dessa rebelião. Aarão não tinha intenção de defender sua posição, pois sabia que sua fé era fraca e muitos os seus erros!

Coré gritou para os outros:

– Moisés se coloca como nosso rei e fez do irmão dele seu sumo sacerdote! É isso que queremos?

– *Não!*

Moisés se levantou do chão com os olhos inflamados.

– Amanhã de manhã o Senhor nos mostrará quem pertence a ele e quem é santo. O Senhor permitirá que os escolhidos se aproximem de Sua presença sagrada. Você, Coré, e todos os seus seguidores devem fazer o seguinte: peguem incensórios e acendam incenso para o Senhor amanhã. Então, veremos quem o Senhor escolherá para se aproximar dele. Vocês, Levitas, foram longe demais!

Coré levantou o queixo.

– Por que devemos fazer o que você diz?

– Ouçam, levitas! Parece-lhes pouco que o Deus de Israel tenha escolhido vocês, dentre todos os povos de Israel, para estar perto Dele, para servi-Lo no Tabernáculo, colocar-se diante do povo e ensiná-lo? Ele deu esse ministério apenas para vocês e seus companheiros levitas, mas agora vocês também estão exigindo o sacerdócio! Estão se revoltando contra o Senhor! E quem é Aarão para vocês estarem reclamando dele?

"Quem sou eu para ter sido escolhido sumo sacerdote?", Aarão se perguntou. Todas as vezes em que tentara liderar, fora um desastre. Não era de espantar que não confiassem nele. Por que deveriam fazê-lo?

"Senhor, Senhor, que a Vossa vontade seja feita."

– Deixem que Datã e Abirão venham à frente para que eu possa falar com eles.

– Nós nos recusamos a ir! Não foi o suficiente tirar-nos do Egito, uma terra em que fluem o leite e o mel, para nos matar aqui no deserto, e agora ainda nos tratarem como seus súditos? Além disso, vocês não nos levaram para a terra em que fluem o leite e o mel nem nos deram a herança de campos e vinhedos. Estão tentando nos enganar? Nós não iremos.

Moisés levantou os braços e clamou para o Senhor:

– Não aceiteis as ofertas deles! Nunca tirei deles nem um burro sequer nem machuquei nem um deles.

– E nem nos deu o que prometeu!

– Não é meu para que eu possa dar!

Coré cuspiu no chão, ao lado dos pés de Aarão.

Moisés controlou a fúria.

– Venham aqui amanhã e apresentem-se diante do Senhor com todos os seus seguidores. Aarão também estará aqui. Que cada um de vocês traga um incensório com um incenso para que possam apresentar-se diante do Senhor. Aarão também trará. Deixem que o Senhor decida!

Com o espírito destroçado, Aarão fez seus preparativos. Todos aqueles homens tinham esquecido o destino de Nadabe e Abiú? Achavam que podiam acender seu próprio fogo e atiçar seu próprio incenso e não enfrentar a ira de Deus? Não conseguiu dormir pensando no que poderia acontecer.

Na manhã seguinte, Aarão saiu com seu incensório. Sentindo o aroma doce do incenso, colocou-se junto de Moisés na entrada do Tabernáculo.

Coré chegou de cabeça erguida. O número de seguidores tinha se multiplicado.

O ar ficou mais denso, carregado de poder. Aarão levantou o olhar e viu a glória do Senhor se manifestando, lançando luzes em todas as direções. Conseguia perceber a inspiração dos israelitas que tinham vindo ver quem Deus escolheria.

Aarão sabia que estavam decepcionados, por isso concentravam sua raiva no profeta de Deus e no seu porta-voz. Todos permaneceram atrás de Coré.

Aarão ouviu a Voz:

*"Afasta-te dessas pessoas para que eu possa destruí-las!"*.

Da mesma forma como Deus acabara com Nadabe e Abiú! Aos prantos, Aarão se ajoelhou e encostou rosto no chão diante do Senhor para não ver a nação destruída pelo fogo. Moisés se ajoelhou no chão ao seu lado, rezando freneticamente.

– Oh, Deus, Deus fonte de toda vida, precisais ficar com raiva de todo o povo quando um único homem peca?

O homens do povo discutiam nervosamente, olhando de um lado para outro, para cima, e afastando-se.

Moisés ficou de pé e gritou:

– Afastem-se das barracas de Coré, Datã e Abirão! – Ele abriu as mãos e avançou na direção do povo. – Rápido! Afastem-se das barracas desses homens malignos e não toquem em nada que tenha pertencido a eles. Se tocarem, serão destruídos pelos pecados deles!

– Não ouçam o que ele diz! – gritou Coré. – Todo homem aqui com um incensório na mão é sagrado!

Aarão se manteve firme. "Deus, perdoai-os. Eles não sabem o que fazem!"

Nada havia mudado. Eram os mesmos de sempre: insensíveis, teimosos, desafiadores. Da mesma forma que o faraó se esquecia das dificuldades das pragas toda vez que Deus levantava Sua mão, o povo se esquecia da bondade de Deus e das provisões que Ele mandava sempre que as dificuldades chegavam. Da mesma forma que o faraó se agarrara ao estilo de vida do Egito e ao seu orgulho, o povo se agarrava aos seus desejos por uma vida autoindulgente. Eles desejavam voltar para o país infestado de ídolos que os escravizara.

– Nós não fomos escolhidos por Deus para sermos conselheiros? – Alguém gritou do meio da rebelião.

– O que esse velho fez por vocês? Nós honraremos a Deus levando vocês para a terra que Ele conquistou para nós. Voltaremos para o Egito e, desta vez, seremos os mestres!

Moisés proclamou:

– Dessa forma, vocês saberão que o Senhor me enviou para fazer tudo o que fiz, pois não fiz nada sozinho. Se esses homens morrerem de morte natural, então o Senhor não me enviou. Mas, se o Senhor fizer um milagre e o chão se abrir e os engolir e a todos os seus pertences, e eles forem enterrados vivos, então vocês saberão que esses homens desprezaram o Senhor!

A terra roncou. Aarão sentiu o chão tremer violentamente sob seus pés como se o Senhor estivesse sacudindo um cobertor cheio de poeira. Aarão se levantou, tentando se equilibrar, segurando firme seu incensório. As rochas racharam, e um abismo se abriu. Coré se jogou para a frente, gritando, e caiu de cabeça no buraco que se abria, seguido pelos seus homens. A barraca dele afundou com sua esposa, as concubinas e os criados. Todos aqueles considerados culpados pelo Senhor afundaram vivos na terra. Os gritos aterrorizados que vinham da cratera fizeram o povo de espalhar, assustado.

– Recuem! Afastem-se! A terra também vai nos engolir!

O abismo se fechou, abafando os terríveis sons de dor e terror que vinham da terra.

O fogo emanou do Senhor e queimou os duzentos e cinquenta homens que ofereciam incenso, transformando-os em cadáveres carbonizados, como fizera com Nadabe e Abiú. Eles caíram onde estavam, com os corpos derretendo; os dedos negros ainda seguravam os incensórios, que caíram no chão, espalhando o incenso caseiro.

Aarão permaneceu sozinho diante da entrada do Tabernáculo, com o incensório ainda na mão.

– Eleazar! – Moisés acenou para o filho de Aarão. – Pegue os incensórios e martele-os até que virem folhas para cobrir o altar. O Senhor disse que isso fará com que o povo se lembre agora e no futuro de que ninguém além de descendentes de Aarão podem vir queimar incenso diante Dele, ou morrerá como Coré e seus seguidores.

Durante toda a noite, Aarão ouviu o martelo bater contra o bronze enquanto seu filho obedecia à Palavra do Senhor. Bem tarde da noite, Aarão rezou, enquanto as lágrimas lhe escorriam pela barba:

– Segundo a Vossa vontade, Senhor... conforme Vós desejardes.

\* \* \*

## O sacerdote

Aarão achou que ainda estava sonhando quando ouviu gritos de raiva. Exausto, esfregou o rosto. Não estava sonhando. Gemeu ao reconhecer as vozes de Datã e Abirão.

– Moisés e Aarão mataram o povo do Senhor!

Será que essas pessoas nunca mudariam? Eles nunca aprenderiam? Levantou-se rapidamente e, acompanhado de seus filhos Eleazar e Itamar, foi encontrar Moisés diante do Tabernáculo.

– O que vamos fazer? – O povo estava vindo na direção deles.

A multidão se aproximava, gritando acusações.

– Vocês dois mataram o povo do Senhor.

– Coré era levita como vocês, e vocês o mataram!

– Os levitas são servos do Senhor!

– Vocês os mataram!

– Vocês dois não vão ficar satisfeitos até que todos nós estejamos mortos!

A nuvem desceu e cobriu a Tenda dos Encontros; a glória de Shekinah cintilava de dentro da nuvem.

– Venha comigo, Aarão. – Moisés foi para a frente do Tabernáculo, e Aarão se juntou a ele. Tremendo, Aarão ouviu a Voz encher a sua mente. Ajoelhou-se, com o rosto encostado no chão e os braços estendidos.

*"Afasta-te dessas pessoas para que eu possa destruí-las agora mesmo!"*

O que as nações diriam se o Senhor não conseguisse levar Seu povo até a terra que Ele havia prometido?

As pessoas gritavam, e Moisés então falou:

– Rápido, pegue um incensório e coloque nele brasas do altar. Ponha o incenso nele e leve-o rapidamente para o meio do povo, para que expiem os pecados. A ira do Senhor está fumegando no meio deles; a praga já começou.

Aarão ficou de pé e correu o mais rápido que suas pernas envelhecidas conseguiam. Respirando com dificuldade, ele pegou o incensório e o encheu de brasas. Sua mão tremia. As pessoas já estavam morrendo.

Milhares se ajoelharam e encostaram o rosto no chão, suplicando ao Senhor, suplicando a Moisés, suplicando a ele.

– Senhor, tende misericórdia de nós. Tende misericórdia! Moisés, salve-nos. Aarão, salve-nos!

"Precisamos nos apressar!" Aarão salpicou incenso nas brasas e se virou. Bufando, com o coração palpitando e a dor espalhando-se pelo peito, ele se dirigiu para o meio dos homens e mulheres que caíam à sua esquerda e à sua direita. Levantou o incensório.

– Senhor, tende misericórdia de nós. Senhor, perdoai-os. Oh, Deus, nós nos arrependemos! Escutai as nossas preces!

Datã e Abirão estavam caídos, mortos, com o rosto congelado em agonia. Em todo lugar, homens e mulheres estavam caídos por causa da praga.

No meio deles, Aarão gritou:

– Que aqueles que acreditam no Senhor venham atrás de mim! – O povo se aproximava em ondas. Aqueles que ficaram onde estavam gritavam e caíam, morrendo em agonia. Aarão não se moveu do seu posto, com os vivos de um lado e os mortos do outro. Ele permaneceu segurando o incensório no alto com o braço trêmulo e rezando.

A praga foi amainando.

A respiração dele foi se normalizando. Milhares de corpos se espalhavam pelo acampamento. Alguns perto dos locais queimados, onde na véspera mesmo duzentos e cinquenta levitas tinham morrido. Os sobreviventes se abraçavam e choravam, perguntando se seriam abatidos pelo fogo ou se morreriam em agonia por causa da praga. Teriam que levantar e carregar todos os corpos para serem enterrados fora do acampamento.

Cansado, Aarão se aproximou de Moisés, que estava de pé na entrada do Tabernáculo e Aarão olhou para os rostos arrasados que o encaravam. Haveria outra rebelião no dia seguinte? Por que eles não conseguiam ver que ele não era o líder do povo, nem mesmo Moisés? Quando entenderiam que o Senhor guiava o caminho deles?! A divina presença de Deus é que os levaria até a terra santa!

"Senhor, Senhor, estou tão cansado! Eles olham para mim e para Moisés, e nós somos apenas homens, como eles. Vós sois aquele que está nos guiando para o deserto. Eu não quero ir tanto quanto eles, mas sei que Vós nos estais treinando com um propósito.

"Por quanto tempo lutaremos contra Vós? Por quanto tempo vamos nos curvar ao nosso próprio orgulho? Parece tão fácil olhar para cima, escutar e viver! O que há na nossa natureza que faz com que queiramos lutar contra Vós? Agimos do nosso jeito e morremos, e nem assim aprendemos. Somos tolos, todos nós! E eu acima de todos. Todo dia luto uma batalha dentro de mim.

"Oh, Senhor, Vós me tirastes de um poço de lama e fizestes o mar Vermelho se abrir. Vós me conduzistes pelo deserto. Nem uma única vez me abandonastes. Ainda assim tenho dúvidas. Ainda luto uma batalha interna que sei que não posso vencer!"

O povo queria alguém para ficar entre eles e o Senhor, alguém para oferecer expiação. Não podia culpá-los. Queria a mesma coisa.

Moisés falou de novo em voz calma e clara:

– Cada líder de cada tribo ancestral deve me trazer seu cajado com seu nome escrito nele. O cajado de Levi terá o nome de Aarão. Eu os colocarei no Tabernáculo, em frente à Arca da Aliança, e o cajado do homem que o Senhor escolher vai brotar. Quando souberem quem é o escolhido de Deus, não mais resmungarão contra o Senhor.

Os líderes das tribos se dirigiram a Moisés e entregaram seus cajados com o nome gravado na madeira. Aarão ficou ao seu lado. Segurava o cajado que se tornara cobra diante do faraó e que engolira as cobras criadas pelos feiticeiros egípcios. Era o mesmo cajado que levara para o Nilo quando o Senhor transformara as águas em sangue de onde tinham vindo os sapos. O Senhor ordenara que ele batesse com o cajado no chão e então mandara a praga de mosquitos.

– Aarão... – disse Moisés, estendendo a mão.

No dia seguinte, todo mundo saberia se o cajado dele era simplesmente um pedaço retorcido de madeira de acácia que lhe dava suporte para andar pelas estradas do deserto ou um símbolo de autoridade. Entregou-o a Moisés. Se fosse a vontade de Deus, que outro mais digno fosse escolhido para se tornar o sumo sacerdote. De fato, Aarão esperava que Ele escolhesse outro. Esses homens não compreendiam o fardo que vinha com aquela posição.

Na manhã seguinte, Moisés convocou o povo novamente. Levantou cada cajado e devolveu-o ao dono de direito. Nenhum deles tinha brotado. Quando levantou o cajado de Aarão, o povo murmurou, admirado. Seu cajado não apenas dera folhas, como também flores e amêndoas!

– O Senhor disse que o cajado de Aarão permanecerá na frente da Arca da Aliança como um aviso para os rebeldes! Isso deverá pôr um fim nas reclamações contra o Senhor e evitará ainda mais mortes! – Moisés levou o cajado de Aarão para dentro do Tabernáculo e saiu com as mãos vazias.

– É como se estivéssemos mortos! – O povo se amontoou e chorou. – Estamos arruinados!

– Qualquer um que se aproximar do Tabernáculo do Senhor morre.

– Estamos todos condenados!

Moisés entrou no Tabernáculo.

Aarão o seguiu. Seu coração doía de compaixão. O que ele poderia dizer que fizesse alguma diferença? Só Deus sabia o que os dias seguintes trariam. E Aarão duvidava de que o caminho seria mais fácil do que havia sido até então.

O povo continuava chorando em desespero.

## O SACERDOTE

– Reze por nós, Aarão. Moisés, suplique pela nossa vida.

Mesmo dentro do Tabernáculo, parado diante do céu, ele podia ouvir o pranto. E chorou junto com eles.

\* \* \*

– Aprontem-se. – Aarão mantinha os filhos por perto, sempre vigiando-os. – Devemos esperar um sinal do Senhor. No momento em que a nuvem subir, devemos agir rapidamente.

Quando o sol subiu no céu, a nuvem levantou e se espalhou sobre o acampamento.

Ele a observou e viu que estava se mexendo.

– Eleazar! Itamar! Venham! – Eles foram rapidamente para o Tabernáculo. – Não se esqueçam do tecido. – Os filhos dele pegaram a pesada arca e o seguiram para a câmara interior. Tirando a cortina, cobriram a Arca da Aliança com peles pesadas e abriram um tecido azul grosso por cima. Enfiaram as extremidades do cajado de acácia nos anéis de ouro.

Sentindo-se desajeitado na pressa, Aarão tentou se acalmar e se lembrar de todos os detalhes da preparação para a viagem. Sob as suas instruções, Eleazar e Itamar abriram outro tecido azul sobre a Mesa da Presença e colocaram sobre ela pratos, tigelas e jarras para as bebidas que seriam ofertadas. O Pão da Presença continuou ali.

Tudo foi coberto por um pano vermelho e depois por peles de animais. O candelabro foi embrulhado em pano azul, junto com os aparadores de pavio, as bandejas e os jarros para o óleo. Um tecido azul foi aberto sobre o altar de ouro. Assim que as cinzas foram removidas e devidamente depositadas, o altar de bronze foi coberto com um tecido roxo, junto com todos os utensílios.

Quando cada item estava devidamente guardado para a viagem, Aarão assentiu.

– Chamem os coatitas. – O Senhor os havia designado para carregar os objetos sagrados.

Os gersonitas ficaram responsáveis pelo Tabernáculo e pela tenda, suas coberturas e cortinas. Os meraritas ficaram responsáveis pelas barras, pelos postes, pelas bases e por todo o equipamento.

O Senhor se colocou em movimento diante deles. Moisés O seguiu com o cajado na mão. Aqueles que carregavam a Arca seguiam Moisés; Aarão e seus filhos vinham em seguida. Atrás deles, a multidão se reuniu em fileiras com suas tribos e procedeu em ordem.

Eleazar observou a nuvem.

– Aonde você acha que o Senhor vai nos levar, pai?

– Para onde Ele quiser.

Eles viajaram até o final da tarde, quando a nuvem parou. A Arca foi colocada no chão. Aarão supervisionou a reconstrução do Tabernáculo e a colocação das cortinas em volta dele. Ele e seus filhos desembrulharam cada item com cuidado e o colocaram no devido lugar. Eleazar encheu o lampião de sete galhos com óleo e preparou o incenso aromático. Na hora do crepúsculo, Aarão fez as ofertas diante do Senhor.

A noite chegou, e Aarão ficou de pé do lado de fora da sua barraca, examinando a terra árida sob a luz da lua. Ali havia pouca pastagem e nenhuma água. Ele sabia que logo seguiriam viagem de novo.

De manhã, a nuvem subiu de novo, e Aarão e seus filhos trabalharam rapidamente. Dia após dia, fizeram a mesma coisa, até que começaram a se mover com precisão, e o povo se organizava com um único toque do shofar.

Um dia, Aarão se levantou com a expectativa de seguirem viagem, mas a nuvem permaneceu no mesmo lugar. E mais um dia, e mais um.

Quando Aarão, seus filhos e o povo se acomodaram, relaxando a vigília, a nuvem subiu de novo. Conforme caminhavam, Aarão se lembrou do júbilo e da comemoração da saída do Egito. Agora, o povo estava em silêncio, estoico, dando-se conta da completude do decreto de Deus de que vagariam pelo deserto até que a geração rebelde tivesse morrido.

Pararam para descansar de novo.

Depois de fazer o sacrifício noturno, Aarão se juntou a Moisés.

Fizeram a refeição juntos, em silêncio. Aarão tinha passado o dia todo no Tabernáculo, realizando suas tarefas, do amanhecer ao anoitecer, e supervisionando os outros para que seguissem as ordens do Senhor. Ele sabia que o irmão passara o dia revisando casos difíceis e levando-os para a avaliação do Senhor. Moisés parecia cansado. Nenhum dos dois estava com espírito para conversa. Passavam o dia falando.

Míriam serviu bolos de maná.

– Talvez fiquemos aqui por um tempo. Há pasto e água para os animais.

A nuvem subiu assim que Aarão terminou o sacrifício matinal. Ele engoliu sua tristeza e chamou os filhos.

– Venham! Rápido! – Os filhos vieram, apressados. O povo correu para as barracas para fazer os preparativos para a viagem.

Só viajaram metade de um dia desta vez, e então ficaram acampados no mesmo lugar por um mês.

– Deus o avisa com antecedência, pai? – Eleazar caminhava ao lado de Aarão, com os olhos fixos na Arca. – Ele lhe dá alguma indicação de que seguiremos viagem?

– Não. Nem Moisés sabe o dia e a hora. – Itamar deixou a cabeça cair.

– Quarenta anos, disse o Senhor.

– Merecemos o nosso castigo, irmão. Se tivéssemos ouvido Josué e Caleb em vez dos outros, talvez...

Aarão sentiu uma tristeza tão profunda no peito que mal conseguia respirar. Ela tomou conta dele com tanta força que ele soube que vinha do Senhor. "Oh, Deus, Deus, nós entendemos os Vossos propósitos? Algum dia os entenderemos?"

– Não é só um mero castigo, filhos.

Itamar olhou para ele.

– O que será, então, pai? Continuaremos vagando indefinidamente?

– Treinando.

Seus filhos ficaram perplexos. Eleazar parecia complacente, mas Itamar balançou a cabeça.

– Ficamos indo de um lugar para outro, como nômades, sem casa.

– Vemos os propósitos externos e achamos que compreendemos, mas lembrem-se, meus filhos: Deus é misericordioso e justo.

Itamar balançou a cabeça.

– Eu não compreendo.

Aarão soltou um suspiro profundo, mantendo o ritmo dos passos, com o olhar fixo na Arca à sua frente e em Moisés mais distante.

– Atravessamos o mar Vermelho, mas trouxemos o Egito conosco. Temos que deixar de ser quem éramos e nos tornar quem Deus deseja que sejamos.

– Livres – completou Eleazar.

– Não chamo isso de liberdade.

Aarão fitou Itamar.

– Não questione o Senhor. Você é livre, mas deve aprender a ser obediente. Todos devemos aprender. Nós nos tornamos uma nova nação quando Deus nos tirou o Egito. E as nações à nossa volta estão nos observando. Mas o que fizemos com a nossa liberdade além de arrastar todos os velhos costumes conosco? Vocês precisam aprender a esperar no Senhor. Onde um erra, o outro deve acertar. Devem aprender a manter os olhos e os ouvidos abertos. Têm que aprender a agir quando Deus manda, e não antes. Um dia, o Senhor levará os seus filhos para o Jordão. E, quando Ele disser: *"Tomem a terra"*, vocês terão que estar prontos para tomá-la e mantê-la.

Itamar levantou a cabeça.

– Estaremos preparados.

A impetuosidade arrogante dos jovens...

– Espero que sim, filho. Espero que sim.

\* \* \*

Os anos passaram devagar enquanto os israelitas vagavam pelo deserto. O Senhor sempre provia pasto para os animais. Dava maná para o povo e água para sustentá-lo. Suas roupas e sapatos nunca se desgastavam. Todos os dias, Aarão se levantava e via a presença do Senhor na nuvem.

Todas as noites, antes de entrar em sua barraca, ele via a presença do Senhor na coluna de fogo.

Ano após ano, o povo viajava. Toda manhã e toda noite, Aarão fazia sacrifícios e oferendas. Debruçava-se sobre os pergaminhos que Moisés escrevia, lendo-os até memorizar as palavras que o Senhor ditara para Moisés. Como sumo sacerdote, Aarão sabia que tinha de conhecer as Leis melhor do que qualquer outro.

O povo que Deus libertara do Egito começou a morrer. Alguns morreram jovens. Outros morreram com setenta ou até oitenta e poucos anos. Mas a geração que saíra do Egito estava minguando, e as crianças cresciam.

Aarão nunca deixava passar um dia sem que desse instruções aos filhos e netos sobre as leis do Senhor. Alguns deles nem tinham nascido quando Deus jogara as pragas sobre o Egito. Não tinham visto o mar Vermelho se abrir nem o haviam atravessado sobre a terra seca. Mas agradeciam pelo maná que recebiam todos os dias. Eram gratos ao Senhor pela água que matava a sua sede. E ficavam mais fortes conforme caminhavam pelo deserto e confiavam no Senhor para lhes dar tudo de que precisavam para viver.

\* \* \*

– Ele está chamando, Aarão.

Aarão se levantou devagar, com as juntas duras e as costas doendo. Sua tristeza aumentava a cada vez que se sentava ao lado de um velho amigo que estivesse morrendo; aumentava e permanecia. Poucos haviam sobrado; conseguia contar nos dedos de uma das mãos aqueles que tinham trabalhado nos poços de lama fazendo tijolos para o Egito.

E Hur havia sido um bom amigo, daqueles em quem Aarão podia confiar, e que se esforçava para fazer o que era certo. Era o último dos primeiros setenta homens escolhidos para julgar o povo; os outros sessenta e nove já tinham sido substituídos por homens mais jovens, treinados e escolhidos por seu amor e dedicação às Leis do Senhor.

Hur estava deitado em uma esteira na sua barraca, com os filhos e netos reunidos à sua volta. Alguns choravam baixinho. Outros estavam sentados em silêncio, de cabeça baixa. O filho mais velho estava sentado ao lado dele, debruçado para escutar as instruções finais.

Hur viu Aarão parado na entrada da barraca.

– Meu amigo... – A voz dele estava fraca; o corpo, enfraquecido pela idade e pela enfermidade. Ele disse algo baixinho para o filho, e os mais jovens se retiraram, deixando espaço para Aarão. Hur levantou a mão fraca. – Meu amigo... – Ele apertou a mão de Aarão. – Sou o último dos condenados a morrer no deserto. Os quarenta anos estão chegando ao fim.

A mão dele estava fria; os ossos, muito frágeis. Aarão a segurou como se estivesse segurando um passarinho.

– Ah, Aarão... Todos esses anos vagando e ainda sinto o peso do meu pecado. É como se os anos não o tivessem diminuído, apenas tirado as minhas forças para suportá-lo. – Seus olhos estavam úmidos. – Mas às vezes sonho que estou de pé nas areias do Jordão, olhando para a Terra Prometida. Meu coração está despedaçado por perder isso. É muito bonito, nada parecido com esse deserto em que vivemos. Só posso sonhar com os campos de grama e as árvores frutíferas, os rebanhos de ovelhas e gado, e esperar que meus filhos e os filhos deles logo estejam sentados embaixo de uma oliveira, ouvindo o zunir das abelhas. – As lágrimas caíam em seus cabelos brancos. – Estou mais vivo quando durmo do que quando estou acordado.

Aarão lutou contra as emoções que tomavam conta dele. Entendia o que Hur estava dizendo, compreendia-o com cada fibra do seu ser. O arrependimento pelos seus pecados pesava. Remorso. Passara quarenta anos caminhando com o peso das consequências.

Hur soltou um suspiro fraco.

– Nossos filhos não são como nós éramos. Eles aprenderam a agir quando Deus age e a descansar quando Ele descansa.

Aarão fechou os olhos e não disse nada.

– Você duvida.

Aarão fez carinho na mão do amigo.

– E tenho esperança.

– Esperança é tudo o que nos restou, meu amigo.

"E amor."

Fazia muito tempo desde a última vez em que Aarão ouvira a Voz, e ele soltou um soluço de gratidão, com o seu coração ansioso.

– Amor – sussurrou ele com a voz rouca. – O Senhor nos ensina da mesma forma como ensinamos aos nossos filhos, Hur. Pode não parecer amor no momento, mas é amor. Forte e verdadeiro, duradouro.

– Forte, verdadeiro, duradouro.

Aarão sabia que a morte estava se aproximando. Estava na hora de se afastar. Tinha suas tarefas para cumprir, os sacrifícios noturnos para oferecer. Debruçou-se sobre o amigo uma última vez.

– Que o rosto do Senhor brilhe sobre você e lhe dê paz.

– A você também. Quando se sentar embaixo de uma oliveira, Aarão, pense em mim.

Aarão parou do lado de fora da barraca e deixou a mente vagar pelo passado. Sempre se lembraria de Hur ao seu lado no topo da montanha, segurando a mão esquerda de Moisés no ar enquanto ele segurava a direita, e, abaixo deles, Josué combatia os amalequitas.

Foi informado de que Hur dera o último suspiro. Com as roupas rasgadas, os homens soluçavam, e as mulheres se lamentavam. Tinha ouvido esse som no acampamento no decorrer dos anos, mas dessa vez ele lhe trouxe uma sensação de completude.

A peregrinação estava prestes a acabar. Um novo dia estava chegando.

* * *

Aarão estava com as vestes sacerdotais diante da cortina que escondia o Lugar Mais Sagrado da vista de todos. Estremeceu, como sempre acontecia, quando o Senhor falou com ele. Mesmo depois de quarenta anos, ainda não havia se acostumado ao som que ecoava dentro dele e à sua volta, à Voz que preenchia seus sentidos de prazer e terror.

*"Você, seus filhos e seus parentes da tribo de Levi serão responsabilizados por qualquer ofensa relacionada ao santuário. Mas você e seus filhos apenas serão responsabilizados por violações relacionadas ao sacerdócio. Traga seus parentes da tribo de Levi para ajudá-los a realizar as tarefas sagradas na frente do Tabernáculo da Aliança. Mas, quando os levitas forem realizar as tarefas sob a supervisão de vocês, devem ter cuidado para não tocar em nenhum dos objetos sagrados, nem no altar. Se eles tocarem, você e eles morrerão."*

"Fazei com que eu me lembre das informações e que elas permaneçam frescas na minha mente, Senhor. Não me deixeis esquecer de nada."

*"Eu mesmo escolhi seus camaradas levitas entre os israelitas para serem seus assistentes especiais."*

"Ah, Senhor, que o coração deles seja dedicado a Vos agradar! Desde a época de Jacó, matamos homens na fúria. Amaldiçoados em nossa fúria. Ela é muito forte. E temos tendência à crueldade. Ah, Senhor, e agora Vós nos estais espalhando por toda Israel, assim como Jacó profetizou. Estamos dispersos como sacerdotes entre o Vosso povo. Tornai-nos uma nação santa! Dai-nos um coração terno!"

*"Coloquei os sacerdotes no comando de todos os presentes sagrados que são trazidos a Mim pelo povo de Israel. Eu fiz essas oferendas a você e a seus filhos pela participação de vocês."*

"Que a minha vida seja a oferenda!"

*"Vocês, sacerdotes, não receberão herança de terra nem propriedade entre o povo de Israel. Eu sou a sua herança e a sua propriedade. Quanto à tribo de Levi, seus parentes, pagarei a eles pelos seus serviços no Tabernáculo com os dízimos de toda a terra de Israel."*

Aarão se rendeu à Voz, ouvindo com bastante atenção, sorvendo as palavras como se fossem água.

O Senhor exigiu que um novilho vermelho sem defeito ou mácula, que nunca tivesse ficado sob jugo, fosse dado a Eleazar, que deveria levá-lo para fora do acampamento e sacrificado. O filho de Aarão deveria sujar seu dedo com o sangue e respingar sete vezes na frente da Tenda dos Encontros. O novilho deveria ser queimado, e as cinzas, colocadas em uma cerimônia em um lugar limpo do lado de fora do acampamento, para serem usadas na água de purificação do pecado.

Era muita coisa para lembrar: os festivais, os sacrifícios, as leis. Aarão sentou-se com Moisés e olhou na direção das barracas e das luzes treme-luzentes das fogueiras do acampamento.

– Somos tudo o que sobrou da geração que deixou o Egito.

Trinta e oito anos tinham se passado desde a época em que haviam deixado Cades Barneia até cruzarem o vale Zerede. Toda a geração de homens corajosos perecera no acampamento, como o Senhor dissera que aconteceria.

— Só eu, você e Míriam.

Com certeza, agora o Senhor os guiaria na direção da Terra Prometida.

\* \* \*

A nuvem se moveu, e toda a comunidade viajou com o Senhor até que Ele parou sobre o deserto de Sim. O povo montou acampamento em Cades.

Enquanto Aarão estudava os pergaminhos, Míriam colocou a mão sobre o ombro dele.

— Eu o amo, Aarão. Eu o amo como se você fosse meu filho.

Sua irmã falava pouco desde que o Senhor a castigara com lepra, a curara e exigira que passasse sete dias purificando-se fora do acampamento. Ela voltara uma mulher diferente: paciente, terna, tranquila. Continuava servindo com sua devoção de costume, mas guardava os pensamentos para si. Ele ficou perplexo por ela, de repente, dizer que o amava.

Ela saiu da barraca e sentou-se na entrada. Perturbado, Aarão se levantou e foi atrás dela.

— Míriam?

— É o nosso orgulho que está acabando conosco, Aarão.

Aarão fitou o rosto dela.

— Quer que eu peça para a esposa de Eleazar cuidar de você? — Ela parecia muito velha e cansada, com os olhos escuros suaves e úmidos.

— Chegue mais perto, Aarão. — Ela pegou o rosto dele nas mãos e fitou dentro de seus olhos. — Eu cometi erros terríveis.

— Eu sei. Eu também cometi. — As mãos dela estavam frias, e os dedos, trêmulos. Ele se lembrou de quando ela era forte e cheia de fogo. Aprendera muito tempo atrás a não discutir com a irmã. Mas ela estava diferente agora. Humilhada diante de todo o povo de Israel, humilhada diante de Deus, ela ficara estranhamente satisfeita ao ser despida da única coisa que não podia dominar: seu orgulho. – E o Senhor nos perdoou.

– Sim. – Ela sorriu e afastou as mãos dele, entrelaçando-as em seu colo. – Nós competimos com Deus, e ele nos castiga. Nós nos arrependemos, e ele nos perdoa. – Ela levantou o olhar para a nuvem que se ondulava em círculos acima da cabeça deles. – Apenas o amor Dele dura para sempre.

Aarão sentiu o medo crescer dentro de si. Míriam estava indo embora. O medo tomou conta dele. Ela estava morrendo. Certamente, o Senhor permitiria que Míriam entrasse em Canaã. Se ela não fosse poupada, será que ele também morreria antes de chegarem ao rio Jordão? Não podia imaginar a vida sem a irmã. Ela sempre estivera ao seu lado, desde quando ele era um menininho. Ela fora como uma segunda mãe, chamando sua atenção e colocando-o de castigo, orientando-o e ensinando-o. Aos oitos anos, ela tinha sido corajosa o suficiente para se aproximar da filha do faraó. Seu pensamento rápido possibilitara que Moisés ficasse mais alguns anos em casa antes de ser levado para o palácio.

Ele acenou para Itamar.

– Traga Moisés. – Itamar olhou para a tia e correu. Aarão pegou a mão de Míriam e tentou aquecê-la entre as suas. – Moisés está vindo. – Ela estava apenas cansada. Logo ficaria melhor. Ela se sentiria melhor depois que descansasse.

– Moisés não pode impedir o que Deus ordenou, Aarão. Eu não fui tão desobediente quanto os outros da nossa geração que morreram? É o destino que eu morra aqui no deserto.

"E eu?"

A nuvem mudou de cinza para dourado e de dourado para laranja e vermelho conforme o dia virava noite. O Senhor estava sempre de guarda, dando a eles luz e calor à noite e sombra durante o calor do dia.

– Eu não estou com medo, Aarão. Está na hora.

– Não fale assim. – Ele esfregou a mão dela. – Os quarenta anos estão quase no fim. Estamos prestes a ir para a Terra Prometida.

– Ah, Aarão, você ainda não entendeu?

Moisés se aproximou deles, apressado. Aarão se levantou.

– Moisés, ajude-a. Por favor. Ela não pode morrer. Estamos tão perto...

– Míriam, minha irmã... – Moisés se ajoelhou ao lado dela. – Você está sofrendo?

A boca de Míriam se curvou.

– A vida é um sofrimento.

A família se reuniu: Eleazar e Itamar e suas esposas e filhos; Eliezer e Gérson se sentaram em volta dela. A esposa cuxita de Moisés se aproximou. Sorrindo, Míriam levantou a mão. Havia muito tempo que elas tinham feito as pazes e se tornado amigas. Míriam falou baixinho; sua força se esvaía. A mulher cuxita chorava e beijava a mão de Míriam.

Aarão estava tomado pelo medo. Aquilo não podia estar acontecendo! Míriam não podia morrer ainda. Não fora ela que guiara o povo com canções de libertação e de oração ao Senhor?

Estava quase amanhecendo quando Míriam soltou um suspiro profundo. Ela morreu com os olhos ainda abertos e fixos na coluna de fogo, que naquele momento se transformou na nuvem cinza. Raios de sol saíam da nuvem, formando pontos de luz no solo do deserto.

Com um grito de agonia, Aarão estendeu os braços para ela, mas Eleazar o impediu.

– O senhor não pode tocá-la agora, pai.

Um sumo sacerdote não podia permitir-se ficar impuro. Não poderia realizar suas tarefas para o povo como sumo sacerdote! Soluçando, Aarão se levantou com dificuldade.

– Pai? – Eleazar o segurou.

– Está na hora dos sacrifícios matutinos. – Aarão sentiu o rigor da própria voz e não se arrependeu. Essa era a bondade de Deus, permitir que sua irmã vivesse por tanto tempo e então matá-la, estando tão perto da fronteira da Terra Prometida?

"Vós nunca esqueceis os nossos pecados, não é, Senhor? Nunca."

Sentindo raiva e dor, ele se afastou enquanto as esposas e os criados de seus filhos começavam o choro de lamentação.

O povo escutou e veio correndo. Logo, todo o acampamento estava chorando.

\* \* \*

Mal Míriam tinha sido enterrada, o povo começou a reclamar de novo. Uma multidão se reuniu na frente do Tabernáculo, discutindo com Moisés.

– Por que você trouxe a comunidade do Senhor para este lugar?

Aarão não conseguia parar de pensar na irmã. Acordava todos os dias com o coração doendo. Todos os dias, ele servia ao Senhor, e também todos os dias aquelas crianças grandes mostravam que não eram melhores do que seus pais e mães!

– Aqui não temos água!

– Por que nos fez sair do Egito e nos trouxe para este lugar terrível?

Aarão deu um passo à frente.

– O que vocês sabem do Egito? Não eram nem nascidos quando deixamos aquela terra!

– Ouvimos falar!

– Chegamos perto o suficiente para olhar e ver o verde em volta do Nilo.

– O que temos neste deserto?

– Não temos grãos!

– Não temos figos!

– Nem uvas ou romãs.

– E nem água para beber!

– Gostaríamos de ter morrido na presença do Senhor junto com nossos irmãos!

Aarão deu-lhes as costas, tão furioso que sabia que, se ficasse, diria ou faria alguma coisa da qual se arrependeria depois. Olhou para Moisés, esperando conseguir sabedoria e paciência do irmão, mas ele também estava vermelho de raiva.

Moisés se ajoelhou e encostou o rosto no chão na entrada do Tabernáculo, e Aarão se ajoelhou ao lado dele. Queria esmurrar o chão com os próprios punhos. Por quanto tempo o Senhor esperava que eles guiassem o povo? Será que eles achavam que ele e Moisés tinham água para beber? Quantas vezes o povo precisava testemunhar um milagre até que acreditasse que ele e Moisés tinham sido escolhidos pelo Senhor para liderá-los?

"Vós os trouxestes para este lugar! Mas eles nos culpam! Vosso plano é que eu e meu irmão morramos nas mãos deles? Eles estão prontos para nos matar! Senhor, dai-lhes água para beber."

*"Você e Aarão devem pegar o cajado e reunir toda a comunidade. Enquanto o povo assiste, dê uma ordem para que a rocha despeje a água. Terão água suficiente para satisfazer o povo e seus animais."*

Moisés se levantou e entrou no Tabernáculo. Saiu com o cajado de Aarão na mão.

– Reúna aqueles rebeldes!

Aarão gritou para o povo se reunir diante da rocha.

– Vocês querem água? Venham vê-la jorrar da rocha!

Todos se reuniram ali com as bolsas de água vazias nas mãos, ainda reclamando.

Moisés empurrou Aarão para um lado e se colocou na frente de todos, com o cajado na mão.

– Escutem, rebeldes! Devemos tirar água desta rocha?

– Sim! Queremos água!

Moisés pegou o cajado com as duas mãos e bateu na rocha.

– Água! Moisés, dê-nos água!

Com o rosto vermelho e os olhos inflamados, Moisés bateu na rocha com mais força dessa vez. A água jorrou. O povo avançou, gritando, regozijando-se, enchendo as mãos, enchendo as bolsas, rindo e agradecendo a Moisés e a Aarão, que riu com eles, em êxtase, ao ver como a água jorrara quando brandira o cajado.

– Que Deus o abençoe, Moisés! Que Deus o abençoe, Aarão! – Moisés se afastou dos outros com o cajado na mão, de cabeça erguida, observando.

Aarão juntou as mãos e bebeu com o povo. Ele corava de prazer conforme o povo gritava agradecimentos a ele e Moisés. A água continuava jorrando, e os israelitas trouxeram seus animais para matar a sede. E a água continuava vindo. O gosto da água nunca tinha sido tão bom. Ele enxugou as gotas da barba e sorriu para Moisés.

– Eles não duvidam mais de nós, meu irmão!

"*Como não acreditou em Mim o suficiente para demonstrar a Minha santidade para o povo de Israel, você não os guiará para a terra que Eu estou dando a eles!*"

Deus falara com calma, mas foi a finalidade que fez o sangue de Aarão congelar. A maldição dos levitas estava sobre ele. Ele tinha perdido a cabeça e cedido ao orgulho. Esquecera-se da ordem do Senhor. "*Dê uma ordem à rocha.*" Não, isso não era verdade. Ele não tinha se esquecido. Ele queria que Moisés usasse o cajado. Ficara feliz quando a água jorrara da rocha. Ficara orgulhoso e satisfeito quando o povo lhe dera tapinhas das costas.

Como ele fora rápido em mergulhar de cabeça no pecado! E agora pagaria as consequências, exatamente como o resto de sua geração, até mesmo Míriam, que se arrependera e servira aos outros com alegria por quase quarenta anos! Ele também não colocaria os pés na terra que Deus prometera aos israelitas. Míriam tinha morrido, e agora ele também morreria.

Aarão sentou-se em uma pedra com os ombros encolhidos e as mãos pousadas nos joelhos. Ele tinha esperança de ser diferente do que era: um pecador. O orgulho, dissera Míriam. O orgulho mata os homens. O orgulho despe os homens de um futuro e da esperança. Ele cobriu o rosto.

– Eu pequei contra o senhor.

– Assim como eu.

Aarão levantou o olhar. O rosto de seu irmão estava cinzento. Estava envergado como um ancião, debruçado sobre o cajado.

– Não como eu, Moisés. Você sempre louvou ao Senhor e sempre fez justiça a Ele.

– Não hoje. Deixei que a raiva me controlasse. O orgulho me fez vacilar. E agora também morrerei deste lado do rio Jordão. O Senhor me disse que não entrarei na terra que Ele prometeu.

– Não! – Aarão chorou. – Eu tenho mais culpa do que você, Moisés. Eu gritei para que você nos desse água tão alto quanto eles. É certo que eu não receba a terra. Sou um pecador.

– Pecado é pecado, Aarão. Não vamos começar uma discussão sobre quem é mais pecador do que o outro. Todos somos pecadores. Nós só vivemos e respiramos pela graça de Deus.

– Você foi o escolhido de Deus para libertar Israel!

– Não deixe que o seu amor por mim o cegue, meu irmão. *Deus* é o nosso libertador.

Aarão levantou a cabeça.

– Esse foi o seu único pecado. Não fui eu que fiz o cordeiro de ouro derretido e deixei as pessoas fazerem o que queriam? Eu não tentei roubar um pouco da sua glória agora mesmo?

– Nós dois roubamos glória de Deus, que nos deu água. Eu só precisei falar com a rocha. E o que eu fiz além de me mostrar para eles? E por que fiz isso, se não foi para ganhar a atenção deles, em vez de lembrar-lhes que Deus é o provedor?

– Você vem dizendo isso para eles há anos, Moisés.

– Precisava dizer de novo. – Moisés sentou-se ao lado dele na pedra. – Aarão, cada um de nós não é responsável pelos próprios pecados? O Senhor me castiga porque não confiei nele. O povo precisa confiar Nele, apenas Nele.

– Sinto muito.

– Por quê?

– O Senhor me chamou para ficar ao seu lado, para ajudá-lo. E que ajuda eu lhe dei durante todos esses anos? Se eu fosse um homem melhor, um sacerdote melhor, teria percebido a tentação. Teria lhe avisado.

Moisés suspirou.

– Eu perdi a cabeça, Aarão. Não me esqueci do que o Senhor mandou. Nem achei que falar fosse causar... uma impressão suficiente. – Ele apertou o joelho de Aarão. – Não podemos ficar desencorajados, Aarão. Um pai não castiga o filho para treiná-lo no caminho que deve seguir?

– E para onde vamos agora, Moisés? Deus disse que nós nunca poremos os pés na Terra Prometida. Que esperança temos?

– Deus é a nossa esperança.

Aarão não conseguiu impedir as lágrimas. Sua garganta ardia. O peito pesava.

"Oh, Deus, fracassei Convosco e com meu irmão mais uma vez. Meu destino era ir tropeçando pela vida? Oh, Senhor, Senhor, de todos os homens, Moisés certamente foi o mais humilde. Ele com certeza merece cruzar o rio Jordão e caminhar pelos pastos de Canaã, mesmo que por apenas um dia.

"Compreendo por que o Senhor está me deixando de fora. Eu mereço ficar no deserto. Eu merecia a morte por fazer aquele cordeiro detestável?

Não me lembro disso toda vez que sacrifico um boi? Mas, ah, Senhor, meu irmão tem sido Vosso fiel servo. Ele Vos ama. Nenhum homem é mais humilde do que meu irmão.

"Deixai que a culpa recaia toda sobre mim por ser um tolo e um sacerdote fraco, porque fracassei ao ver o pecado pronto para nos atacar e matar nossas esperanças e sonhos."

*"Fique em silêncio e saiba que eu sou Deus!"*

Aarão engoliu em seco, tomado pelo medo. Não adiantaria implorar nem argumentar. E ele sabia do resto como se seu coração tivesse ouvido. O povo precisava entender o custo do pecado. Aos olhos de Deus, todos os homens e mulheres eram iguais. Aarão não tinha desculpas. Nem Moisés.

"Apenas Deus é santo e deve ser glorificado."

Eles voltaram juntos para o Tabernáculo. Moisés entrou, e Aarão ficou fora do véu, com o coração pesado. Podia ouvir Moisés falando baixinho; as palavras eram indistintas, mas a angústia era clara.

Aarão abaixou a cabeça; a dor em seu peito era sufocante.

"É culpa minha, Senhor. Culpa minha. Que tipo de sumo sacerdote sou eu, que falha toda vez que tem uma virada na vida e não consegue ver o pecado quando está diante de si? Perdoe-me, Senhor. Meus pecados estão sempre diante de mim. Eu fiz o mal à Vossa frente. Vós me julgastes com justiça. Ah, se Vós pudésseis me purificar de forma que eu pudesse me sentir como um bebê recém-nascido! Se Vós pudésseis me purificar dos meus pecados e me fazer ouvir com alegria renovada a promessa da Vossa salvação!"

Ele enxugou as lágrimas rapidamente, antes que caíssem em suas vestes sacerdotais.

"Devo ficar limpo! Devo ficar limpo!

"Oh, Deus de Abraão, Isaac e Jacó! Deus de todas as criações! Como algum dia poderei ficar limpo, Senhor? Estou limpo por fora, mas por dentro sinto-me como um túmulo de ossos velhos. Estou cheio de pecados. E hoje transbordou como uma panela suja. Mesmo quando ofereço o sacrifício da expiação, sinto o pecado em mim. Luto contra ele, Senhor, mas ele continua lá."

Aarão ouviu Moisés chorando. Deus não tinha mudado de ideia.

A Terra Prometida estava perdida para ambos. Aarão cobriu o rosto, com o coração partido.

"Moisés! Pobre Moisés.

"Oh, Deus, ouvi a minha oração. Se me virdes fraquejar, não deixeis que eu sucumba ao pecado de novo ou cause qualquer problema para o meu irmão. Não deixeis que eu me erga sobre o orgulho e disperse o povo. Oh, Deus, prefiro que tireis a minha vida a entregar-me ao pecado mais uma vez!"

\* \* \*

Moisés mandou mensageiros até o rei de Edom pedindo permissão para atravessarem sua terra a fim encurtar a distância até Canaã. Prometeu que os israelitas não passariam por nenhum campo nem vinhedo, nem beberiam água de nenhum poço. Não virariam nem à esquerda nem à direita até que chegassem à rota comercial chamada Estrada do Rei.

O rei de Edom respondeu que não daria permissão e que, se os israelitas tentassem cruzar a sua terra, ele os atacaria com a espada. Mais uma vez, Moisés mandou mensageiros garantindo que eles apenas seguiriam pela estrada principal e pagariam pela água de que seus animais viessem a precisar.

De novo, o rei de Edom negou a eles a passagem e posicionou um grande exército para garantir que eles não tentassem entrar na sua terra.

A nuvem saiu de Cades, e Moisés seguiu o Anjo do Senhor pela fronteira de Edom, na direção do monte Hor.

Aarão caminhou ao lado do irmão, desolado. Quando acamparam, fez o sacrifício noturno. Deprimido, voltou para sua barraca e, com cuidado, tirou as vestes sacerdotais. Então sentou-se à porta e ficou olhando para fora. Durante todo o dia, enquanto caminhavam, ele notara a esterilidade da terra à sua volta. E agora, sentado ali, lembrou-se dos campos de trigo do Egito, da cevada, dos pastos verdes de Gósen.

"Nós éramos escravos", ele se lembrou. Pensou nos feitores. Tentou se lembrar de quantas vezes sentira o chicote nas costas e o calor do sol do deserto queimando a sua cabeça.

E o cheiro da água verde de lodo banhando as margens do Nilo... as íbis baixando a cabeças para pegar peixes... Levantando a cabeça, já fraco, ele olhou para a coluna de fogo.

"Deus, ajudai-me, ajudai-me."

E ele ouviu a Voz de novo, suave, mas firme.

Aarão esperou a noite toda; levantou-se de manhã e colocou as vestes sacerdotais. Foi até o Tabernáculo, lavou-o e fez o sacrifício matinal como de costume. E então Moisés se aproximou dele, com Eleazar ao seu lado. Moisés respirou fundo, mas não conseguiu falar. Eleazar parecia perplexo.

Aarão estendeu a mão e apertou o braço do irmão.

– Eu sei, Moisés. O Senhor falou comigo ontem, ao pôr do sol.

Eleazar olhava de um para outro.

– O que aconteceu?

Aarão olhou para o filho.

– Vamos subir o monte Hor.

– Quando?

– Agora. – Aarão ficou grato por seu filho não perguntar por quê. Nem pediu que adiassem a jornada até a noite, quando estaria mais fresco. Eleazar simplesmente seguiu na direção da montanha.

Talvez ainda houvesse esperança para Israel, afinal.

O SACERDOTE

\* \* \*

A subida foi difícil, pois só havia um caminho estreito contornando os afloramentos rochosos acidentados. Aarão subiu até sentir-se exausto e cada músculo do seu corpo estar dolorido. Continuou colocando um pé na frente do outro, rezando para o Senhor lhe dar forças. Era a primeira vez que o Senhor o chamava ao alto da montanha. E a última.

Após longas horas de subida árdua, ele alcançou o topo. Seu coração batia acelerado, os pulmões queimavam. Sentiu-se mais vivo do que nunca quando estendeu as mãos trêmulas para agradecer a Deus. A nuvem se ergueu, deixando de ser cinza e ganhando uma coloração dourada alaranjada e depois vermelha. Aarão sentiu o calor tomar conta de seu corpo e depois se dissipar, deixando-o fraco. Sabia que, se sentasse, nunca mais se levantaria, e precisava aguentar de pé um pouco mais.

Então, ficou parado, sozinho pela primeira vez em muitos anos, e olhou para a planície abaixo, pontilhada com milhares de barracas. Cada tribo tinha a sua posição, e no centro ficava o Tabernáculo. Rebanhos de ovelhas e gado cercavam o acampamento, e a vastidão do deserto se espalhava diante dele.

Eleazar ajudou Moisés a subir os últimos metros, e os três ficaram ali juntos, olhando para o povo de Israel.

– O senhor precisa descansar, pai.

– Eu vou descansar. – *Para sempre.*

Moisés olhou para ele e ainda não conseguia falar. Aarão foi até ele e o abraçou. Os ombros de Moisés se sacudiram, e Aarão o abraçou ainda mais forte, dizendo baixinho:

– Ah, meu irmão, eu gostaria de ter sido um homem melhor e mais forte para ficar ao seu lado...

Moisés não o soltou.

– O Senhor vê os nossos erros, Aarão. Vê os nossos fracassos e fragilidades. Mas o que importa para Ele é a nossa fé. Nós dois vacilamos, irmão. Nós dois caímos. E o Senhor nos levantou e nos deu força com a Sua poderosa mão e permaneceu ao nosso lado. – Ele se afastou devagar.

Aarão sorriu. Nunca havia amado e respeitado tanto um homem como o seu irmão mais novo.

– Não é a nossa fé, Moisés, mas a fidelidade de Deus.

– O que está acontecendo?

Aarão se virou para o filho.

– O Senhor disse que chegou a minha hora de me juntar aos meus ancestrais na morte.

Eleazar hesitou. Seus olhos iam de Aarão para o tio.

– O que ele está dizendo?

– Seu pai vai morrer aqui no monte Hor.

– *Não!*

Aarão sentiu o cabelo da nuca se arrepiar.

– Sim, Eleazar.

Já conseguia ver a semente da rebeldia nos olhos do filho.

– Não pode ser.

– Não questione o Senhor...

– O senhor precisa ir conosco para Canaã, pai! – Os olhos dele estavam marejados de lágrimas furiosas e confusas. – O senhor tem que vir!

– *Fique quieto!* – Aarão segurou os braços do filho. – É o Senhor que diz quando um homem vive ou morre. – "Oh, Deus, perdoai-o. Por favor." Ele se acalmou. – O Senhor me mostrou mais bondade do que realmente mereço. Ele permitiu que você viesse comigo. – Não morreria cercado por todos os membros de sua família, como acontecera com muitos. Mas não morreria sozinho.

## O SACERDOTE

Soluçando, Eleazar abaixou a cabeça. Aarão passou a mão pelas costas do filho.

– Você precisa ser forte nos próximos dias, Eleazar. Precisa caminhar na estrada que o Senhor lhe der e nunca se desviar dela. Agarre-se ao Senhor. Ele é nosso pai.

Moisés soltou o ar devagar.

– Tire as roupas, Eleazar.

Eleazar levantou a cabeça e o encarou.

– O quê?

– Precisamos concluir a ordem do Senhor.

Aarão ficou tão surpreso quanto o filho. Quando Eleazar olhou para ele, não conseguiu responder à pergunta silenciosa.

– Faça o que ele mandou. – Só sabia que morreria aqui no alto da montanha. Além disso, Aarão não sabia de nada.

Moisés tirou a bolsa de água que carregava. Quando Eleazar estava despido, Moisés o banhou da cabeça aos pés. Depois, ungiu-o com óleo e pegou roupas íntimas de linho novas em outro pacote.

– Vista.

Então Aarão entendeu. Seu coração inchou até achar que explodiria de alegria. Quando Moisés olhou para ele, Aarão soube que tinha que tirar as vestes sacerdotais. Colocou-as com cuidado sobre uma pedra lisa, uma peça de cada vez, até ficar apenas com as roupas íntimas de linho.

Moisés pegou o robe azul e ajudou Eleazar a passá-lo pela cabeça; as pequenas romãs bordadas e os sinos dourados tocavam na bainha. Depois, vestiu o sobrinho com a túnica bordada e amarrou a faixa multicolorida na cintura dele. Colocou o éfode azul, roxo, vermelho e dourado sobre os ombros de Eleazar com duas pedras de ônix, cada uma com a gravação do nome de seis tribos de Israel. Eleazar carregaria a nação sobre os ombros para o resto de sua vida. Moisés pendurou o peitoral onde estavam as doze pedras representando as tribos de Israel. Pegou o Urim e o Tunim e enfiou-os no bolso que ficava sobre o coração de Eleazar.

As lágrimas escorriam pelo rosto de Aarão ao fitar o filho. Eleazar, o escolhido de Deus como sumo sacerdote. Uma vez, o Senhor lhe dissera que a linha de sumos sacerdotes por gerações descenderia dele, mas ele estava convencido de que estragara todas as possibilidades de que essa enorme honra lhe fosse concedida. Quantas vezes pecara! Fora exatamente como o povo, reclamando das dificuldades, desejando coisas que não tinha, rebelando-se contra Moisés e Deus, ávido por mais poder e autoridade, culpando os outros pelo problema que ele mesmo causara com sua própria desobediência, com medo de acreditar plenamente em Deus. Ah, aquele cordeiro de ouro, aquele maldito ídolo dourado do pecado!

Ainda assim, Deus mantivera Sua promessa.

"Oh, Senhor, Senhor, Vós sois tão misericordioso comigo! Oh, Senhor, apenas Vós sois fiel!

Mesmo enquanto a alegria se espalhava por Aarão, a tristeza estava à espreita, pois ele sabia que Eleazar lutaria como ele havia feito. Seu filho passaria o resto da vida tentando aprender as Leis e obedecer a elas. O peso disso exerceria uma enorme pressão sobre Eleazar, pois ele também perceberia como o pecado morava nos recôncavos escuros do coração. Ele tentaria esmagar a cabeça do pecado com o calcanhar, mas também falharia.

Todos os olhos estariam sobre ele, todos ficariam atentos ao que dizia, observariam como vivia. E o povo veria que Eleazar era apenas um homem tentando viver uma vida piedosa. Todas as manhãs e todas as noites, ele ofereceria os sacrifícios. Viveria com o cheiro de sangue e incenso. Uma vez ao ano ele atravessaria o véu, entraria no Lugar Mais Sagrado e colocaria o sangue do sacrifício da expiação nos chifres do altar. E então seu filho saberia, assim como Aarão sabia naquele momento, que teria de fazer aquilo de novo, e novamente, e outra vez ainda. Eleazar carregaria o fardo do seu pecado para sempre.

"Deus, ajudai-nos! Senhor, tende piedade de nós! Meu filho vai tentar como eu e vai falhar. Vós nos destes as Leis para que vivamos uma vida sagrada. Mas, Senhor, Vós sabeis que não somos santos. Somos poeira. Será que chegará o dia em que seremos um povo, com uma só mente e um só coração, um só espírito esforçando-se para agradar-vos? Limpai-nos com hissopo, Senhor. Purificai-nos da iniquidade! Circuncidai nossos corações!"

Tremendo e fraco demais para continuar de pé, Aarão sentou-se no chão e recostou-se em uma pedra.

"Essa é a razão da Lei, Senhor? Mostrar-nos que não conseguimos viver segundo ela perfeitamente? Quando desrespeitamos uma lei, por menor que seja, somos infratores. Mesmo se voltássemos para o útero de nossa mãe e começássemos de novo, pecaríamos novamente. Teríamos de nascer de novo, ser criaturas totalmente novas. Oh, Senhor, salvai-nos. Enviai um Salvador que possa fazer tudo que Vós pedirdes, que seja digno de entrar no Lugar Mais Sagrado sem pecado, alguém que possa ser nosso sumo sacerdote e ofereça o sacrifício perfeito, alguém que tenha o poder de nos modificar a partir de dentro para que possamos viver sem pecar. Precisamos de um sumo sacerdote que compreenda nossas fraquezas; que tenha enfrentado todas as mesmas tentações que enfrentamos, mas, mesmo assim, não tenha pecado; um sumo sacerdote que possa ficar ao lado do trono de Deus com confiança para que possamos receber a misericórdia e encontrar a graça para nos ajudar quando precisarmos."

Moisés sentou-se ao lado dele e falou baixinho. Eleazar se aproximou, mas Aarão levantou a mão, fazendo-o parar.

– Não. Pelo bem do povo...

Aarão podia ver que ele estava lutando.

Seu filho queria abraçá-lo, mas a morte estava perto demais para arriscar um último abraço.

Um sumo sacerdote devia manter-se puro. Eleazar não podia ser contaminado. Abrindo e fechando as mãos, Eleazar ficou a distância.

Havia mais alguém com eles na montanha. Um homem. Ainda assim, não era um homem. Aarão O vira caminhando ao lado de Moisés e guiando o povo pelo deserto. Ele O vira de pé na pedra de Mara quando a água jorrara para o povo.

Amigo de Moisés.

Ele estava vestindo uma túnica branca longa com uma faixa dourada sobre o peito. Os olhos brilhavam como a coluna de fogo. Os pés reluziam como bronze refinado em uma fornalha. E o rosto Dele cintilava como o sol em todo o seu esplendor. O Homem estendeu a mão.

"*Aarão.*"

Com um suspiro longo e profundo, Aarão expirou devagar em obediência.

"Sim, Senhor, sim."

# BUSQUE E ENCONTRE

Caro leitor,

Esperamos que tenha gostado dessa história fictícia da vida de Aarão, o primeiro sumo sacerdote de Israel e irmão de Moisés. Essa história escrita por Francine Rivers tem o objetivo de aguçar sua curiosidade. O principal desejo de Francine é levá-lo de volta ao Mundo de Deus para decidir por si mesmo a verdade sobre Aarão: suas tarefas, dilemas e decepções.

O estudo bíblico a seguir foi feito para orientá-lo pelas escrituras a fim de *buscar* a verdade sobre Aarão e *encontrar* aplicações para a sua própria vida.

Deus chamou Aarão para encorajar Moisés. Ele começou de forma grandiosa, mas hesitou no caminho. Aarão era o filho do meio, preso entre uma irmã mais velha criativa, brilhante e corajosa e um irmão mais novo que desde o nascimento foi considerado "especial".

Não é difícil imaginar como Aarão seria, por natureza, uma pessoa que gostava de agradar aos outros. Um pacificador a qualquer custo. A forma como aceitou sem reclamar o momento que Deus escolheu para a sua morte mostra o desejo de Aarão de confiar em Deus no final com tanto fervor quanto no começo de sua jornada.

Que Deus lhe dê coragem ao buscar no Senhor as respostas para os desafios, dilemas e decepções da sua vida. E que Ele o encontre disposto a caminhar com Ele por toda a vida.

*Peggy Lynch*

# CHAMADO PARA INCENTIVAR

## Busque a verdade na Palavra de Deus

Leia a seguinte passagem:

"O Senhor disse para Moisés:
*'Procure o faraó de novo e diga a ele que permita que o povo de Israel deixe o Egito'.*
– Mas, Senhor! – objetou Moisés. – Meu próprio povo não me ouve mais. Como posso esperar que o faraó me escute? Não sou um bom orador!
Mas o Senhor mandou que Moisés e Aarão voltassem ao faraó, rei do Egito, e exigissem que ele permitisse que o povo de Israel saísse do Egito.

Estes são os ancestrais dos clãs de algumas das tribos de Israel: os descendentes de Rúbem, filho mais velho de Israel, eram Enoque, Palu, Hezrom e Carmi. Os descendentes se tornaram os clãs de Rúbem.

Os descendentes de Simeão eram Nemuel, Jamim, Oade, Jaquim, Zerá e Saul (cuja mãe era cananeia). Seus descendentes formaram os clãs de Simeão.

Estes são os descendentes de Levi, listados segundo os grupos familiares. Na primeira geração estavam Gérson, Coate e Merari. (Levi, pai deles, viveu 137 anos.)

Os descendentes de Gérson eram Libni e Simei, cada um dos quais é ancestral de um clã.

Os descendentes de Coate eram Anrão, Jizar, Hebrom e Uziel. (Coate viveu 133 anos.)

Os descendentes de Merari eram Mali e Musi. Esses são os clãs dos levitas, listados segundo suas genealogias.

Anrão se casou com a irmã de seu pai, Joquebede, mãe de Aarão e Moisés. (Anrão viveu 137 anos.)

Os descendentes de Jizar eram Coré, Nefegue e Zicri.

Os descendentes de Uziel eram Misael, Elzafã e Sitri.

Aarão se casou com Eliseba, filha de Aminadabe e irmã de Naasson. Ela deu à luz Nadabe, Abiú, Eleazar e Itamar.

Os descendentes de Coré eram Assir, Elcana e Abiasafe. Seus descendentes formaram os clãs de Coré.

Eleazar, filho de Aarão, casou-se com uma das filhas de Putiel, e ela deu à luz Fineias."

Êxodo 6:10-25

- Liste tudo o que você aprendeu sobre a linhagem levita de Aarão.

## O SACERDOTE

Leias as seguintes passagens:

"Moisés pastoreava o rebanho de seu sogro Jetro, que era o sacerdote de Midiã. Um dia, levou o rebanho para o deserto e chegou ao Sinai, o monte de Deus. De repente, o Anjo do Senhor apareceu para ele em uma chama de fogo que saía do meio de uma sarça. Moisés ficou impressionado, pois, embora a sarça estivesse em chamas, não era consumida pelo fogo.

'Que impressionante!', disse ele a si mesmo. 'Por que a sarça não se queima? Vou ver isso de perto.'

Quando o Senhor viu que conseguira chamar a atenção de Moisés, Deus o chamou de dentro da sarça:

'Moisés! Moisés!'

– Eis-me aqui – respondeu Moisés."

Êxodo 3:1-4

"'Vá agora, pois eu o estou enviando ao faraó para que tire o meu povo, os filhos de Israel, do Egito.'

– Mas quem sou eu para aparecer diante do faraó? – perguntou Moisés a Deus. – Como podeis esperar que eu tire os israelitas do Egito?"

Êxodo 3:10-11

"Então disse Moisés a Deus:

– Se eu for ao povo de Israel e lhes disser: 'O Deus de seus ancestrais me enviou', eles não vão acreditar em mim. Vão me perguntar: 'De que Deus está falando? Qual é o Seu nome?' Que lhes direi?"

Êxodo 3:13

"Mas Moisés protestou de novo:
– Eles não acreditarão em mim! Nem farão o que eu pedir. Simplesmente dirão: 'O Senhor nunca apareceu para ti'."

Êxodo 4:1

"Mas Moisés argumentou com o Senhor:
– Ah, Senhor, eu não sou um bom orador. Nunca fui, não sou e não serei depois que tiverdes falado comigo. Não tenho jeito com as palavras."

Êxodo 4:10

"Moisés, porém, alegou de novo:
– Senhor, por favor! Enviai outra pessoa.
Então o Senhor ficou furioso com Moisés. Ele disse:
'Tudo bem. E seu irmão, Aarão, o levita? Ele é um bom orador. Está vindo ao seu encontro. E, quando ele o vir, ficará muito feliz. Você falará com ele, repetirá as palavras que lhe digo. Aarão será seu porta-voz para o povo, e você será como Deus para ele, dizendo o que eu disser. E leve seu cajado de pastor para que possa realizar os sinais milagrosos que lhe mostrei'."

Êxodo 4:13-17

"O Senhor disse para Aarão:
'Vá ao deserto para encontrar Moisés'.
Então, Aarão viajou até o monte de Deus, onde encontrou Moisés e o saudou calorosamente. Moisés contou a Aarão tudo que o Senhor mandara que eles fizessem e falassem. E sobre os sinais milagrosos que realizariam.

### O SACERDOTE

Assim, Moisés e Aarão voltaram para o Egito e convocaram os líderes de Israel para uma reunião. Aarão contou a eles tudo que o Senhor dissera a Moisés, que realizou os sinais milagrosos enquanto eles assistiam. Logo os líderes se convenceram de que o Senhor enviara Moisés e Aarão. E, quando perceberam que o Senhor via a sua aflição e estava profundamente preocupado com eles, abaixaram a cabeça e O adoraram."

Êxodo 4:27-31

Compare Moisés e Aarão nessas passagens.
- Discuta o papel de Deus e suas respostas nas mesmas passagens.
- Que papéis Moisés e Aarão assumiram/aceitaram?
- Como o povo de Israel respondeu? Qual foi a conclusão deles sobre os dois homens?
- Que impacto, se houve algum, você acha que Aarão teve sobre Moisés nessa conjuntura? Por quê?

## Descubra os caminhos de Deus para você

- Como você responde quando Deus lhe pede para fazer algo?
- Com qual dos dois líderes (Moisés ou Aarão) você mais se identifica e por quê?

"O Senhor está comigo, por isso não temerei. O que meros mortais podem fazer comigo? Sim, o Senhor está comigo; Ele me ajudará.

Olharei triunfante para aqueles que me odeiam. É melhor confiar no Senhor do que confiar no povo."

Salmos 118:6-8

- O que você aprendeu sobre Deus com esses versículos?

## Pare e reflita

"Glória a Deus! Pelo poder Dele dentro de nós, será capaz de alcançar infinitamente mais do que ousamos pedir ou esperar."

Efésios 3:20

# CHAMADO AO EGITO

## Busque a verdade na Palavra de Deus

Moisés e Aarão escolheram obedecer a Deus e voltar para o Egito a fim de ajudar a libertar seus parentes da escravidão. Leia a passagem a seguir:

"Então Moisés e Aarão voltaram para o Egito e convocaram os líderes de Israel para uma reunião. Aarão lhes contou tudo o que o Senhor dissera a Moisés, que realizou os sinais milagrosos enquanto eles observavam. Logo os líderes se convenceram de que o Senhor enviara Moisés e Aarão. E, quando perceberam que o Senhor via a sua aflição e estava profundamente preocupado com eles, abaixaram a cabeça e O adoraram.

Depois dessa apresentação para os líderes de Israel, Moisés e Aarão foram ver o faraó. Disseram a ele:

– O Senhor Deus de Israel disse o seguinte: '*Deixe o povo ir embora. Devem ir ao deserto para um festival religioso em minha homenagem*'.

– Só isso? – respondeu o faraó. – E quem é o Senhor para que eu o escute e deixe o povo ir? Não conheço o Senhor e não deixarei os israelitas irem.

Mas Aarão e Moisés insistiram.

– O Deus dos Hebreus falou conosco. Permita que façamos uma viagem de três dias para o deserto para que possamos oferecer nossos sacrifícios ao Senhor nosso Deus. Se não fizermos isso, morreremos de doença ou pela espada."

Êxodo 4:29–5:3

- Que passos Aarão e Moisés deram ao voltarem para o Egito?
- Que evidências o levam a acreditar que Aarão foi um incentivo para Moisés?

Leia a seguinte passagem:

"Depois dessa apresentação para os líderes de Israel, Moisés e Aarão foram ver o faraó. Disseram a ele:

– O Senhor Deus de Israel disse o seguinte: 'Deixe o povo ir embora, devem ir ao deserto para um festival religioso em minha homenagem'.

– Só isso? – respondeu o faraó. – E quem é o Senhor para que eu o escute e deixe o povo ir? Não conheço o Senhor e não deixarei os israelitas irem.

Mas Aarão e Moisés insistiram.

– O Deus dos Hebreus falou conosco. Permita que façamos uma viagem de três dias para o deserto para que possamos oferecer nossos sacrifícios ao Senhor nosso Deus. Se não fizermos isso, morreremos de doença ou pela espada.

– Quem vocês pensam que são – gritou o faraó – para distrair o povo de suas tarefas? Voltem ao trabalho! Olhem, há muita gente aqui no Egito, e vocês os estão impedindo de trabalhar.

Como o faraó não atendeu às exigências deles, os feitores israelitas viram que estavam com sérios problemas. Quando saíram da corte do faraó, encontraram Moisés e Aarão, que estavam esperando por eles do lado de fora. Os feitores disseram:

– Que o Senhor os julgue por nos colocarem nessa situação terrível com o faraó e seus oficiais. Vocês deram a eles uma desculpa para nos matar!

Então, Moisés foi ao Senhor e protestou:

– Por que vós tratastes mal o vosso próprio povo, Senhor? Por que me enviastes? Desde que dei vossa mensagem ao faraó, ele tem sido ainda mais brutal com o nosso povo. Vós nem começastes a resgatá-los!

'Agora você verá o que eu farei com o faraó", respondeu o Senhor para Moisés. "Quando sentir o poder da minha mão sobre ele, deixará o povo ir. Na verdade, ficará ansioso para se livrar deles e os forçará a deixar sua terra!'

Então o Senhor disse a Moisés:

'Preste atenção nisto. Farei com que você pareça Deus para o faraó. Seu irmão Aarão será seu profeta e falará por você. Diga a Aarão tudo o que eu lhe disser para que ele repita para o faraó. Ele exigirá que o povo de Israel tenha permissão para deixar o Egito.'

E Moisés e Aarão fizeram exatamente como o Senhor havia ordenado. Moisés tinha oitenta anos, e Aarão, oitenta e três, na época em que fizeram as exigências ao faraó.

O Senhor disse a Moisés e Aarão:

'O faraó exigirá que mostrem a ele que Deus os enviou. Quando ele fizer essa exigência, diga a Aarão: – Jogue seu cajado de pastor no chão, e ele se transformará em uma cobra.'

Assim, Moisés e Aarão foram ver o faraó, e fizeram o milagre exatamente como o Senhor dissera."

Êxodo 5:1-5, 19–6:2; 7:1-2, 6-10a

- Como o faraó reagiu às exigências de Aarão e Moisés? Como os israelitas reagiram às exigências do faraó?
- O que Moisés fez quando foi confrontado pelo feitor israelita?
- Da mesma forma que Deus expôs seu plano para Moisés, que papel Ele deu a Aarão? Por quê?
- Leia a resposta de Moisés e Aarão ao plano de Deus (7:8). Discuta as possíveis razões para a mudança de postura deles.

## Descubra os caminhos de Deus para você

- Você já precisou "voltar atrás" para poder avançar? Explique.
- Conte sobre alguma vez em que alguém estava disposto a apoiá-lo, a ficar ao seu lado em um momento difícil.

"Uma pessoa sozinha pode ser atacada e derrotada, mas duas pessoas podem se apoiar uma na outra e vencer. Se forem três, melhor ainda, pois uma corda tripla é mais difícil de arrebentar."

Eclesiastes 4:12

- Discuta esse versículo sob a luz de Moisés e Aarão. Quem está sempre presente para formar a corda tripla?

## Pare e reflita

"Deus disse:
– Eu nunca falharei. Eu nunca os abandonarei. É por isso que podemos dizer com confiança:
– O Senhor me ajuda, por isso não temo. O que meros mortais podem fazer comigo?"

Hebreus 13:5b-6

# CHAMADO AO PLANO SUPERIOR

## Busque a verdade na Palavra de Deus

Leia a seguinte passagem:

"O Senhor instruiu Moisés:
'Suba aqui comigo e traga Aarão, Nadabe, Abiú e setenta líderes de Israel. Todos eles devem adorar a distância. Apenas você, Moisés, tem permissão para se aproximar do Senhor. Os outros não devem chegar muito perto. E lembre-se, nenhuma outra pessoa está autorizada a subir a montanha'.

Quando Moisés anunciou ao povo todos os ensinamentos e regulamentos que o Senhor dera, eles responderam em uníssono:

– Faremos tudo o que o Senhor disser para fazermos.

Então, Moisés escreveu cuidadosamente todas as instruções do Senhor. No dia seguinte, bem cedo, construiu um altar ao pé da montanha. Ergueu doze pilares em volta do altar, um para cada uma das doze tribos de Israel. Mandou alguns jovens sacrificarem novilhos como ofertas queimadas e ofertas de paz para o Senhor. Moisés pegou metade do sangue desses animais e o despejou em bacias. A outra metade foi borrifada no altar.

Pegou o Livro da Aliança e o leu para o povo. Todos responderam de novo:

– Faremos tudo que o Senhor mandar. Nós obedeceremos.

Então, Moisés respingou o sangue das bacias sobre o povo e disse:

– Este sangue confirma a aliança que o Senhor assumiu com vocês ao lhes dar essas leis.

Assim, Moisés, Aarão, Nadabe, Abiú e setenta líderes de Israel subiram a montanha. Ali eles viram o Deus de Israel.

Sob os pés dele o chão parecia coberto por safiras brilhantes, tão claras quanto o céu. E, embora os líderes de Israel tenham visto Deus, Ele não os destruiu. Na verdade, compartilharam uma refeição na presença de Deus!

E o Senhor disse a Moisés:

'Suba a montanha até mim. Fique lá enquanto eu lhe dou as tábuas de pedra em que inscrevi minhas instruções e minhas ordens. Assim, você ensinará ao povo a partir delas'.

Então, Moisés e Josué subiram a montanha de Deus.

Moisés disse aos outros líderes:

– Fiquem aqui e esperem até que estejamos de volta. Se houver muitos problemas enquanto eu estiver ausente, consultem Aarão e Hur, que estão aqui com vocês.

Assim, Moisés subiu a montanha, e a nuvem a cobriu."

Êxodo 24:1-15

- Quem foi convidado a subir a montanha? O que aconteceu entre eles enquanto estavam lá?
- Quando Moisés subiu a montanha com Josué, quais foram as instruções para os outros líderes?

Com isso em mente, leia a seguinte passagem:

"Como Moisés não conseguira voltar logo, o povo foi até Aarão.

– Olhe – disseram –, faça alguns deuses para nos guiarem. Esse homem, Moisés, que nos tirou do Egito e nos trouxe para cá, desapareceu. Não sabemos o que aconteceu com ele.

Aarão respondeu:

– Digam a suas esposas, seus filhos e suas filhas para tirarem todos os brincos de ouro e trazerem para mim.

Todo o povo obedeceu a Aarão e trouxe seus brincos de ouro. Então, Aarão pegou o ouro, derreteu-o e moldou-o na forma de um cordeiro. O povo exclamou:

– Israel, esses são os deuses que nos tiraram do Egito!

Quando Aarão viu como o povo ficou animado com o cordeiro, construiu um altar diante do cordeiro e anunciou:

– Amanhã haverá um festival para o Senhor!

Assim, o povo acordou cedo na manhã seguinte para sacrificar ofertas queimadas e ofertas de paz. Depois, comemoraram com banquetes e bebidas e se entregaram à folia pagã. Então o Senhor disse a Moisés:

*'Rápido! Desça a montanha! O povo que você trouxe do Egito se corrompeu. Eles já se desviaram do caminho em que mandei que vivessem. Fabricaram um ídolo na forma de um cordeiro, adoraram-no*

*e fizeram sacrifícios para ele. Estão dizendo: – Esses são nossos deuses, oh, Israel, que nos tiraram do Egito'.*

O Senhor disse:

*'Estou vendo como esse povo é teimoso e rebelde. Agora, deixe-me sozinho para que a minha ira possa se virar contra eles e destruí-los. Então farei de você, Moisés, uma grande nação em vez deles'.*

Mas Moisés implorou para que o Senhor seu Deus não fizesse isso.

– Oh, Senhor! – exclamou ele. – Por que estais tão furioso com vosso povo que tirastes do Egito com atos tão poderosos e fortes? Os egípcios dirão: *'Deus os levou até as montanhas para que pudesse matá-los e varrê-los da face da terra'.* Esquecei vossa ira. Mudai de ideia sobre esse terrível desastre que estais planejando contra vosso povo! Lembrai-vos de vossa aliança com vossos servos: Abraão, Isaac e Jacó. Vós jurastes: *'Farei que seus descendentes sejam tão numerosos quanto as estrelas do céu. Sim, darei toda essa terra que prometi aos seus descendentes, e ela será deles para sempre'.*

Então, o Senhor retirou sua ameaça e não causou o desastre que ameaçara contra o seu povo.

Assim, Moisés se virou e desceu a montanha. Carregava nas mãos as duas tábuas de pedra onde estavam gravados os termos da aliança. Estavam gravados dos dois lados, na frente e no verso. Essas tábuas de pedra eram trabalho de Deus; as palavras que elas continham haviam sido escritas pelo próprio Deus.

Quando Josué ouviu o som das pessoas gritando lá embaixo, exclamou para Moisés:

– Parece que o acampamento está em guerra!

Mas Moisés respondeu:

– Não, não são gritos de vitória nem de derrota. É o som de uma celebração.

Quando se aproximaram do acampamento, Moisés viu o cordeiro e as danças. Em uma fúria terrível, jogou as tábuas de pedra no chão, quebrando-as ao pé da montanha. Pegou o cordeiro que eles tinham feito e derreteu-o no fogo. E, quando o metal esfriou, moeu-o até que virasse pó e misturou-o na água. Então fez com que o povo a bebesse.

Depois disso, virou-se para Aarão.

*'O que o povo fez com você?'*, questionou ele. *'Como fizeram com que você colocasse um pecado tão terrível sobre eles?'*

– Não se aborreça, Senhor – implorou Aarão. – Vós conheceis essas pessoas e sabeis como são maldosas. Eles me disseram: 'Faça alguns deuses para nós, pois algo aconteceu com Moisés, que nos tirou do Egito'. Eu disse a eles: 'Tragam seus brincos de ouro'. Quando eles trouxeram, joguei-os no fogo e saiu esse cordeiro!

Quando Moisés viu que Aarão perdera complemente o controle sobre o povo, para alegria dos seus inimigos, ele se colocou na entrada do acampamento e gritou:

– Aqueles que estiverem do lado do Senhor, juntem-se a mim.

E todos os levitas foram.

Moisés disse a eles:

– Eis o que o Senhor Deus de Israel diz: *'Peguem suas espadas! Andem de um lado a outro do acampamento matando seus irmãos, amigos e vizinhos'.*

Os levitas obedeceram a Moisés, e cerca de três mil pessoas morreram naquele dia.

Então, Moisés disse aos levitas:

– Hoje vocês receberam ordens do Senhor e Lhe obedeceram, mesmo que isso tenha significado matar seus próprios filhos e irmãos. Por causa disso, Ele agora lhes dará uma grande bênção.

No dia seguinte, Moisés disse para o povo:

— Vocês cometeram um pecado terrível, mas eu voltarei a falar com o Senhor na montanha. Talvez eu consiga o perdão para vocês.

Então, Moisés voltou-se para o Senhor e disse:

— Senhor, o povo cometeu um terrível pecado. Fizeram deuses de ouro para eles. Mas agora, por favor, perdoai os pecados deles. Se não, riscai meu nome do vosso livro.

O Senhor respondeu a Moisés:

*'Riscarei do meu livro todos os que pecaram contra mim. Agora, vá, leve o povo para o lugar de que lhe falei. Olhe! Meu anjo guiará o seu caminho. Mas vai chegar o momento em que eu certamente os castigarei pelos seus pecados'.*

E o Senhor mandou uma poderosa praga porque eles haviam adorado o cordeiro que Aarão fabricara."

Êxodo 32

- Discuta as circunstâncias que envolveram a criação do cordeiro de ouro: Quem? Onde? Por quê? Como?
- O que Moisés encontrou quando voltou? Qual foi a resposta dele?
- Compare a resposta de Aarão ao pedido do povo, nos versículos 2-4, com a resposta às perguntas de Moisés, nos versículos 22-24.
- Moisés tomou medidas drásticas dentro do acampamento de Israel quando descobriu o pecado deles. Riscou uma linha na areia. Quem cruzou aquela linha para se juntar e obedecer a ele? O que isso diz sobre Aarão?

## Descubra os caminhos de Deus para você

- Ambos, Aarão e Moisés, foram colocados contra a parede, e cada um se revelou na resposta. Compartilhe uma situação em que outras

pessoas o colocaram contra a parede. O que você aprendeu sobre si mesmo pela maneira como lidou com a situação?
- Com quem você se identifica agora: com Moisés ou com Aarão? Por quê?
- Discuta os passos que Aarão deveria ter dado quando o povo o procurou em busca de liderança.

## Pare e reflita

"Podemos organizar nossos pensamentos, mas é o Senhor quem nos dá a resposta certa. As pessoas podem ser puras aos próprios olhos, mas o Senhor examina suas razões. Entregue seu trabalho ao Senhor, assim seus planos darão certo."

Provérbios 16:1-3

# CHAMADO À SANTIDADE

## Busque a verdade na Palavra de Deus

Leia as seguintes passagens:

"Traga Aarão e seus filhos até a entrada do Tabernáculo e banhe-os com água."

Êxodo 40:12

"O Senhor disse a Moisés:
'Agora, traga até a entrada do Tabernáculo Aarão e seus filhos, junto com as vestes especiais, o óleo da unção, o touro para a oferta para tirar o pecado, dois carneiros e a cesta de pão ázimo. Depois, chame toda a comunidade de Israel para encontrá-los lá.
Então, Moisés seguiu as instruções do Senhor, e todo o povo se reuniu na entrada do Tabernáculo. Moisés anunciou a eles:
– O Senhor ordenou o que vou fazer agora! – Então, ele apresentou Aarão e seus filhos e os banhou em água. Vestiu Aarão com

a túnica bordada e amarrou uma faixa em volta de sua cintura. Colocou nele o robe, o éfode e uma faixa decorativa. Depois, Moisés colocou o peitoral em Aarão, onde estavam as pedras Urim e Tunim. Colocou um turbante na cabeça de Aarão com um medalhão de ouro na frente, exatamente como o Senhor mandara.

Então Moisés pegou o óleo da unção e ungiu o Tabernáculo e tudo o que estava dentro dele, tornando-o um lugar sagrado. Borrifou o altar sete vezes, ungindo-o e todos os seus utensílios, a bacia e seu pedestal, tornando-os sagrados. Então, derramou um pouco de óleo de unção na cabeça de Aarão, ungindo-o e tornando-o sagrado para seu trabalho. Depois, Moisés apresentou os filhos de Aarão e os vestiu com suas túnicas bordadas, suas faixas e seus turbantes, assim como o Senhor mandara que fizesse."

Levíticos 8:1-13

- Discuta a unção de Aarão. O que mais lhe chama a atenção nessa história?
- O que você aprendeu sobre Deus nessa passagem, principalmente à luz da lição anterior?

Depois desse ponto alto na vida de Aarão, é difícil conceber que ele vacilaria de novo. Leia a seguinte passagem:

"Enquanto eles estavam em Hazeroth, Míriam e Aarão criticaram Moisés por ter-se casado com uma mulher cuxita. Eles disseram:

– O Senhor falou apenas por meio de Moisés? Ele não falou por meios de nós também?

Mas o Senhor os ouviu.

Moisés era a pessoa mais humilde da terra. Então, imediatamente o Senhor convocou Moisés, Aarão e Míriam e disse:

## O SACERDOTE

'Quero os três fora do Tabernáculo!' E os três saíram. Então, o Senhor desceu da coluna de fogo e ficou na entrada do Tabernáculo. 'Aarão e Míriam!', chamou Ele, e eles deram um passo à frente. E o Senhor lhes disse: 'Ouçam o que eu digo! Mesmo com os profetas, Eu, o Senhor, me comunico por meio de visões e sonhos. Mas não é como me comunico com meu servo Moisés. Confio a ele minha morada. Falo com ele cara a cara, diretamente, e não por metáforas! Ele vê o Senhor como Ele é. Não deveriam ter medo de criticá-lo?'

O Senhor estava furioso com eles, e partiu. Enquanto a nuvem subia, de repente Míriam ficou branca como a neve; estava com lepra. Quando Aarão viu o que tinha acontecido, gritou para Moisés:

– Oh, meu Senhor! Por favor, não nos castigueis por esse pecado que cometemos de forma tão tola. Não permitais que ela fique como um natimorto.

Então, foi a vez de Moisés implorar ao Senhor:

– Curai minha irmã, oh, Deus, eu vos imploro!

E o Senhor respondeu a Moisés:

'Se o pai dela tivesse cuspido em seu rosto, ela não ficaria contaminada por sete dias? Exile-a do acampamento por sete dias; depois disso, ela poderá voltar'.

Então Míriam foi exilada do acampamento por sete dias, e o povo esperou até que ela fosse trazida de volta antes de seguirem viagem."

Números 12:1-15

- Quais eram as reclamações de Aarão e Míriam em relação a Moisés?
- O que Deus tinha a dizer sobre essas reclamações?
- Quem você acha que começou as reclamações e por quê?
- O que isso nos diz sobre Aarão? E sobre seus motivos?

## Descubra os caminhos de Deus para você

- Que significado você vê no fato de Deus ter continuado a trabalhar com e por meio de Aarão? Explique.

"Nossos pais terrenos nos castigam por alguns poucos anos, fazendo o melhor que podem. Mas o castigo de Deus é sempre certo e bom para nós, porque significa que compartilharemos a santidade dele. Nenhum castigo é agradável quando está sendo infligido; é doloroso! Mas depois haverá uma colheita silenciosa de uma vida correta para aqueles que foram treinados dessa forma.
Então, agarre-o de novo com as suas mãos cansadas e mantenha-se firme sobre suas pernas bambas. Balize um caminho reto para os seus pés. Assim, aqueles que o seguem, mesmo sendo fracos e mancos, não tropeçarão nem cairão, mas se tornarão fortes."

Hebreus 12:10-13

- Qual é a diferença entre o castigo de Deus e o castigo do nosso pai terreno?
- Quais são os benefícios do castigo de Deus para você? E para os outros que estão dentro da sua esfera de influência?

## Pare e reflita

"Se confessarmos nossos pecados a ele [Jesus], ele é fiel, nos perdoará e nos purificará de todos os erros."

1 João 1:9

# CHAMADO A LIDERAR

## Busque a verdade na Palavra de Deus

Leia a seguinte passagem:

"Um dia, Coré, filho de Izar, descendente de Coate, filho de Levi, conspirou com Datã e Abirão, filhos de Eliabe, e Om, filho de Pelete, da tribo de Rúbem. Eles incitaram uma rebelião contra Moisés, envolvendo outros duzentos e cinquenta líderes reconhecidos, todos membros da assembleia. Foram a Moisés e Aarão e disseram:

– Vocês foram longe demais! Todos em Israel foram escolhidos pelo Senhor, e Ele está com todos nós. Que direito vocês têm de agir como se fossem mais importantes do que qualquer outra pessoa do povo do Senhor?

Quando Moisés ouviu o que estavam dizendo, ajoelhou-se e encostou o rosto no chão. Então, disse para Coré e seus seguidores:

– Amanhã de manhã, o Senhor nos mostrará quem pertence a Ele e quem é santo. O Senhor permitirá que os escolhidos fiquem em sua Santa Presença. Você, Coré, e todos os seus seguidores, façam o seguinte: tragam incensórios e queimem incenso neles amanhã diante do Senhor. Então, veremos quem o Senhor escolhe como santo. Vocês, levitas, foram longe demais!

Moisés então falou novamente com Coré:

– Agora ouçam, levitas! Parece-lhes uma coisa pequena terem sido escolhidos por Deus dentre todo o povo de Israel para estarem perto Dele, para servirem no Tabernáculo do Senhor e ficarem diante do povo para ensiná-lo? Ele deu esse ministério especial apenas para vocês e seus camaradas levitas, mas agora estão exigindo o sacerdócio também! Estão se rebelando contra o Senhor! E quem é Aarão, de quem estão reclamando? – perguntou Moisés a Datã e Abirão, filhos de Eliabe, e eles responderam:

– Nós nos recusamos a vir! Não basta você ter-nos tirado do Egito, uma terra onde fluem o leite e o mel, para nos matar aqui neste deserto, e agora nos trata como seus súditos? Além disso, você não nos trouxe para a terra em que fluem o leite e o mel nem nos deu a herança de campos e vinhedos. Está tentando nos fazer de bobos? Nós não viremos.

Moisés ficou furioso e disse para o Senhor:

– Vós aceitais as ofertas deles? Eu não tirei nem uma mula deles, e nunca feri nenhum deles. – E Moisés disse para Coré: – Venha aqui amanhã e apresente-se diante do Senhor com todos os seus seguidores. Aarão também estará aqui. Garanta que todos os seus duzentos e cinquenta seguidores tragam um incensório com incenso para que possam se apresentar diante do Senhor. Aarão também trará um incensório.

Esses homens então vieram com seus incensórios cheios de carvão em brasa e incenso e colocaram-se diante do Tabernáculo, com

Moisés e Aarão. Enquanto isso, Coré tinha incitado toda a comunidade contra Moisés e Aarão, e todos estavam reunidos na entrada do Tabernáculo. Então, o Senhor apareceu em toda a sua glória para toda a comunidade e disse para Moisés e Aarão:

*'Afastem-se dessas pessoas para que eu possa destruí-los agora mesmo!'*.

Mas Moisés e Aarão se abaixaram e colocaram o rosto no chão.

– Oh, Deus, fonte de toda a vida – suplicaram eles. – Precisais ficar furioso contra todo o povo quando apenas um homem peca?

E o Senhor respondeu para Moisés:

*'Então, mande o povo se afastar das barracas de Coré, Datã e Abirão'*.

Então, Moisés se levantou e correu para as barracas de Coré, Datã e Abirão, seguido de perto pelos líderes israelitas.

– Rápido! – gritou ele para o povo. – Afastem-se das barracas desses homens maus e não toquem em nada que pertença a eles. Se fizerem isso, serão destruídos pelos pecados deles.

Então, todo o povo se afastou das barracas de Coré, Datã e Abirão. Datã e Abirão saíram e ficaram na entrada de suas barracas com as esposas, os filhos e as crianças.

Moisés disse:

– Com isso, vocês saberão que o Senhor me enviou para fazer tudo o que fiz, pois não o fiz por minha vontade. Se esses homens morrerem de morte natural, então o Senhor não mandou. Mas, se o Senhor fizer um milagre e o chão se abrir e os engolir e a todos os seus pertences, e eles forem enterrados vivos, então vocês saberão que esses homens desprezaram o Senhor.

Mal tinha acabado de pronunciar as palavras quando o chão se abriu de repente embaixo deles. A terra se abriu e engoliu os homens, junto com suas famílias, os seguidores que estavam com eles e tudo o que possuíam. Assim, foram enterrados vivos, junto com seus pertences. A terra se fechou por cima deles, e todos desapareceram. Todo o povo de Israel fugiu ao escutar os gritos, temendo que a terra também os fosse engolir. Então, o Senhor lançou fogo e queimou os duzentos e cinquenta homens que estavam com incenso aceso.

O Senhor disse para Moisés:

*'Diga a Eleazar, filho de Aarão, o sacerdote, para jogar todos os incensórios na fogueira, pois são sagrados. Diga também para espalhar as brasas dos incensórios daqueles homens que pecaram e pagaram com a própria vida. Depois, ele deve martelar o metal dos incensórios até se tornarem uma folha para cobrir o altar, já que esses incensórios se tornaram sagrados, pois foram usados na presença do Senhor. A cobertura do altar servirá como um aviso ao povo de Israel'.*

Então, o sacerdote Eleazar pegou os duzentos e cinquenta incensórios de bronze que tinham sido usados pelos homens que haviam morrido no fogo e os martelou até os transformar em uma folha de metal para cobrir o altar. Isso seria um aviso para os israelitas de que nenhum homem sem autorização, nenhum homem que não fosse descendente de Aarão, jamais poderia queimar um incenso na presença do Senhor. Se alguém fizesse isso, aconteceria com ele a mesma coisa que acontecera com Coré e seus seguidores. Assim, as instruções do Senhor a Moisés foram seguidas.

Mas, logo na manhã seguinte, toda a comunidade começou a reclamar de novo contra Moisés e Aarão, dizendo:

– Vocês dois mataram o povo do Senhor!

Conforme o povo se reunia para protestar contra Moisés e Aarão, eles se viraram para o Tabernáculo e viram que a nuvem o estava cobrindo, e o Senhor apareceu em toda a sua glória.

Moisés e Aarão se aproximaram e pararam na entrada do Tabernáculo, e o Senhor disse para Moisés:

## O SACERDOTE

*'Afaste-se dessas pessoas para que eu possa matá-las agora mesmo!'.*

Mas Moisés e Aarão se colocaram de joelhos com o rostos encostado no chão.

E Moisés disse a Aarão:

– Rápido, pegue um incensório e coloque dentro dele carvão em brasa do altar. Coloque incenso por cima e leve logo para o meio do povo, para fazer a expiação deles. A ira do Senhor está fervendo entre eles; a praga já começou.

Aarão fez o que Moisés mandou e correu para o meio do povo. A praga realmente já tinha começado, mas Aarão queimou o incenso e conseguiu a expiação para eles. Ficou entre os vivos e os mortos até que a praga cessasse. Mas catorze mil e setecentas pessoas morreram daquela praga, além daquelas que tinham morrido no incidente envolvendo Coré. Como a praga havia parado, Aarão voltou para o lugar onde estava Moisés, na entrada do Tabernáculo.

O Senhor então disse para Moisés:

*'Pegue doze cajados de madeira, um de cada ancião das tribos ancestrais de Israel, e grave o nome do líder de cada tribo no seu respectivo cajado. Grave o nome de Aarão no cajado da tribo de Levi, pois deve haver um cajado para cada líder de cada tribo ancestral. Coloque esses cajados no Tabernáculo, diante da Arca da Aliança, onde me encontro com você. Nascerão flores do cajado pertencente ao homem que eu escolher. Então, finalmente darei um fim a esses murmúrios e reclamações contra vocês'.*

Moisés deu as instruções ao povo de Israel, e cada um dos doze líderes das tribos, incluindo Aarão, trouxe para Moisés um cajado. Moisés colocou os cajados na presença do Senhor, no Tabernáculo da Aliança. Quando ele foi para o Tabernáculo da Aliança no dia seguinte, descobriu que o cajado de Aarão, representando a tribo de Levi, tinha brotado, florescido e produzido amêndoas!

Quando Moisés tirou os cajados da presença do Senhor, mostrou-os para o povo. Cada homem pegou seu próprio cajado. E o Senhor disse a Moisés:

'Coloque o cajado de Aarão permanentemente diante da Arca da Aliança, como um aviso aos rebeldes. Isso deverá pôr fim às reclamações deles contra mim e prevenir mais mortes'.

Assim fez Moisés.

Números 16:1–17:11

- Qual era a reclamação de Coré, Datã e Abirão? Para quem eles reclamaram? Sobre quem eles estavam reclamando?
- O que Deus mandou Moisés e Aarão fazerem? Qual foi a resposta deles?
- Por causa dessa insurreição, quem mais começou a reclamar? Qual era a reclamação deles?
- Compare a forma como o Senhor lidou com Coré com a forma como Ele lidou com toda a comunidade. Qual foi o papel de Moisés? Que papel Aarão aceitou?
- Discuta como Deus acabou com os murmúrios e as reclamações contra a liderança.
- Dois avisos ficaram a partir dessas rebeliões. Quais foram? Como as rebeliões seriam lembradas?

## Descubra os caminhos de Deus para você

- Lembre-se de quando foi criticado por sua liderança, posição ou autoridade. Que efeito teve em você pessoalmente? Como afetou os que estavam à sua volta?

- Agora lembre-se de quando você reclamou da liderança, da posição ou da autoridade de outra pessoa. Como isso afetou os outros? Olhando para trás, você aprendeu alguma coisa? Quais os seus motivos?

"Em tudo o que você fizer, afaste-se de reclamações e discussões, para que ninguém possa dizer nem uma palavra contra você. Viva uma vida limpa, inocente, como as crianças de Deus em um mundo sombrio cheio de pessoas desonestas e perversas. Deixe que sua vida brilhe diante deles."

Filipenses 2:14-15

- O que você faz a respeito de reclamações e discussões? Por quê?

## Pare e reflita

"Antes de tudo, eu o estimulo a rezar por todas as pessoas. Ao fazer seus pedidos, suplique a misericórdia de Deus para elas e agradeça. Reze dessa forma pelos reis e por todos os outros que são autoridade, para que eles possam viver em paz, em tranquilidade, em piedade e em dignidade. Isso é bom e agrada a Deus nosso Salvador, pois ele quer que todos sejam salvos e entendam a verdade."

1 Timóteo 2:1-4

# CHAMADO PARA CIMA

## Busque a verdade na Palavra de Deus

Leia a **seguinte** passagem:

"No **início** da primavera, o povo de Israel chegou ao deserto de Sim e **acampou** em Cades. Enquanto estavam lá, Míriam morreu e foi enter**rada**.

Não havia água para o povo beber no local, então houve uma rebelião contra Moisés e Aarão. O povo culpava Moisés e dizia:

– Gostaríamos de ter morrido na presença do Senhor com nossos irmãos! Você trouxe o povo do Senhor para este deserto para morrer junto com todos os nossos rebanhos? Por que nos fez deixar o Egito e nos trouxe para este lugar terrível? Esta terra não tem grãos, figos, uvas ou romãs. Não tem nem água para beber!

## O sacerdote

Moisés e Aarão se afastaram do povo e foram para a entrada do Tabernáculo, onde se ajoelharam e encostaram o rosto no chão. Então, o Senhor apareceu para eles em toda a sua glória e disse para Moisés:

'Você e Aarão devem pegar o cajado e reunir toda a comunidade. Sob os olhos do povo, ordene que a rocha jorre água. A rocha dará água suficiente para satisfazer todo o povo e seus rebanhos'.

Assim fez Moisés. Pegou o cajado do lugar onde ficava diante do Senhor. Então, ele e Aarão convocaram o povo para se reunir em volta da rocha.

– Ouçam, rebeldes! – gritou ele. – Querem que eu tire água dessa rocha? – Então, Moisés levantou a mão e bateu na rocha duas vezes com o cajado, e a água jorrou. Assim, todo o povo e seus rebanhos beberam quanto quiseram. Mas o Senhor disse para Moisés e Aarão:

'Como vocês não confiaram em mim o suficiente para demonstrar minha santidade para o povo de Israel, vocês não os guiarão até a terra que estou dando a eles!'.

Esse lugar é conhecido como águas de Meribá, pois foi onde o povo de Israel discutiu com o Senhor, e onde Ele lhe demonstrou Sua santidade.

Quando Moisés estava em Cades, mandou representantes ao rei de Edom com a seguinte mensagem:

'Esta mensagem é de seus parentes, o povo de Israel: o senhor sabe das dificuldades que temos passado e que nossos ancestrais passaram no Egito. Vivemos lá por longo tempo e sofremos como escravos dos egípcios. Mas, quando suplicamos ao Senhor, ele nos ouviu e enviou um anjo que nos tirou do Egito. Agora, estamos acampados em Cades, uma cidade na fronteira com sua terra. Por favor, permita que atravessemos o seu país. Teremos cuidado ao passar por seus campos e vinhedos. Não beberemos a água de seus poços. Ficaremos na estrada do rei e não sairemos dela até que cruzemos a fronteira do outro lado'.

Mas o rei de Edom respondeu: 'Fiquem longe da minha terra ou os encontrarei com o meu exército!'.

Os israelitas responderam: 'Ficaremos na estrada principal. Se algum animal nosso beber da sua água, pagaremos. Só queremos atravessar seu país, nada mais'.

Mas o rei de Edom replicou: 'Afastem-se! Não podem atravessar nossa terra'. Com isso, ele mobilizou seu exército e marchou para encontrá-los a fim de impor a sua força. Como Edom se recusou a permitir que Israel atravessasse o país, Israel foi forçado a dar uma volta.

Toda a comunidade deixou Cades em grupo e chegou ao monte Hor. Lá, o Senhor disse para Moisés e Aarão, na fronteira de Edom:

*'Chegou a hora de Aarão se juntar aos seus ancestrais na morte. Ele não entrará na terra que darei ao povo de Israel, porque vocês dois se rebelaram contra as minhas instruções referentes às águas de Meribá. Agora, leve Aarão e o filho dele Eleazar para o alto do monte Hor. Lá, tire as vestes sacerdotais de Aarão e vista-as em Eleazar, filho dele. Aarão morrerá lá e se juntará aos seus ancestrais'.*

Assim fez Moisés. Os três subiram o monte Hor juntos, sob o olhar de toda a comunidade. No cume, Moisés tirou as vestes sacerdotais de Aarão e com elas vestiu Eleazar, filho de Aarão. Então, Aarão morreu no topo da montanha, e Moisés e Eleazar desceram. Quando o povo percebeu que Aarão tinha morrido, Israel pranteou por ele por trinta dias."

Números 20

- Descreva o clima no acampamento. Quais foram os passos que Moisés e Aarão deram imediatamente?
- Compare as instruções que Deus deu a Moisés e Aarão com aquelas que eles realmente seguiram. Chegou a alguma conclusão?
- Quais foram as instruções que Moisés e Aarão receberam quando toda a comunidade chegou ao monte Hor?
- Contraste as ações de Moisés e de Aarão desta vez com as ações anteriores.
- Quais foram as razões para Aarão não ter permissão de entrar na Terra Prometida?
- Qual é a evidência de que Deus manteve Sua promessa a Aarão de o sacerdócio ficar na família dele? Como você caracterizaria Aarão no final de sua jornada?

## Descubra os caminhos de Deus para você

- Liste algumas razões para não conseguirmos seguir instruções.
- Como você lida com decepções pessoais?

"Deus não nos deu um espírito de medo e timidez, mas de poder, amor e autodisciplina."

2 Timóteo 1:7

- Quando acreditamos em Jesus, o que está disponível para que nós possamos navegar pelos dilemas e decepções da vida?

## Pare e reflita

"É por isso que temos um grande Sumo Sacerdote que foi para o paraíso, Jesus, o Filho de Deus. Devemos nos agarrar a ele e nunca deixar de confiar nele. Esse nosso Sumo Sacerdote compreende as nossas fraquezas, pois enfrentou as mesmas tentações que nós, e mesmo assim não pecou. Assim, vamos seguir com coragem para o trono do nosso Deus de graça. Lá, receberemos Sua misericórdia e encontraremos a graça para nos ajudar no que precisamos."

Hebreus 4:14-16